春风，拽着人们奔跑

糜建国 ……… 著

北京日报出版社

图书在版编目（CIP）数据

春风，拽着人们奔跑 / 糜建国著 . -- 北京 ： 北京
日报出版社，2020.6（2023.1重印）
　　ISBN 978-7-5477-3632-6

　　Ⅰ . ①春… Ⅱ . ①糜… Ⅲ . ①散文集－中国－当代
Ⅳ . ①I267

中国版本图书馆CIP数据核字（2020）第 068651 号

春风，拽着人们奔跑

出版发行： 北京日报出版社
地　　址： 北京市东城区东单三条8–16号东方广场东配楼四层
邮政编码： 100005
电　　话： 发行部：（010）65255876
　　　　　　 总编室：（010）65252135
印　　刷： 三河市嵩川印刷有限公司
经　　销： 各地新华书店
版　　次： 2020年6月第1版
　　　　　　 2023年1月第2次印刷
开　　本： 787毫米×1092毫米　　1/32
印　　张： 10.5
字　　数： 215千字
定　　价： 59.80元

目录

那土那情

第一章

山高水长

那山那水

春风，拽着人们奔跑

风，从对面垭口吹过来。那年我五岁。田地在队长吹了最后一次哨子后，被承包了。出工吹哨子，收工吹哨子，是队长的任务。现在，队长不吹哨子了，他家的田地也要人去种。

风，拽着父亲奔跑。父亲砸掉几十年做针的铺子，扛起锄头上山开荒种南瓜。南瓜漫山遍野，父亲挑着，母亲背着，我们抱着，欢天喜地。从此，一家人不再吃难消化的糠粑粑。

风，吹过了山峦。山峦上的打石匠，抡圆大锤，唱起山歌。二哥也是打石匠，但他抡不圆大锤，修不起金墙房。二哥说："我要去城里，不当打石匠。你看院子西边文见堂叔都发财了，修起了金墙房。我也要修金墙房！"风，拽着二哥奔跑。到了重庆，四面八方的人们都往重庆涌，他们都是被风拽来的。

第二年春天，二哥在镇上修建起房子，外墙里墙还刷了白灰。二哥说，以后要过街上居民的日子。风，把打石匠的二哥拽成了老板。

二哥进城挣了钱，像一颗石子投进湖中，在村里掀起涟漪阵阵……西家的孩子进城去了，东家的孩子也跟着去了。终于，老队长也按捺不住地说："娃儿他娘，叫咱两个儿子也进城去吧！"风，以一种不可抵挡之势，从大巴山的一个山岗吹向另一个山岗。风，把一座座大山踩在了脚下，把茫茫大山中一个个穷小子，拽出了大山。

那阵子，我正十年寒窗时。风，拽着我奔跑。

苦读的我终于考上省城的一所学校，毕业后到一家企业工作。不甘于两点一线的生活，闲暇之余，我骑着一辆自行车到处兜售一些日常生活用品。渐渐地，我感到，这样风里来雨里去，何年才是尽头？见我这样辛苦，二哥说："重庆也成直辖市了，干脆，弟弟你辞职，来重庆发展吧。"二哥还说："这股风，吹得猛哟！"

那年，重庆成为直辖市刚刚三年。乘着那股风，豪华大巴穿行在成渝高速上，跑得正欢；那年，我的孩子也出生了。虽然后来创业经历各种艰难，但风，紧紧地拽住我的手，向前奔跑，不让我回头。

如今，儿子已满十八岁，去了香港上大学。风，把儿子拽到了香港。风，也一下把我拽进了人生的中年。

国庆假期，带着妻子回到家乡小镇岳父家。以前回家要六七个小时，现在只需两个小时。小镇里，到处停满各地牌照的车辆。路面铺了沥青，路牌、路标做得规规矩矩，红绿灯、监控摄像头安装得稳稳当当。镇上有超市，还兴建了农贸市场、社区医院，布局和大城市的街道没有两样。我们曾多次叫岳父母来重庆居住，他们就是不肯。现在他们在镇上领着养老金，种点蔬菜，晚饭后跳跳舞、散散步，偶尔出去旅游一圈，生活过得很不错。

原来，风，一直拽着小镇在奔跑。小镇外面的省道，已扩建成国道。与国道平行的一条大河，自西向东奔流而去。小时候，大河上一座桥也没有，过河都靠渡船。听岳父讲，如今，第七座桥都快修好了，明年就将通车。

风，把十八弯的山路，拽成了柏油路。公路村村相通，纵横逶迤，望不见尽头。乡亲们挞谷子、掰苞谷、收小麦等，再不像以前那样靠"背、挑、扛、抬"，而是用电动三轮车拉回去，比以前省力、省事多了；公路连通了大山外面的世界，快递公司的面包车、摩托车穿行不断，山里面的红苕、黄花、腊肉等也源源不断卖出去。风，把大山的特产拽出去，也拽回白花花的钞票。

逢年过节，家乡柏油路上塞满归乡探亲的小汽车，与两旁一座座漂亮的小洋楼相得益彰。风，把家乡拽成了一道道亮丽的风景……

风，依旧在吹，在神州大地上强劲地吹！

风，改革的春风，拽着亿万人们在奔跑！

（本文发表于2018年12月10日《人民日报》"大地"副刊）

千般磨炼方成针

"只要功夫深，铁杵磨成针"。其实，针不是磨出来的，是做出来的。父亲就是一位靠做针谋生、拉扯我们几兄弟长大的手艺人。和其他裁缝、木匠、石匠、篾匠、砖瓦匠等匠人的区别在于：作为针匠，只能待在自己家里，一根一根，慢慢做。个中滋味，只有父亲知道。

（一）

那个年代，物资匮乏，不要说用铁棒磨针，就是细铁丝也难买。买铁丝要到县城去，没车，父亲走路。天还没亮就出发，40多里，父亲靠一双脚一天打个来回。下午放学回家，看见父亲没在巷口做针，而是躺在床上呻吟，就知道是买铁丝回来，累瘫了。一百多斤铁丝，背那么远的路，可以想象父亲当时的艰难。父亲一生做针，就是靠这样的韧性，挺过来的。

　　父亲小时还学过木匠，不过没学会，具体什么原因，不得而知。但可以肯定的是，做木匠，一定没有做针匠艰难。选做针匠，他也应该后悔过。

　　父亲买回粗铁丝，把冲了很多细密小眼的钢模板绑在门柱上，将铁丝穿过小眼，一头用钳子夹住，使劲儿拉细。最初几厘米，很好拉，但随着铁丝越拉越长，从几米到几十上百、上千米，就不好拉了。一个原因，太长了，不好使力；另外，铁丝长了，稍不留神，就会搅成一团。讨厌的大黄狗盯不到事，莽撞路过，被铁丝缠住，父亲抄起扫帚就打，大黄狗慌张地在里面蹿来蹿去，越搅越乱。

　　我们家后门外是一个巷子。由于巷口有人路过，拉的时候，我们都从外面往屋里拉。拉完后，父亲用手臂缠绕起来，一圈一圈，挂在墙壁上，规规矩矩的。

　　当然，也不只拉一个型号。用来做针的铁丝一般有三种：22号铁丝，最细，做绣花针，也是最短的；稍微粗一点儿的是20号铁丝，做小针，缝补衣服；再粗一个型号是18号铁丝，做大针，用来纳鞋垫、打鞋底、缝补袜子等；还有一种更长的，十来厘米用来缝被子、蚊帐等，叫绗针，也是用18号铁丝做的。

　　有时，做完作业的我们看见父亲拉得满头大汗，就跑过去帮拉。看见我们加入，父亲来了劲儿，把声音吼得更大："一、二、三！拉！"由于用力过猛，绑在门框上的钢板一下松脱了，"哗啦"一声，几爷子跌撞在一起。"滚远点！"父亲吼起来。我们兄弟几个呢，哈哈大笑不止。

（二）

拉细的铁丝，父亲用一把特制的、被固定在板凳上的大钳子"咔嚓咔嚓"铰出不同的小节，再用锉刀，把小节的铁丝一端锉成小尖。锉的同时，父亲捏住铁丝灵活地旋转，随着一声声"不、不"笨钝的声音响起，铁屑缓缓飘洒，针尖慢慢显山露水。

锉好针尖，就用一把精致的小铁锤，控制好力度，"啪啪"地把另一头敲扁。小铁锤的把是用竹子做的。现在很难看见这些工具了。偶尔在大街上的补鞋摊，还能看见鞋匠们用它来敲打女人的鞋跟，但都没有父亲的精致。

时间久了，那小把已被父亲摩挲得光滑一片，失去竹子本色，有了灵性而变成了父亲的一只手。父亲的每一锤下去，都很精准，力度刚好。看见父亲很轻松的样子，我们拿起来一敲，不是把手敲了，就是力量太大，把铁丝敲破，导致后面无法钻针眼而报废。

锉、敲，都在一个像现在笔记本电脑的小台面上完成。台面用一块厚实的青杠树做成。因针很细小，不能乱放，如果乱七八糟，各样的都堆在一起，挑选起来，很是费事。所以，在台面上挖出几个凹槽，分别放置铁丝小节、锉好针尖的、敲扁针鼻的、报废的，很是规整。而做好的毛坯，父亲按照长短粗细分类放在竹筒里，方便区别。

父亲挂一副眼镜，坐在小凳上，一根一根地锉，一根一根地敲。

小凳都是用篾条编织的。做针都能做，父亲的手肯定灵巧了。对很多家什，父亲一看就会，像背篼、筅箕、筲箕、竹筛等，父亲几下就编织出来。我们家很多这样的竹篾板凳，矮的、高的，大的、小的，都是父亲编织的。高兴时，父亲编一盏灯笼、一只斑鸠，也是转眼工夫，逗得我们争抢着要。不过这些手工艺品，现在都被塑料代替而少见了。

夏天蚊子特别多，黑压压一片叮咬在父亲腿上，父亲"哎哟"一声，一巴掌打过去，满手鲜血；父亲拿破衣服把腿脚裹了，但捂着热，就点蚊香。黄昏的阳光照进巷口，袅袅淡烟中，父亲清瘦、弯曲的背影被拉得很长，像一张弓，显得有些忘我、孤独；冬天，巷口外飘着雪，父亲用破袄子包着，下面烤一个火烘笼，因太专注，衣服经常被烤起洞洞眼眼。经年累月，坐得太久，除了喊腰痛外，父亲屁股上还长了不少坐板疮，疮好后，瘢痕累累……

（三）

敲扁之后，开始钻针眼。父亲左手捏针，右手提钻子，点一滴清油，提起钻子挨到针鼻上，随着"呼呼"声起落，一个针眼就钻好了。细看，那针孔通透，不偏不歪，刚好在针鼻的正中间。有了"眼"的铁丝不再死板，一下子鲜活起来。

在我们看来，钻针眼是最难的。其他拉铁丝、铰铁丝、锉针尖、敲扁、锉针鼻以及后面的打磨等都可以打打下手，唯独钻针眼我们很难学会。由于针是用食指和拇指捏住搁在一块凸出的钢板上，又掌握不好钻子旋转的速度和力度，钻尖和针鼻接触后，既是铁碰铁、硬碰硬，又因抹了清油，一滑，就把手钻了，鲜血直流。看见我们手被钻了，哎哟哟地叫，父亲顺手在墙壁上捻了蜘蛛网，撕开黑色外层，牵出里面像棉花的网状，沾在伤口上，止了血，嘴里骂道："没得出息！"

"冰冻三尺，非一日之寒！"长大后才明白，钻头和针鼻都属方寸之地，要在一粒芝麻大小的针鼻上钻出一个针眼，并非易事。

钻头是钢做的，所以父亲叫它钢钻。钻杆用木头做成，作为主轴。主轴底部挖空，将钻头镶嵌在木头里面，外面用铁环箍死。在轴的中部，横放一根梁。梁的中间用炭火烙出一个洞，套进杆内，可以上下滑动，再在梁的两端绑上绳子，拴在主轴顶部。随着横梁上下滑动，带动主轴旋转。轴旋转，就带动固定在轴上面的钻头旋转，从而将针钻出一个眼子。在钻杆顶部，父亲缠了一根麻绳，钻子旋转时，麻绳跟着飘起来，很是好看。而那梁上的黑色烙印一直留着，让杆显得古色生香，朝朝夕夕，见证着一根根针从父亲的手中旋转而出。

父亲有很多工具，其他的我们都可以动，但这个钢钻，我们不敢摸，因为锋利的钻子会伤人。另外，钻头也颇为精贵，一旦损坏，父亲也要骂人。钻头上、下方便，不用了，旋转下铁环，直接取下，要用时套上就是。所以，父亲用完之后，挂得高高的，我们就是踩在凳子上也够不着。

钻好针眼，开始打磨针鼻四周的毛刺。父亲用一把小锉刀，把针鼻修锉得圆润光滑。和锉针尖不一样，针鼻的修饰不能用力过猛，否则，会把针眼锉破而成废品。

由于针鼻和针尖的锐边棱角还比较粗糙，锉痕明显，在穿过布匹、棉纱之类时会挂线，使用起来也不利索、流畅，父亲就在一张质地坚硬、密度高、砂面细腻的青石上，就着水磨。

父亲戴上一副老花镜，围着围裙，在旁边放置一个搪瓷盆，盛满水，用双手拇指和食指并排紧紧捏住数十根针，沾上水，双臂时左时右，"唰唰唰"，来回磨动。磨针甩出的水花，星星点点，洒得围裙上到处都是。年深日久，那青石，竟被磨成了一弯新月。

（四）

经过水磨之后，锉痕变得细腻、光滑，但这样的"针"还不能叫针，因为没力度，必须经过煅烧，让其有刚度。"没有刚度的针，怎么叫针呢？就像一个人，不吃得苦中苦，怎为人上人？针也是要经过煅烧的！"父亲说得振振有词。

聚沙成塔，积少成多，几个月后，就准备煅烧了。

煅烧前的父亲显得比平常谨慎。父亲弓着腰，仔细地用石灰水把针浸泡透了，然后按照小针、大针、绗针一小包一小包地用废纸包缠好，并排放在砂罐里。

父亲在巷口专门修筑了一个煤炭灶，灶的中心是一个小孔，刚好放下砂罐。一大早把火生好，炉火熊熊，一直烧到天黑，差不多就好了。

听说针匠烧的针要出炉了，邻村的人们也跑来看热闹，一时，巷口插秧子般，挤满了密密麻麻的男女老少。

父亲穿一件洗得发白的蓝布长衫子，显得虔诚而大气磅礴，他用一把长钳从灶膛里夹出红彤彤的砂罐，大吼一声，一下子倒入旁边盛满冷水的大锅里。只见火星飞溅，像天女散花，锅里面"嗤嗤"地冒着白烟，针被快速地冷却着，很是壮观！随即，父亲从锅里随机挑选出一根针，用力一掰，"咔嚓"一声就断了，父亲满脸堆笑，连声说道："这一罐好！这一罐好！"

这就是淬火，淬火到位，针脆，就好；如果不脆，掰不断，或是弯曲，这一罐针就完蛋了。一旦失败，几个月的辛苦，也就付之东流了。遇上这种情况，父亲默不作声，满脸神伤。但这样的针，哪怕全家人忍饥挨饿，父亲也断然不会卖出一根的。因为，刚性不好，花了钱不说，人们在使用的时候，稍不注意，就会把手刺破。"假冒伪劣产品，伤天害理的事，不做！不能坏了手艺人的名声！"父亲的倔强脾气来了。

大锅里冷却后的针长短不一，这个时候，选针，全家齐上阵。

大家七手八脚，将一个圆柱形小磁铁丢进去，吸起来，刺猬一样，然后按照小针、大针、纳针分出来，丢在竹盒子里——不是竹筒了：将竹子剖开，一分为二，一个竹节就成了自然的格子，一节放一个规格，很好区别。真正感叹父亲的智慧呢！

（五）

淬火后，有了刚度的针表面漆黑，不中看，要磨光。

将几人才能合抱的大树一剖为二，找木匠打磨后，做成一个案板，就在上面磨。纵放一排针，够一个手掌面积，撒上一些铁砂子，将手掌覆盖在针上，另一只手压在上面增加力度，一来一往，把针磨得透亮，最后放在清水中一洗，一枚真正的绣花针就诞生了！

白天不磨针，磨针安排在赶场的头天晚上。

鸡叫头遍，就起床磨。农闲时，特别是冬腊月[1]，家家户户做新衣、嫁女等缝缝补补的要多些，就忙。父亲加班加点，通宵不睡，我们夜深梦回，还能听见"唰——唰——"的磨针声。长年累月下来，那厚实的树面，被磨出深深的沟槽，父亲的手掌也裂口纵横，像老槐树的皮。

磨好后，父亲趁着星月赶往各个乡镇去卖。背一个背篼，上面放一个筛子，铺上牛皮纸，一排排针闪闪发光，充满灵气、布满鲜活。父亲叼着烟斗，蹲在街角等候买主上门。买的时候，也有用猪油、鸡蛋调换的；也有家穷的，连一根针都买不起，心性

---

[1] 冬腊月：指阴历十一月和十二月。

像针一样直来直去的父亲，就送，不收钱。

作为针匠，父亲在十里八乡都很出名，姑娘绣花、纳鞋垫，妇人做新鞋、缝补衣物，都说父亲的针做得精细，不生锈，硬度好，有灵性，好用。

爷爷不到三十岁就死了，父亲十三岁当学徒、十六岁出师，靠做针挑起家的大梁。后来有了机器洋针，田地也下了户，就不做了。我们兄弟几个，也没有谁学，再后来和其他很多行业一样，失传了。父亲在世时，偶尔谈及那段针匠岁月，唏嘘不已。

我明白，做针虽是一件小事，但作为一个泱泱大国，那种精益求精、一丝不苟的工匠精神，却是少不得的。改革开放四十多年来，正是凭借这种工匠精神，"中国制造"才走出了国门，惊艳了世界。

(本文发表于2019年3月13日《人民日报》"大地"副刊头条，除被国内数十家媒体转载外，还被中宣部的APP平台"学习强国"转载)

走村串户烤酒师

一滴酒的形成，既是工艺，更是艺术。从一颗高粱，到一滴酒，每一道工序，每一个细节，烤酒师都满含敬畏和尊重。在我们喝酒时，随意恣肆，岂不知，那酒中，凝聚了烤酒师多少汗水和心血。

（一）

大山巍峨，山路十八弯，三轮摩托车呼啦啦在山路上穿行，随着视野开去，慢慢消失在大山中……

清明过后，阳光温润。烤酒师王明祥含着烟，眯缝着眼，打量着天空，他又要忙乎了。这样二十到三十摄氏度的气温，最适合烤酒。果不然，对面张家沟的电话就打了过来。

一个电话，方圆几十里，王师傅都会上门烤酒。

蓄积了一冬的三轮车铆足了劲儿，欢快地跑起来。三轮车载着一黑一白两口大缸子，还有方铲、耙板、鼓风机、钢瓢、木刀、酒度表等烤酒工具。

王师傅把洗净的高粱倒进大锅中，加了水，架起柴火，煮起来。

煮高粱，看似简单，实需蒸透，但熟而不粘，内无生心。既不能煮得太生，也不能煮得太老。太生、太老，都会降低出酒率。看见高粱开口了，王师傅揭开甑子盖，热浪滚滚中，他挥动着方铲把高粱铲出，倾倒在地坝里，降温去热。

地坝洗得干干净净。王师傅铺上糠壳，迅速地用耥板把高粱舒展开去。从高粱出甑到晾晒，王师傅显得沉稳，每一步都做得娴熟有余。只见他打着光膀子，挽起裤腿，光着脚板，弯下腰，用圆锹铲起高粱，双手一用力，高粱就向外撒去，在空中画出优美的抛物线，天女散花般散落在地。那圆锹，长年累月和地面摩擦，被铲得光亮如雪；那手把，原本是木头做成，因了千百次的摩挲，已失去木头本色而变成光亮的古铜色。

"嚓、嚓、嚓！"铲子接触地面的声音清脆、干练！热气袅袅，一阵阵高粱清香裹挟着淡淡的酒香向四周散发开去……

蒸煮、摊晾是体力活，发酵则是技术活。

晾晒一个多小时后，当温度降到三十七八摄氏度，就加曲药和糠壳。曲药加多少，糠壳加多少，王师傅心中有杆秤。随手撒下去，八九不离十，和农村妇人撒播种子有异曲同工之妙。根据王师傅多年的经验，五百斤粮食，加曲子三斤，加糠壳五十斤。

加入糠壳，按照王师傅的话说，就是"散疏"，让高粱与高粱之间透气，不会粘连，这样更利于发酵，也利于后面烤酒；而加入曲药，则要和高粱融合得越透彻越好。加曲药目的就是催生出高粱里的糖分，最大化地酿出酒精。王师傅边做边讲解。

一切妥帖之后，就把高粱密封起来。

以前是用土砖修成一个坑，四周抹上石灰，再用一些烂棉絮、铺盖等蒙住，增加温度。现在呢，直接用塑料薄膜，把高粱灌在里面，用绳子拴死就可以。这样既保证了密封，又储存了温度，还干净呢。

这就是发酵。发酵一般都在半个月以上，有耐性的主人家，也会发酵一个月。

"我在遥望，月亮之上……"一顺溜活忙下来，天也黑了。王师傅正要坐下歇息，手机铃声突然响起。一听，原来是有一户人家的高粱发酵已两个星期，这两天农活不忙，叫王师傅过去把酒烤了。

（二）

当三轮车从小区开出时，山冈上的那轮弯月还没落下。

山风有些劲道，王师傅把夹克的拉链往上拉了拉，踩了油门，向山下驶去。发动机啪嗒啪嗒响，打破了大山的宁静。

昨天打电话过来的是大河边的老晏。

大大小小，老晏全家都喜欢喝酒。每年这个月，都会烤几百斤。当王师傅赶到老晏家，老晏的亲家公也赶来帮忙了。

老晏家今年发酵了一千五百斤高粱，也就是今天要烤三锅。王师傅的不锈钢锅体一次可以烤五百斤粮食。

大家七手八脚，刚把缸体在灶上架好，这时，村口响起汽车喇叭声，老晏的儿子儿媳也回来了。一进门，儿子就挽起袖子，儿媳围上围裙，帮忙打起杂来。

王师傅走进堂屋，打开发酵的高粱，抓起来，闻了闻，连声说道："这高粱发酵得好！"

老晏早已把箩篼搬了出来，七八挑箩篼，布阵列兵样，排在地坝里。

铲的铲，抬的抬，大家动起手来。很快，发酵后的高粱，就挤挤挨挨、兴奋地聚集在一个个箩篼里。在王师傅眼中，高粱也有灵魂。

灶膛已架好柴块子，升好了火。大缸里也抽上了井水。

"好酒必有佳泉"。酒好，也要水好。大山里的井水凝聚了大自然的灵性，清澈如镜，入口甘甜，是酿酒的最佳泉水。王师傅一直强调要用泉水来烤。有些主人嫌麻烦，王师傅不。主人家没有车的话，王师傅便会开车送主人家到几里外的村子去找山泉。

柴火的烟雾从土灶的砖缝隙中偷跑出来，有些熏人。王师傅无所畏惧，显得大气凛然，用不锈钢瓢掭[1]满一瓢高粱，手腕一抖，均匀地撒出去。然后用木刀擀平。如果不擀平，或者把发酵后的高粱一下倒入，上气[2]不均匀，就会直接影响出酒的多少。

---

[1] 掭：方言，舀的意思。

[2] 上气：方言，指冒气。

王师傅撬得仔细。

细心一看，缸体内的高粱平整得几乎就在一个水平面上。

一个好的烤酒师，首先要从使用木刀开始。那木刀，手柄略长，薄如手机，长方形，前面略微上扬。木刀不利，但经过无数次来回撬动高粱，被酒精浸染，变了色，显得光滑、灵巧。每一个动作，王师傅做得随意轻巧，但精准到位。

慢慢地，大汽开始上来。舀高粱不仅仅要一层一层地铺展开去，还需停顿一下，等下一层大汽上来了，才开始掀第二层。

如何判断大汽到了什么位置？摸温度！在王师傅的眼中，那汽的行走是能够看见的。他用粗糙的手一摸缸体，就知道大汽已到什么位置，该不该添加高粱。

岁月如刀，雕刻在王师傅的脸上。

由于多年被烟雾熏染，王师傅习惯了眯眼。王师傅个子不高，满头白发，把原本方阔的大脸映衬得更加宽大。站在长条板凳上，从笋篼里掀高粱，躬下身，掀一瓢，挥出去，撬平，再掀，再挥，再撬。如此反复，王师傅做得从容不迫，烟雾缭绕中，王师傅一弓一起的背影显得苍茫……

一米多高的缸子终于装满。

最后，盖上密封盖，扣上连接蒸馏器和冷却器的管道。在盖子、管道和缸体的接触面，为了避免热气和酒精漏跑，王师傅用一个自制的橡胶带子密封四周。那小心翼翼的动作，就像一位给孩子穿衣服的母亲，生怕风吹着了，冻着了。等把周围弄得严严实实，还用稀泥抹上一层，像小时玩泥巴，反复摩挲，直到把泥土表面抹得光滑。

准备好接酒的桶子，王师傅接过老晏递过来的香烟，用火钳夹了一个火石，点燃，眯着眼，抽起来……

多年经验告诉王师傅，烤酒，火要匀火，柴要硬柴。王师傅往灶膛里添加了两块大柴块，鼓风机轰隆隆欢快地叫着，把火吹得红彤彤的。

"出酒了！"看见干净、透明的酒一滴滴慢慢地汇成涓涓细流，大家欢呼起来。王师傅的脸上也露出了笑容。

（三）

袅袅炊烟，把王师傅带进了那些过往岁月。

八岁时，父亲去世，母亲把两兄弟拉扯大。从十六岁跟随师父学烤酒，然后扛起家的大梁，个中辛酸，只有王师傅知道。

以前烤酒，在大灶上架一口大铁锅。锅里加满水，木甑子架在大锅上。但因甑子太小，煮粮时，只有一锅一锅地煮，烤时，也是一锅一锅地烤。烤酒慢，出酒率也低。乡村不通公路，更没有摩托，去这家那家，翻山越岭，靠双脚走。一座大山，要翻一天。而且，边爬山路还要边采曲药草。

酒是粮食精，从粮食到酒，需要经过蒸煮、发酵、高温烤，这个过程，是炼狱；对王师傅来说，人生也是炼狱。不过，学到一身本事的王师傅最终没有走出大山。

没能走出大山的王师傅内心有一个结。

在哥哥两岁那年，因发高烧，没药医治，落下痴呆，而且左脚有些跛。那时家穷，没有女人愿意嫁到山沟里来，更没有女人愿意嫁给一个跛脚的痴呆儿。母亲去世时，拉着王师傅的手说，好好照顾哥哥，不要嫌弃哥哥，王师傅就在心里决定把哥哥留在身边。母亲去世后，兄弟俩相依为命，几十年来，吃在一口锅，住在一个屋檐下，王师傅从未嫌弃过哥哥。

"有儿不进武糟房，有女不嫁烤酒匠"，那个年代，谁也瞧不起满身酒糟味的烤酒师。早年岳父嗜酒如命，一次到他家烤酒，因看见王师傅有酒喝，且人本分，才同意将女儿嫁给王师傅。否则，和哥哥一样，王师傅还是老光棍一个。

这几年，生活改善了，哥哥的痴呆也有一些好转，生活上除了能够自理外，在王师傅出去烤酒时，还能帮忙种点庄稼。就在去年，村里扶贫办主任来了，和王师傅商量，把哥哥领到了村上敬老院。敬老院环境好，按时吃饭睡觉，生活有了规律，王师傅的心结才慢慢打开。

烤酒一辈子，王师傅也体验到了人情冷暖。一斤粮食，收取加工费一元五角，在算账时，有的主人家几毛钱也不会多给；也有大方的，多给三五十元。但吃好吃差，给多给少，王师傅都认真烤酒。按照王师傅的话说，十里八乡，都知道我王师傅，不能因了一顿饭、一包烟，坏了名声。烤酒也在考量人品。行走四方，烤酒一缸；酒虽醉人，心里亮堂！

说酒醉人，但王师傅从不喝酒。

这个规矩从当学徒沿袭至今。王师傅说，一天风里来雨里去，山路弯弯，很多时候都是摸黑回屋，天不亮就出门，喝酒要出事的。王师傅一年要烤粮食几万斤，一生不知烤出了多少美酒，醉了多少人，他的每一个毛孔里都浸润了酒精，可再好的酒，他都一滴不沾。大音希声，大象无形，这是不是境界？

（四）

院坝里打仗一样，厨房里也热火朝天。

老晏九十多岁的母亲帮着烧火，老伴用刷子把锅刷得唰唰响，面盆里已泡好豆子，中午煮豆花呢；鼎罐里，已炖好了腊肉、香肠。漂亮的儿媳妇呢，她正在地坝边的洗衣台上刷洗海带，刷得欢快地响。

灶台上另一口大锅已下好面条，听见外面喊出酒，老晏的老伴就跟着喊吃早饭了。

王师傅端着冒梭梭[1]的一碗面，从灶屋出来，靠着墙角，坐在一条小板凳上慢慢吃着。正吃到高兴处，老晏的老伴铲了两个煎蛋过来，摁进王师傅的碗里。

---

[1] 冒梭梭：方言，指装得很满，已超出容器。

霞光投射在对面山崖上，把山崖印得清晰、黛绿。

地坝里，高粱撒落得到处都是，几只斑鸠闻见香味，时不时飞过来，啄捡地上的高粱，跟在一群母鸡尻股后面的公鸡咯咯地追上去，斑鸠一跃，落在院坝边的桃树上，舍不得离去……

当摩托车爬上路口，新农村小区就在眼前。王师傅回到家已八点多，老伴烧好洗脚水等着他。泡着热水脚，叼着烟，王师傅感觉有些累了。

而这样的忙碌，从清明开始，一直到端阳过后，气温渐渐上来，王师傅才能稍微空闲下来。八月十五之后，又开始架篾，到旧历十月之后，房顶上开始打霜，烤酒才渐渐冷落下来……

但最终，王师傅还是走出了大山。当然，不是他的人，是他烤出的酒。

人们发现用传统酿酒法烤出的酒不仅味醇正、成本低，而且还能亲眼看见酿酒全过程，对产品放心，一传十，十传百，找王师傅烤酒的人越来越多。

几年前，村里统一修建了农民新村，王师傅一家也从大山里搬了出来，楼上楼下，两百多平方米。一到淡季，王师傅就在自己家里烤酒。慢慢烤，不急不缓，把酒烤出了王师傅的味道。

王师傅那台灶，烧油，虽然成本比烧柴略高，但没有烟雾、灰尘，卫生多了。那灶，经过蒸汽多年浸染和熏陶，显得厚实、沉稳，已有了灵性和佛性，而王师傅的烤酒技术，也达到炉火纯青的地步。

后继有人。女婿是一个帅小伙，在走村串户的时候，女婿就跟在王师傅后面打杂做零活，女儿在网上销售。酒好，酒罐也做得精美，外面用红绸覆盖，再用红绳打一个蝴蝶结，订单像雪片一样飞来。

闲静下来，王师傅望着对面的苍茫大山，感叹道，这山，当年到处都种满高粱、苞谷，真正是青纱帐呢！如今年轻人都进城打工去了，种粮食的少了，烤酒的粮食都是从批发市场进回来的。但王师傅相信，传统工艺酿酒源远流长，是酿酒师傅世世代代的实践经验和智慧结晶，是永远不会消失的！

（本文发表于2019年5月15日《人民日报》"大地"副刊，除被国内数十家媒体转载外，还被中宣部的APP平台"学习强国"转载）

风雨石板路

"老乡，到刘家沟怎么走？"

"沿着大路走就可以了！"

……

这里的"大路"，在老家，就是石板路。石板路用一块块青石板铺成。青石板长一米、宽六十厘米，从这个村口铺到那个村口，像一条带子，一直延伸、逶迤出去，没有尽头……

听父亲讲起，铺石板路的青石是曾祖父那辈，一块一块从澥渡河背回来的。澥渡河离我们村有几十里山路，未修石板路前，荒山野岭，上坡下坎，很不好走。曾祖父他们怀揣干粮，背着石板，一路跋山涉水，三天两头才背回一趟。

老家属山区，到处坡坡坎坎，背回石板，不容易；要修成路，更不容易。有的地方高，有的地方低，有的弯度大，有的弯度小。刚刚走出一百米，前面就是一匹坡；刚刚下完坡呢，"霍"地一下，又是一个拐弯；刚刚把弯拐过去呢，右边又是一座悬崖。

所以，故乡的石板路，也有一些根据地势修成了青石梯。从山脚下，爬上去，一级一级地，很多时候，脑壳都望落，脚杆都爬断；下坡呢，脚杆打闪闪，生怕膝盖一弯就滚下山崖去。

　　不管是石梯还是石板路，每一块石板的长度、宽度、厚度甚至到颜色，都经过精心选择，安放得平平整整，左右两端对得整整齐齐，端头和边沿的毛边都用錾子修理得规规矩矩。石板路坚硬，不易断裂，走在上面，舒服、踏实。随着年深日久，世世代代的人们都在上面走过，有的地方，已被磨出深深浅浅的凹槽。

　　石板路上，凝聚了祖辈们太多的心血和汗水，也积累了他们很多的智慧。修大路剩下的小石板，不能丢了，用来修鸡圈、砌水井。故乡水井周围，都是用青石板铺的。而且，水井都挖在石板路旁边。一方面，水井旁边没有了淤泥，保证了井水的干净；另一方面，挑起水，走在石板路上，稳当，不打滑。如果把水井打在一些没有石板路的土路上、坡上，遇上下雨天挑水，肯定是要摔跟头的。那些土路，打空手走在上面都会跶扑爬[1]，更不用说挑一担满当当、沉重的水了。正因为石板路好走，大人们挑粪、挑谷子、挑小麦、挑苞谷这些笨重的农活，都喜欢走清爽、平整的石板路，即使要绕几圈，也愿意。

　　故乡把石板路叫大路，也是有原因的。大路上充满了我们的敬畏，而这种敬畏，是从娘肚子里带来的，就像乡俗、乡音、乡

---

[1] 跶扑爬：方言，指摔跤。

情一样，浸入了我们的骨髓，融入了我们的血液。

哪家嫁女、娶媳妇儿，这些大喜事，肯定要光明正大地走大路的。老家规矩多，抬箱子的一上了大路，就要歇气；箱子一落地，就要钱。不给钱，不起轿。新郎就笑呵呵地挨着发了烟，递了红包。抬轿的也懂得起，红包一收，高声朗诵道："一条大路通四方，路上迎来帅新郎；今天轿子我来抬，明天新郎发大财！"在祝福声中，又嘻嘻哈哈起轿上路。

等迎亲队伍走到村口，前面的路却被一条板凳拦住了。这些拦路的既不是男方家的，也不是女方家的，是附近的村民，看见新媳妇儿的箱子一抬拢，男男女女、老老少少一下子围过去，大家也开心，玩的也是一个高兴，新郎官就把红包、糖果、瓜子抛向空中，大家都跑去抢；特别是那些细娃儿[1]哟，手又小，趴在地上，翘起屁股，抓了一个，抓两个，抓又抓不住，赶紧把糖果往包包头揣，一勾头又去捡，包包头的，结果又滑落出来了；再看那新娘子，羞羞答答，也是开心极了。整个石板路上，被堵得水泄不通，热闹非凡。

相反地，那些干了偷鸡摸狗的，或者是其他伤天害理、不光彩的，都是走背垮的小路——山路，不能走大路。讨口子，悄悄就溜进了院子里来，原来是抄的小路来的；村头某个人，是一个偷儿，有一次偷队上保管室的谷子，被抓了，劳改了两年回来，

---

[1] 细娃儿：方言，小孩儿的意思。

就不敢走石板路，绕着走，从村后的山上摸黑回屋的。有些事，乡亲们虽不说出来，但乡亲们都相信，头顶三尺有神明，祖先们修筑的青石板路有灵性，是知道的。

那个年代，贯穿村子的石板大路，也是全村最好的路。

清晨，隔壁的大爷叼着旱烟、扛着锄头，从石板路上去侍弄稻田；午后，西边的幺爸挑着粪桶从石板路上过去，踩得石板"砰砰"响；傍晚，后院的大母挎个篮子，经过石板路到菜地摘回一篮子豇豆、茄子、辣椒。特别地，遇上农忙季节，男人忙着犁田，女人忙着栽秧，屋头的奶娃儿饿了，老年人抱到田埂边，女人一屁股坐在石板路上，撩开衣服，露出一对大白奶子喂起来。边喂娃儿，边看着田里正在犁田的男人，女人的眼里，流露出满满当当的温馨和幸福。孩子吃饱了，咿咿呀呀，在石板路上爬，爬来爬去，就长大了。

长大了的孩子，放学归来，趴在石板路上做作业，做完作业玩泥巴。抠来泥巴，放在石板路上使劲儿揉，做成泥碗，中间戳一个小孔，哈一口气，口朝下、底朝上，举起来，用力摔在石板上，"嘭"的一声，泥碗就在石板上炸开了花。抬头一看，对方脸上全是泥巴，于是哈哈大笑起来；结果呢，大哥莫说二哥，自己也一样，溅了一脸的泥巴。

记忆中的石板路流淌着欢乐，也见证了几代人的风雨和辛酸。

从小，大人就告诫我们，三月油菜花开时，一个人不要去油菜田，油菜田里有疯狗。爷爷就是被疯狗咬伤发疯后死了的。据说爷爷风华正茂时，打得一手好算盘，是村里面响当当的会计；毛笔字也写得龙飞凤舞，村上哪家过生祝酒都请爷爷去写帖子。发疯后的爷爷打着光脚板，穿着长衫，眼露凶光，披头散发，像一条疯狗哀号着在石板路上狂奔，没有谁拦得住。最后，爷爷终于跑累了，倒在村口石板路上，喘着粗气，口吐白沫，像被抛弃在岸上的鱼，在地上蹦了几下，就死了。

爷爷死的时候，父亲才十三岁。裹着小脚的奶奶在石板路的十字路口，用石灰画了一个圈，端来一个筛子，洒下白酒，摆上"刀头"，用一根长竹竿打起烈烈飘飘的长幡，叫年幼的父亲跪下，父亲把头往石板路上磕得"梆梆"响，拜祭后，将爷爷掩埋了。这石板路上的一跪、一磕头，一夜之间，父亲就长大了。

从此，父亲担起了生活的重担，磕磕碰碰成家立业，把我们拉扯大。那些年，一到年关，村上就敲锣打鼓、浩浩荡荡来给"五保户"拜年。拜年一般送副对子、两斤白糖，但不管怎样，拜年一定要从石板路上来的。

有一年，父亲屁股上生了疮，家里穷得叮当响，没法过年。看见镇上的干部们来拜年了，父亲把干部们拦在石板路上，撩起穿得油腻腻的长衫子，喊他们看屁股上的疮。很多人围在石板路上看稀奇。那时，我虽还没懂事，但还是感到羞耻，恼恨父亲做了一件非常丢脸的事，年夜饭桌上的肉，我赌气，一口也没吃。到现在，父亲在石板路上脱下裤子为我们争取肉吃的情景，已定格成一幅永恒的画，父亲在画里，我在画外，而画外的我，总忍不住泪眼模糊。

后来我读书，也走这石板路，和父辈们一样，走得艰辛、沉重。石板路上，不知留下了我多少背课文、背单词的声音；也不知道摔了多少跤，特别是寒冬的夜晚，伸手不见五指，沿着石板路，走着走着，突然滑倒在冬水田里……

很多次，我仰望着天空，看着重重大山，心里就想，一定要走出石板路，走出大山的包围。经过十年寒窗苦读，终于走了出来。每次从石板路回去，刚到村口，村头的嬢嬢们就大声喊："国儿，回来了！这下你安逸了哟，不挖泥巴了！"眼中满是羡慕！

城市化潮流浩浩荡荡，老家发生了很多变化。

当年和我一起玩石子的已进了城市，并在城里扎了根、立了业；后来一些年轻的，也都进城打工了，村里只剩下老的、小的，走在石板路上的赤脚、胶鞋、草鞋自然就少了。前两年，村长打电话给我，说村村通公路政策来了，叫我帮扶一点儿，政府出一部分，把乡村路修起来。当晚，我迫不及待地驱车回家，兴奋的村民们插秧子般密密麻麻挤在院坝里，久久不肯散去。最后我数了现金，村长、村民代表咬破手指，摁了手印。有钱出钱，有力出力，不到半年，村长又打来电话，说路修好了。

此后，乡亲们挞谷子、掰苞谷、收小麦等，再不像以前那样靠"背、挑、扛、抬"了，而是用电动三轮车，"突突突"几下就拉回去，比以前省力、省事多了；随着快递公司的面包车、摩托车穿行在宽阔、笔直的水泥路上，连通了大山和外面的世界，山里面的红苕、面条、黄花、腊肉这些也源源不断卖出去了。

如今，故乡还是那个故乡，但从曾祖父，到祖父，到父亲，到我们这一代，整整经历了四代人的石板路，却已蒿草丛生，有的已淹没过人头。小时候，连县城都很少去的，总以为天下最好的路，莫过于这石板路。后来到了大城市，看到城里的柏油路，石板路就不再是最好的路了。

但不管怎样，即使现在开着小轿车，跑在国家一级高速路上，也都没有曾经打着光脚板走在石板路上的那种踏实感了。故乡的石板路，虽已完成它的使命，在渐渐淡出我们的视野，但于我们这些身在大都市、灵魂还飘在故土的人，它竟成了我们惦念故土的一抹乡愁，特别是近年来，这种乡愁反而更加浓烈……

（本文发表于《贵州民族报》《重庆散文》《达州日报》《重庆晚报》，荣获2018年度四川报纸副刊一等奖）

家乡渡船

这次回老家过年，发现了很多变化，特别是交通的变化，可谓日新月异。前几年，大家进城挣了钱修了房，这几年呢，随着村村通了公路，大家挣了钱，就都买了车。于是，小洋楼、乡村公路以及公路上跑的汽车，倒成了现在农村过春节的一大景观。

正因了车子太多，路上太堵，初一下午出去闲逛的时候就没有开车，竟然信步走到了儿时玩耍的河边。

老家这条河，拐了九道湾，俗称九龙河。河床宽三百多米，百年不干，因南岸这边沟头，住着唐姓人家，所以渡口也随了一个古朴的名字——唐家渡口。世世代代，那条渡船，把南北两岸的乡亲渡过来、渡过去……

一位老人骑着一辆电动三轮车，风风火火从岸上赶过来。最初以为是过河的，结果却是摆渡的艄公。我闲着无事，上了船，南来北往，坐了一个来回。

他摆好三轮车，慢慢移步到岸，看见过河的人们一个个踏上跳板，陆续落座，大路上再没有人来了，便走到船尾，一使劲儿，从那个圆洞里拔出固定渡船的插竿。再走到右侧船舷，弓腰卸掉控制跳板漂移的飙竿，然后回身抽出长长的竹篙，用光亮如雪的篙竿的铁尖一戳地面，船就缓缓掉头，跳板跟着"哐当"一声脱离岸上。夕阳下，他弓腰撑船的背影显得苍茫、高大。

我一下想起了儿时。小时候，我跟随卖针的父亲到处赶乡场，也常坐这趟船。那时船费不是两元，是两分。也有乡亲给一小坨猪油、一两把米过河的。父亲曾用一根小针，换过几趟船费。特别穷的人家，给不起船费，说两句好话，摆渡的也不计较。但不管怎样，摆渡的一定要将过河的人顺利、平安地渡到对岸。

记得有一个下午，船刚好划到河中央，突然电闪雷鸣，刮起了大风，下起了暴雨，很快山洪冲刷下来，把河水卷起一个个旋涡，船被冲击得摇摇晃晃，船上的人也惊慌起来，我被吓得哇哇大哭。只见艄公前倾后仰，一起一伏，"嘿咗！嘿咗！"使劲地划，最终硬是把我们渡到了岸边。后来，我也坐过很多船，包括遇上大风大雨，虽然内心坦然，不害怕，但艄公满身湿透、拼命划船的样子，一直印在我的脑海。从那时起，我就知道"一人摆渡，众人过河"，但天有不测风云，艄公这碗饭，不好吃。

庆幸的是，现在已经不用船桨划船了，船上除了很多救生衣外，看不见船桨的影子。渡船已改成了烧柴油，艄公摁下那个柴油机键，发动机就"啪啪"地响动起来，然后他像一个船长（其实，他就是一个船长），盯着前方，像开车打方向盘一样，用手左右修正着旁边的摇杆，改变着船的方向，船"突突"地朝对岸游去。从摁键、摇摆方向，到后面的停船靠岸落插竿、搭跳板、锁飙竿、插篙竿，他都显得淡定、从容，波澜不惊。那键、那摇杆，还有那航线，乃至满船的过河人，都已烂熟在他的心中。

船平稳地行至河心，只见远山迷蒙，乡村默默，两岸已经修起了很多白墙红瓦的小洋楼。河床宽泛，野鸭、白鹤成群飞翔，霞光投射在河面上，微风起处，涟漪阵阵，金光点点……

再看船上的人们，大包小包拎着，都是赶庙会、走亲戚，上坟祭祖的。有的还带着宠物狗，那宠物狗一听"啪啪"的马达声，刚开始有些怕，赶紧趴在船上。后来习惯了，就满船跑来跑去。不过，船上的人也不见怪，大多拿着手机，拍两岸风景。下船时，很多人用手机往船上挂的二维码牌子"嘟"地一扫，就把船费付了。

在等客回岸的当头上，我和老人聊了几句，才知道小时候摆渡的竟然是他的父亲。老人满脸沟壑，已经七十多岁，是唐家沟这边的人，祖孙三代都生长在河边，靠打鱼渡船为生，后来到了他这一代，政府补助了一部分，终于上岸修了房，安了家。

唐艄公这条船，是一条红色铁皮船，线条流畅、沉稳。船长十四米、宽三米，一次可以容纳八十人，但村里规定最多只能坐四十人，并硬性要求买了保险，每人两百元，一年保险费八千元。和他两个长大的儿子都进城打工去了一样，农村现在人口少，生意不好，缴纳了保险后，过河人给的两元钱，作为补贴，他就不

035

再向村里缴纳费用了。

我问他，摆这渡河，还要摆多久？他往上游指了指，说已经开始架桥了。我顺着他指的方向望去，看见上游两千米左右处已架了桥墩，一个支架耸立在那里。他还说，听说后年要通车了。最后，他又指了指岸上静静停着的三轮车，说平常下船上岸，有些乡亲搬不动的东西，他也用三轮车帮忙拉一下，顺便挣点力钱。等大桥修好了，他就上岸来，跑跑三轮车，挣点生活费。

"过河哟！"这时，对岸又有一群人要过河，老人向我打了一个招呼，掉转头，向对岸开去，那船头上的篙竿高高地立着，仍然威风八面。

当我回到岸上，才发现渡口上搁置跳板的石头，还是当年父亲牵着我的小手走过的那块石头，到如今已是好几十个年头了。几十年来，渡口没变，大河还是这条大河，河水自西而来，浩浩荡荡，向东奔流而去，不过，那条横河而去的渡船，渐行渐远，最终将从我们视野里消失……

（本文发表于2018年2月27日《重庆晚报》）

老家大堂屋

　　老家是在一块血地上建立起来的。

　　院子以前姓来，叫"来家"大院子。当年张献忠灭四川，铁蹄所踏之处，尸横遍野，血流成河。在这场浩劫中，来家大院几十口人除了一个不满八岁小孩躲在草笼中幸免于难外，其余全部被杀。和邓小平的家乡一样，在清政府主导下，湖广填四川，祖先才从湖北麻城一带填过来。

　　房子是曾祖母用她嫁妆修建的。曾祖母姓王，父亲他们那一代喊王婆婆。一提到王婆婆，整个家族都很敬重。正是王婆婆修建了这座房子，子孙繁衍，才有了糜家大院。

　　大堂屋是糜家大院的中心。以大堂屋为中心，左右两边各有两间相对称。这样的房子老家有很多，笔直的大树，立上去，就是柱子，柱子与柱子之间逗缝对榫，木栓连接、牵制，整个房子不见一钉一铆，但看起来结构精巧，端庄浑厚，落落大方，很有气魄。

　　小时候，一直不明白，当时没有吊装的重型和大型机器、切割机等，先人们是用什么办法将粗壮的树立上去的呢？一个偶然机会，看见湖南通道县境内的侗族木房新建过程。原来是把修房子的地方先平整好，量好尺寸，然后把树木与树木相互镶嵌成一个大的架子，再从中间把横梁串联起来，大梁架好后，整个框架就四平八稳，再弄一些中间的细枝末节。

从王婆婆算过来，到我们这一代，四代人，两百多年了，柱子不生虫，不腐朽。墙面用篾条夹上，然后糊上泥巴。泥巴是有讲究的。选用黏性的黄泥巴，将干枯的稻草切成小节子，混合在里面，如果泥巴黏性不够，还加入一些牛粪，让水牛在上面来回地踩踏，直至完全糅合，然后糊在篾条上，这就是泥巴墙。泥巴墙冬天暖和，夏天凉快，缺点是不隔音。隔壁日常起居、嬉笑打闹、吃喝拉撒、洗碗刷锅都听得一清二楚。年深久了，泥巴剥落，老鼠就从那篾条缝隙里钻来钻去。

大柱子、泥巴墙修建的大堂屋庄严、肃穆，两扇门高大、厚重。门槛很高，小孩要使出吃奶的力气，把小屁股撅得老高才能攀爬过去，生生死死、进进出出，经过几代人摩挲，门槛光滑，伤痕累累。

春天来了，燕子在大堂屋里飞来飞去，叽叽喳喳，衔泥衔草，最后将窝垒在大堂屋正前方，经年累月，那窝下面的墙壁上拉出一道道惊心动魄的瀑布屎来；我们在大堂屋里追着燕子玩耍，耍累了，胆子大的，举一根长竹竿去捅燕窝。不久，捅燕窝的脑壳上生了癞疮，老人们就骂：该背时，捅燕窝遭报应了！在记忆中，燕子颇为亲切，乌黑背，米黄嘴，白腹，剪刀尾，小巧玲珑，第一年捅了，第二年依旧来，老人们又说，这是风水好，燕子来了要发财……

下雨天，大人们不出工，大家都聚集在大堂屋，吹牛聊天，妇人纳鞋底、男人打扑克；哪家请裁缝缝衣服，木匠打家具，都在大堂屋；村里开会，更是济济一堂，正前方摆张八仙桌，村长坐在那里将桌子敲得梆梆响，全场鸦雀无声，村长声情并茂的讲话声在大堂屋飘荡，余音绕梁。自然，家族中婚丧嫁娶也在大堂屋。哪家嫁女娶媳妇儿、过生办酒，大家都来帮忙。推豆腐，顶桌子，抬板凳，锅碗瓢盆不分你我，相互挪着用，一个大同社会，其乐融融，大堂屋充满了人情烟火。

王婆婆生了两个儿子，子又生子，到我们这一代，已是十几家人了。后来，田地下户，兄弟之间分家，先是大爷家在大堂屋右边用泥巴墙隔离出来，不久，幺爸家也在左边隔离出来。这样东一家、西一家，被隔成了四块，中间只留一条窄窄的过道，连一个箩篼都过不了，进出很不方便。后来，孩子也不去玩耍，燕子也不去垒窝，那扇大门，经常被沉重地关上。特别是遇上割谷子抢偏斗雨[1]，以前直接抢进大堂屋里，现在却不能了，没地方堆了，眼睁睁看着谷子被雨淋湿，发霉、生芽。从此以后，大堂屋的泥巴墙，在兄弟之间、妯娌之间也慢慢演变成了一道无形的心墙。

---

[1] 偏斗雨：方言，指雷阵雨。

名存实亡的大堂屋被隔离，也正应了书上说的：合久必分。

三十多年后，父亲去世，在征求早已去了城里的叔伯、妯娌及其堂兄侄子等同意后把两边泥巴墙拆了，搬出所有东西，打扫完满布的蜘蛛网和灰尘，父亲安静地躺在大堂屋，门楣上方扎着一朵大白花，白花下面是父亲的遗像，门套上贴着丧联，哀乐奏起，大堂屋的庄严、肃穆一下子又显现出来。按照老家风俗，老年人去世，灵柩要停在大堂屋的。相对于同样是停在大堂屋被疯狗咬死的爷爷、饿死的奶奶，一辈子遵循"不整人、不害人，才能得好后人"理念的父亲知足了，而且，按照父亲生前的话说，还比他们多活了好几轮。合久必分，分久必合，父亲走后，大堂屋才又成了大家的大堂屋。

正如老年人说"燕子来了要发财"，糜家香火不断，虽未大富大贵，但在浩浩荡荡的城市化潮流中，有的远渡重洋，有的去了京城，有的当了作家、画家，有的当了军人、商人。去年五月，大院子西边爷爷辈那位老人去世，当年几百人的全村，竟然凑不齐抬灵柩的八大金刚；而随着他的去世，偌大的一个糜家大院，竟然一个人也没有了。而作为权威的大堂屋，繁华落幕，如梦无痕，唯泥巴墙上那石灰白底、红字的毛主席语录还一字不落，清晰可见：下定决心，不怕牺牲，排除万难，去争取胜利。

（本文发表于2017年6月30日《重庆政协报》）

老家的水井

这次清明回老家，发现屋后竹林里那口土井四周杂草丛生、青苔满布，淤泥深厚，看样子是很多年没人吃、没人淘了。唏嘘之余，倒勾起了儿时不少的回忆。

村里有三口井，一口土井，两口吊井，但真正让我念念不忘的，还是隐藏在竹子下面的这口土井。

井口呈半圆形，簸箕大，四周用石头垒砌了，下井的梯子，用青石板铺成，一、二、三、四……共七步，水浅的时候，走下去，一瓢一瓢舀上来；水深时，直接将桶沉下去，掬一桶水，挑起就走。

石梯上来对面，长着一棵歪脖子洋槐树，枝丫努力向外伸展，都伸到水井的上方了。花开时，洁白的洋槐花摇摇曳曳，随风飘落，像一个个美丽的白色仙子在翩翩起舞；叶片枯黄时，一片一片，跌落在井水里，显得明丽而精致，因了井水的亲切，那叶子也是亲切的。竹林里的画眉、麻雀、蜻蜓也一蹦一跳，逗留在平滑的石板上喝水。偶尔，还看见它们在水面上嬉戏，搂搂抱抱、卿卿我我，那忘我的样子，俨然把水井当成了调情的温床。

在水井旁边，铺了两块大石板，平常女人们在石板上搓刷衣物、淘洗蔬菜，周围被冲洗得干干净净，年深日久，那嘻嘻哈哈、喧嚣打闹掉进井里，水井竟通了人性，变得鲜活一片，灵性十足。

但也有偷懒的孩子，直接将红苕、猪草连同背篼放入井里淘洗，把井水搅得浑浊不说，还把猪草叶子撒得到处都是，被人看见了，都会遭到指责；特别是在石板上玩石子的细娃儿，尿胀急了，翘起小鸡鸡就往井里撒。撒得兴起，还相互攀比谁撒得高、撒得远。大人瞧见了就骂起来：讨不到婆娘！再撒，就直接割了！吓得娃儿一溜烟儿跑了；下雨天，泥泞满地，个别大人扯一把杂草，直接蹬着糊满泥巴的筒靴踩在石阶上擦洗，草屑胡乱漂在水面，脏兮兮的。俗话说州官可以放火，百姓却不敢点灯，这时，作为小孩的我们看见了却敢怒不敢言。但不管怎样，从小到大，水井对我们来说都是神圣的，不准谁轻易去侵犯。

一方水土养一方人，我们院子十几户人家，就靠这口井过日子。平常倒好，汪汪的一井水，大家不争不愁；遇上天干，水浸得慢了，就要守水。

守水的时候，一个院子，水桶弯弯曲曲排成壮观的长队，水浸出一瓢，就舀一瓢，守满一挑，又该下一家。最初大家还依照次序来，守到守到，有些等不及了，开始插队，引起口角是非。妈妈老实，看见我们家水桶被人提到后面了，也不说什么，默默地承受了。妈妈说，别人家孩子小，等着水下锅煮饭呢，让他们插队吧！其实，我们也小，我们的肚子也叽里咕噜在叫。

但对儿时的我们来说，守水也有乐趣。守到晚上时，月光从竹叶缝隙穿透过来，清幽幽地投射下来，漾漾的，水井里闪烁着一个月亮，再看水桶里，也多出一个月亮。我们吵吵嚷嚷，争执着月亮是掉井里了还是掉桶里了，竟忘了守水的枯燥和疲劳。

遇上旱灾年，井水彻底干枯，没水可守，大家挑起水桶，到处找水，结果，周围的水井也干枯了。实在没办法，只有到山那边九龙河去挑。九龙河远，爬上观音山，再下山，一去一回，十几里地，累死人。

一口水井，让我们懂得了谦让和水的珍贵，也让我们过早地尝到了生活的艰辛。农村的孩子，没有不挑水的。坚硬的扁担经常把我们的小肩膀蹭破皮，遇上过滤红苕粉、推豆腐、杀猪等用水量大的时候，双肩还会被压得青一块、紫一块。小时候，我很瘦小，经常挑半挑，从水井上来，要爬一段坡路，逢上雨天，路面滑，稍不注意，一溜，"啪啦"一声，水桶"哐当——哐当——"往坡下滚去，水倾洒一地，人呢，摔得四仰八叉。

土井里的水是从后山浸下来的，冬天，井口腾腾地冒着热气，打上来洗手、洗脸，暖和；一到夏天，则是冰浸浸的。我们放学回来，渴了，捧起就喝，甜津津的，好喝。特别是煮出来的稀饭、腌出来的咸菜，浓香扑鼻，满口留香。记得前两年有一次，我心血来潮，想吃老家的咸菜，按照老家的配方、步骤严格来做，但腌出来的怎么也没有那个香味儿。后来才明白，城里的自来水，始终赶不上老家的井水。

井水脏了、淤泥沉积多了，就要淘洗。吃水不忘挖井人，挖井费力，淘洗水井也很费事。平时挑水都争着挑，但遇上淘洗水井，大家相互推诿，往山上去忙活。大多时候，是我和隔壁的北平一起淘洗。北平比我大，他干重的，我挑轻的，我们分工合作。先舀干净水，再用筲箕挑出淤泥，然后到竹林外的水田里挑来水清洗，洗了之后又舀出去。如此反复，直到把水井淘洗得见到底部的石骨子，我们也累得满头大汗、腰酸背痛，被污泥浊水糊得没了鼻子眼睛。不过，看见一股股清泉重新流淌出来，邻居叔叔婶婶投来赞许的目光，我们开心极了。

如今，土井如一位被遗弃的老人，默默地守候在竹林里，没了儿时的喧嚣，没了昔日的人情烟火，虽然井水依旧清冽、甘甜，却没人去吃了。

古人有"背井离乡，卧雪眠霜"的诗句，对我们这些背井离乡，身体漂泊在城市而灵魂却搁浅在故乡的人来说，老家那口水井是我们永远也无法忘却的乡愁，随着岁月流长，井水幽幽，乡愁浓浓……

（本文发表于2018年4月10日《重庆晚报》）

大红灯笼，高高挂

腊八一来，开始数年了。

还有几天开学，在香港上学的儿子说去北京玩两天。

"有些不适应，儿子走了！"妻子说。

"没那么闹热了！"我附和道。

就在我们都感到有些落寞时，儿子发了照片过来，一看，是游故宫的照片：一盏红彤彤的灯笼！华灯初上，温暖、祥和的灯笼，一下抓住了我的心！

"北京的年味儿来了！"儿子说。

（一）

小时候，院子西边有一位德红爷爷。

在我们院子里，十几户人家，数他辈分最高。德红爷爷手巧，经常在我们面前做一些小玩意儿哄我们开心。他刀法好，划出的篾条像绸缎。篾条分青篾、黄篾，他能把青黄二篾各划出几层。然后，用绸缎般的篾丝做成鸽子。我们围绕在他旁边，看篾丝在他十指上翻飞，很快，一只栩栩如生的鸽子出现在他手上。

最初，我们嚷着还以为是斑鸠，德红爷爷说，怎么会是斑鸠呢，斑鸠能飞到台湾去吗？从那时，我们就知道海峡那边，还有一个宝岛，叫台湾。

听德红爷爷说，在他两岁时，他父亲被拉壮丁，去了台湾，一直没有消息。

不过，最好玩的，还是每到年关，德红爷爷编织的灯笼。

德红爷爷把竹子剖开，划成篾条，截成小棍子，刮掉毛刺、毛须，一根根棍子就像筷子般光滑，上下用篾条缠了一个小圆盘，再将篾条两头拴紧，撑起来，做成弓形。然后在底部搁置一个小板，用铁丝拴了，固定下来。最后在四周糊上红纸。一盏精巧玲珑的灯笼，就在他手上奇迹般出现了。

为了早点看到灯笼，我们都帮着打下手。看见他抽烟，我们赶紧划燃火柴，帮他点了；砍刀不在了，帮他找；需要竹签子，帮忙刮。调糨糊，抹糨糊，搞得我们手忙脚乱，小脸盘儿脏兮兮也顾不得，我们却开心满满。

当灯笼做好后，摆在院坝中间，我们在旁边跳跃着，等着快点阴干。但又小心翼翼，都怕触碰到弄坏了，像呵护一个宝贝一样，呵护着。

天一黑，德红爷爷点了桐油灯，灯笼亮堂起来，我们拍着小手吆喝：

灯笼亮起来了！灯笼亮起来了！

德红爷爷家门口有一棵洋槐树。一到冬天，洋槐落光了叶子，旁边的枝丫斜插出来，德红爷爷将灯笼挂在枝丫上。

我们仰望着头，都喊挂高了。

德红爷爷说，傻孩子，挂得高，远处才能看得见呢。

德红爷爷还说，他父亲是在大年三十那天，从对面垭口被抓走的。父亲回来，也一定要从那垭口回来。果然，天一黑，从对面垭口望过来，就能看见德红爷爷悬挂的灯笼。

我们呢，在灯笼下嬉戏、打闹，借助灯笼发出的亮光，在树下玩烟牌、打陀螺、跳罗汉、唱灯笼的童谣：

一个南瓜两头空，

肚里开花放光明；

有瓜没叶高高挂，

照得面前一片红……

（二）

唱着童谣，我也在慢慢长大，很多道理，也在慢慢明白。

记得刚毕业出来创业那两年，一个大年三十的夜晚，因太疲惫睡着错过了下车的站，当火车停靠在北方的一个小站上，我背着一个背包走下来，一片茫然。因为太冷，我的双脚已经肿得像两根白萝卜。

突然，视野里，在站台的那个站牌正上方，一盏灯笼悬挂着！

我的心一下被击中了，眼泪忍不住哗哗流下来。

在远离故土的大年夜，这盏灯笼把我拉回了儿时，我终于明白德红爷爷说的，灯笼挂得高，才看得远。夜色寒冷，风中的灯笼，静静地指引着人们回家的路……

成家后，每年大年三十，我们都会挂灯笼。

过年都是回老丈人家，午饭后，我们找来楼梯，撑开老丈人早已在商场里挑选好的灯笼，几个人扶着楼梯，小心翼翼地挂上去。

老丈母围着围裙，忙里忙外，准备了丰盛的一大桌。晚上我们一家人，在灯笼下吃团年饭，合合欢欢，热闹腾腾。孩子们蹦蹦跳跳，嘻嘻哈哈，丢鞭炮，放烟花，许愿、放孔明灯；晚饭后，在灯笼下，我们围着火炉拉家常。整个家庭，其乐融融，温馨一片！

（三）

当儿子到了香港，下了飞机，他又发来照片，说，在香港机场，也看见灯笼了。

我告诉他，灯笼，是中国元素。在中国，灯笼从秦汉时期挂过来，已挂了两千多年。如今，在中国，灯笼无处不在。这几天，在商场、酒店、公园，甚至很多路边，到处都悬挂着红彤彤的灯笼。

中国灯笼，大多是圆形，寓意就是圆满。

儿子在香港结识了一个亲善家庭。主人家是台湾人。因为从重庆过去，儿子没带礼物，他说到北京去买。后来儿子告诉我，他给亲善家庭买了一个小灯笼，LED做的，很漂亮。儿子还说，他去送礼物时，亲善家长告诉他，台湾也挂灯笼，挂圆圆的大灯笼。

其实，在国人心中，都有一盏灯笼高挂着。

母亲在门前挂上一盏灯笼，那是牵盼，是惦念；羁旅在外的儿子在门前挂上一盏灯笼，是归家的心，是不能在父母膝下尽孝道的愧疚。

将心比心，感同身受，况且是骨肉至亲。当这年关来临时，看见北京故宫的灯笼高挂时，我也明白了儿子他内心的那份想家的心境。但我告诉儿子，不管以后身在何方，你的心是中国心，不要忘了心中那盏灯笼——那盏圆圆满满、充满中国元素的灯笼。

（本文发表于2019年1月3日《重庆晚报》《达州日报》《贵州民族报》）

大地芬芳

　　婀娜风情的春前脚一走，初夏后脚一抬，跟着来了。

　　五月小麦黄。几个太阳之后，小麦开始收割，裸露出的胡豆醉酒一般，歪歪斜斜，趴在田间；金黄的油菜花儿，曾经风光无限，被很多采风的诗人吟唱、歌颂，但终究脆弱，昙花一般，凋谢了；饱满的、一管一管的油菜压弯枝头，齐刷刷、一致地朝一个方向倒去……

　　直直地，芫荽蹿向了天空。

　　要知道，一旦蹿向天空，芫荽的生命就结束了。在它们的枝丫上，已开出白色的、像星星一样的小花，密密匝匝。花儿一谢，结成的籽——就是芫荽的种子。主人家让那几棵最强壮的发疯地向天上冲去，等它们长大，蓄成种子，晒干，等待来年春天撒种。如此循环往复，生生不息。

　　不过，打落籽后，因了枝叶婆娑，不肥不瘦，色彩淡雅，又清香一片，倒应了主人那份闲适洒脱，于是被精心修裁，插进花瓶，摆在客厅，完成第二次华丽蜕变。

大地上，飘荡着泥土的芬芳。

各种花草、树木和庄稼混合的味道。要具体地说出是哪种香味，不是老把式的农民，还不得行呢。

洁白的蝴蝶翩翩起舞，轻盈、灵巧，在花朵与花朵之间传递着爱情……

山岗上，布谷鸟和杜鹃扯天扯地地叫着。似乎，没它们的叫唤，季节就不会转换；或者说，那大地上的庄稼，缺少了它们的歌唱，就不知往上长呢。

四季豆开出白色的小花，牵出长长的藤蔓，曲曲绕绕，爬上了篱笆。叶子已半个巴掌大了，雨水一来，花儿凋谢，嫩嫩的、诱人的四季豆就挂满枝头。那篱笆，搭得整整齐齐，绑得牢牢实实，布阵列兵样，很是好看。老农们在做这些细活时，一定充满了敬畏和爱心……

篱笆是鸟儿们的舞台。

小巧的麻雀成群，在篱笆上飞来飞去，起起落落。它们叽叽喳喳，歌唱着这季节，而且胆子越来越大，躲过顶着草帽看护庄稼的假人，将泥里的玉米种子掏出，偷偷吃了。正在淋粪的农民勾下身，捡起一坨泥巴，扔出去，小精灵们一起哄，跃到对面的桃树上，调皮得很。

但满地的种子终究吃不完，玉米苗已生长出来。它们努力地往上冲，很快，盖过了膝盖，青青绿绿、密密麻麻的青纱帐，莽莽苍苍，望不到尽头。

赶趟儿似的，旁边的茄子、花生、豇豆、苦瓜……一个两个，从泥里拱出小脑袋，一夜之间，长成筷子高，蓬蓬勃勃，绿满整个大地。

红苕藤也一掐高了。它们是母红苕冒出的藤子，嫩黄嫩黄的。真想掐下来，炒成一盘小菜，勾二两小酒……

但不行呢，看它们挤挤挨挨，长得那么娇嫩，怎么会忍心呢？等雨水来了，它们被移栽，长出藤蔓，然后悄悄地长出红苕。一根藤蔓，都会长出好多根浑圆、敦实的红苕。母子红苕，就是母亲，会孕育出更多的生命。天底下的红苕，都是它们的儿女。

季节不等人。

初夏的阳光弥足珍贵。

农民们背着塑料桶子，右手举着喷雾器，左手一上一下摇着，在田间里杀虫；天干了，他们挑着水，在地头浇着，一瓢又一瓢，浇得仔细。大地上的嫩秧秧们，喝得正欢。

蛙声阵阵，田间里的秧子忘情地往上长。整个沟头，青绿一片。恍惚间，像上帝的妙手，一刹那，春回大地。

黄昏，炊烟袅袅中，乡村广播响起，依旧是《在希望的田野上》的歌儿。而埋头忙碌的人们，无暇顾及……

（本文发表于 2019 年 5 月 3 日《重庆晚报》）

故乡的篱笆

　　我们家有一块菜地，在地坝边。没有竹林遮挡，阳光很好，土质肥沃，一到春天，妈妈就挖地种菜。菜地不大，呈长方形，大概三分的样子。下面是水田，挨着水田的坡上长了几窝黛绿的柏树。在柏树下面，种了很多韭菜。靠近水田那边，种了蔬菜，靠地坝这边，栽葱子、蒜苗。蒜苗拔了后，也会种青菜。看见蔬菜叶子稍微长起来，那些讨厌的母鸡公鸡拖儿带女兴奋地拥进去啄叶子，把蔬菜叶子啄得洞洞眼眼，后来到春天种菜前，妈妈就会围上篱笆。

　　故乡的篱笆用高粱秆做成。编篱笆时，妈妈叫我们去打下手。妈妈先把田埂上的高粱秆砍回来，选出粗壮、笔挺的，剔了叶子，削掉上面的尖尖，晒干，叫我们抱到地头，布阵列兵一样，挨着地边插起来，插了一排插二排。我们也去帮忙插，但插得歪歪斜斜，妈妈就把歪斜的扶正。妈妈说，歪歪斜斜，怎么要得呢？等以后藤藤一爬上去，不是就倒了吗？

插好之后，妈妈叫我们在草垛上扯来稻草，她站在板凳上，绑起来。我们站在下面，歪着头，看妈妈仔仔细细地绑。妈妈左手拿着一把稻草，嘴上还衔着几根，从第一根高粱秆"腰部"开始，妈妈从左手里面抽出一根稻草，第一根绑在第二根上，缠两圈，很利索地打上结，然后第三根绑在第二根上。妈妈手头的稻草用完了，我们又踮起脚尖给她递上去。

由于地面凹凸不平，板凳有点摇晃，我们用小手死死地将板凳撑住。或者将妈妈的裤脚死死地拽着，拽不住，也拽，担心妈妈摔下来。其实，妈妈根本就摔不下来的。看我们脸红脖子粗很使劲儿的样子，妈妈说："不要拽了，摔不下来的，你们帮我绑下面的高粱秆。""歇口气！"妈妈手举酸了时，会这样说。妈妈站在凳子上歇气。这时，我们的头也快要望落了，蹲下来，学着妈妈的样子绑下面。一根一根地绑下去，结结实实的，很快，篱笆一排一排地连接起来，像刚刚修好的房子。我们躲在里面，玩起捉迷藏来。家里面的大黄狗也跟着我们跑。跑着跑着，看见蝴蝶在空中飞来飞去，大黄狗仰起头，张开嘴，去咬。蝴蝶既不飞高，也不飞远，就那样打着旋转逗大黄狗。大黄狗笨，不小心，撞在篱笆上。看见我们乱跑，妈妈喊道，小心点，莫跶到[1]了。

菜地头，妈妈种得最多的蔬菜是苦瓜。那个年头，苦瓜长得

---

[1] 跶到：方言，指摔跤。

筷子长、油条粗，满脸皱褶，悬挂在篱笆上，很显眼。摘不赢[1]，苦瓜就会红。红了的苦瓜，经太阳一晒，裂开口子，鲜血一样的汁直流出来。妈妈说，黄了的苦瓜不好吃，等它晒干，留下作为种子。晒干后的苦瓜籽壳很硬，都不知道来年那苦瓜的嫩芽，是凭借什么力量冲破出来的。

正因为我们家苦瓜种得多，小时候，我就学会了吃苦瓜。很多同龄人却是吃不惯的。苦瓜在我们家有很多种做法，炒、凉拌、红烧等，就差一道煮汤了。我喜欢吃凉拌的苦瓜。妈妈将苦瓜切成薄片，腌点儿盐巴，过几分钟，把苦水挤出来，拌点豆瓣，撒点儿葱花儿，下稀饭，很好吃。特别是大热天，吃起来，苦脆苦脆的，很舒服。

有肉的时候，妈妈也把苦瓜弄来红烧。妈妈一刀将苦瓜从头至尾一分为二，用一把陶瓷小勺子，拿柄那端插入苦瓜的凹槽里面，顺着槽子往前推，一下子就把苦瓜籽刮出来了，连里面的苦瓜瓤瓤也刮得干干净净。然后将苦瓜切成滚刀，肉宰成坨，锅烧红，加点儿猪油，把带皮肉火爆一下，再加点儿豆瓣炒香，烧至七分熟，倒入苦瓜。妈妈红烧出来的苦瓜肉特别下干饭，平时只吃一碗，这个时候都要吃两碗。记得前两年，新换来的阿姨没听说过苦瓜烧肉，不会做，也不吃苦瓜，教着做了几次，会做了，也会吃了。

篱笆上爬得最多的要数扁豆了。扁豆最会爬。爬上篱笆，还

---

[1] 摘不赢：方言，此处指采摘不及时，摘晚了。

借助篱笆，爬上了地边的柏树，有的还爬上了树梢。真带劲儿！爬上树的，我们跟着爬上去摘；树梢上的，妈妈说危险，就不准了。我们找来一根长竹竿，上面绑上镰刀，连着藤蔓钩下来。也有时候，妈妈不让割，等它们自然干了后，留着来年作种子。或者到了冬天，妈妈把扁豆的米子剥出来，炒来给我们吃。炒出来的干扁豆，硬，香！我们用作业本包了，藏到书包里，送给邻桌的女同学。女同学脸一红，偷偷地接了，那种羞涩，至今还清晰记得。扁豆开紫色的花朵，晃眼一看，像一只只蝴蝶停留在树梢上，有风吹过的时候，不知是叶子还是扁豆，抑或是真的蝴蝶，在翩翩起舞。

夏天的时候，篱笆上面也结上了很多酱紫色、青白色的豇豆。很长！豇豆结得很快，吃不赢[1]的，妈妈摘回去，嫩的，淘洗了，丢在泡菜缸子里。隔夜捞出来，下稀饭；老点的，晾晒在屋檐下，腊月间，拿出来炖腊肉，也好吃。

到了秋末，蔬菜陆陆续续都结完了，篱笆也干枯了，妈妈带着我们把篱笆上面的藤蔓用镰刀割下来，然后将篱笆一根一根地扯起来，铺在地坝头晒干了，当柴火。

等第二个开春来了，还不是很暖和，我们坐在地坝边的石凳上，看妈妈翻地。妈妈挖得很认真，举起锄头，挖下去，锄头陷入泥土中，妈妈左手一抬锄头把子，右手一按，新鲜的泥土就翘出来了，接着，

---

[1] 吃不赢：方言，此处指豇豆长得太快，吃不完。

妈妈用锄头后跟敲碎泥土，顺便勾头将一些毛草捡起来，在锄头跟上将泥巴抖得干干净净，顺手甩出来，我们赶紧跑过去团拢来，丢在背篼里。挖热了，妈妈解开包在头上的青布头帕，脱下对襟袄子，叫我们抱着，暖烘烘的，全是妈妈的味道。解开头帕的头发有些乱，妈妈用手捋了捋发白的头发，用袖子揩了揩额头的汗水，说，等天气暖和了，又要点菜、撒苗、绑篱笆。

初春的阳光晒在泥土上，燕子在上面翻飞，叽叽喳喳，开心地啄泥土表面的蚯蚓。有的捉住了，一个跃子，朝地坝里的屋檐下燕窝飞去。燕窝里，还有叽叽喳喳、嗷嗷待哺的几只小燕子呢。

现在每逢吃扁豆、吃苦瓜，就会想到故乡那块菜地，想到菜地里的篱笆，以及篱笆上面开满的各色鲜花，很多蜜蜂和蝴蝶飞来飞去，我们跑去捉；更会想起妈妈在篱笆下忙碌的身影，而天真的我们呢，看见妈妈种下的蔬菜，今天去看，明天去看，都没见长高，就问，妈妈，怎么地头的扁豆还没牵藤呢？

（本文发表于2018年2月4日《重庆晚报》）

春风吹过北斗村

（一）

今年的夏，比往年来得更晚一些。

刚入七月，北斗村"北斗锄禾"开心农场就已丰收在望。

驱车出城，一路向南，不到半个小时车程，"北斗锄禾"指示牌映入视野。

阳光向好，山风吹拂。

"雨打清明前，洼地好种田""小满小满，麦粒渐满"……悬挂着时令节气谚语的观光长廊，被瓜果藤蔓覆盖着，像一条绿色大带子，划开一百五十亩的农场，向农场腹地蜿蜒而去。

豁然开朗处，绿绿葱葱，扑面而来的，是一片盎然生机：青色南瓜碗口大，悬挂在支架上，一个挨挤着一个，担心那架子撑不住，就掉下来；紫色的茄子你追我赶，一行一行，排开出去，布阵列兵般规整，一阵风后，又长长一截来；一串一串的辣椒，青幽幽泛着光，勾人味蕾；旁边的一片番茄，密密匝匝，红的、黄的、青的，小灯笼般悬挂在阳光下，玲珑、乖巧，惹人喜爱……

烂漫的山花和路边的青草，裹挟着果子香、蔬菜香，也扑面而来。

连风，也是清香一片……

对面山峦上，一棵需环抱的黄葛树，郁郁苍苍，撒下一地阴凉。

树下一张小石桌，围了几张小石凳。一位老人，坐在小凳上，将手中草帽帽檐卷过来，不紧不慢地摇着。摘下草帽的老人，白发苍苍，凌乱如霜。

老人就是农场场长赵光合，今年已经六十六了。

"来，吃番茄！用井水洗了的！"看见参观农场的客人们走得有些累了，老赵端来一盘番茄，搁在石桌上。

几粒水珠，粘在红里透黄的番茄上，晶莹剔透，诱惑十足。

客人们也不拘束，围坐下来，拿起就咬，汁多肉厚，酸甜爽口！

"好新鲜！小时候的味道！"有人惊叫起来。

风，轻轻地从对面垭口吹过来，凉爽宜人。

老赵掸了掸洗得泛白的衬衫，两片菜叶掉了下来。刚刚忙着和员工们在地头摘番茄，汗湿的衬衫紧贴着背。下午有公司食堂要来拉番茄，他们需在三点前采摘好五百斤番茄。

"那几年，年轻的都出去打工了，剩下老的老、小的小，土地闲置下来。杂草长过一人高，好生生的土地都荒废了！"啃着番茄，大家听老赵讲起了农场的来历。

（二）

夜，已经很深。

北斗村委办公室，依旧雪亮一片。

怎样才有创收，怎样才能发展，对村支书、村主任来说，是种痛。一直以来，这种痛，像一座大山压在他们心头。

现在不是流行"网上偷菜"吗？我们北斗村离城区这么近，交通便捷，何不搞一个现实版的"开心农场"呢？有人提议。

这是一群和时间赛跑的人。

说干就干。

先是成立专业合作社，然后流转土地。流转过来的土地租金。如在农场上班，每月按时发放工资，中午管伙食。

村民大会上，签订合同的村民排起了长龙。

村干部、村民代表拿着尺子、带上账本，下地测量，记录上张家王家李家赵家，一坡坡土地，被划成了很多小块……

斑鸠、野鸡扑腾着翅膀，向山崖上飞去。

荒芜多年的土地，沸腾了。

满坡的村民，心中激荡着，眼中充满了期待……

土地才是农民的命根子。

后来的事实证明，这个决策是正确的。

老赵讲得绘声绘色，仿佛当年创立合作社的情景就在跟前。

"既要发工资，还要发租地租金？那这些钱，从哪里来呢？"有客人疑惑道。

"关键点就在这里。"老赵拿起一个番茄，啃了一口。

"我们将一亩土地分成十份，每份以两千元一年的价格让市民认种，使先种后卖的传统农业变成了先卖后种的订单农业。"

荒草丛生、一文不值的土地，产值达到两万元一亩！客人们突然明白过来。

"现在认种的市民和单位近三百户！"老赵自豪感顿生。

"一户两千元，按照三百户计算，一年近六十万元的收入！"大家惊叹道。

"我们种植的这些蔬菜，已经通过国家'无公害农产品'认证，达到'有机食品'标准，属纯天然绿色产品。"像一位将军，老赵向坡下挥了挥草帽，那一坡坡蔬菜，俨然就是他的士兵。

（三）

岁月茫茫，白云苍狗。

从2011年农场成立以来，吃在农场，住在农场，一干就是十年。

十个年头，老赵换了四十双鞋子。农场半年发一双解放鞋，老赵三个月穿烂一双。一百五十亩土地上，来来回回，不知留下了老赵多少脚印。

按照老赵的话说，他为村民服务了大半辈子。

记得农场刚刚成立那年，遇上干旱。

一眼井，十亩园。蔬菜是水布袋，最怕缺水，凿井取水，迫在眉睫。

"当当当"，一锄头下去，是坚硬的石骨子。

那时，农场还没修路，机械设备进不来。

怎么办？

没有硬骨头精神，啃不了硬骨头！老赵的倔强劲儿上来了。

顶着烈日，冒着高温，老赵带领着村民，打着光膀子，用錾子和铁锹，一凿一凿，一铲一铲，连续奋战了三天三夜，十一厘米宽、一百二十多米深的水井，硬是被凿了出来。

井是凿出来了，农场灌溉从此无忧，但老赵却病倒了。病好后的老赵，体重骤减了十多斤。

这一片土地，哪里有沟，哪里有渠，哪块地种辣椒，哪块地种西瓜，甚至哪块地是平整还是斜坡、是贫瘠还是肥沃，老赵都如数家珍，熟悉得像自己的十个手指。

一到周末，城里人带着孩子，前来除草、挖地、摘菜，体验农耕生活，回去时，每辆车里，瓜果蔬菜塞得满满当当。孩子们在笑，大人们在笑，整个农场都飘荡着欢笑声。看着这一切，老赵心里也乐开了花！

老赵深爱着这片土地。

这份爱里，有对土地的敬畏和尊重，更有对村民的责任和担当。

黄葛树，如一位守候农场的老人，寂寞地站在山岗上。

寂寞，但不孤独。

（四）

阳光有些刺眼，空气中散发着炽热。

"慢点！要掉了！"看见老方担着一挑从地里摘回的番茄——两边箩筐里的番茄堆积得冒梭梭，欲滚不滚，老赵屁股一抬，丢掉手中的草帽，赶紧迎上去，帮忙扶着。

从地里上来，是一段坡路，一百多斤的一担番茄，老方几乎是一口气担上来的。

老方个矮，穿一件黄色解放服，扣子未扣，敞胸露怀，肌肉紧实，和一张古铜色的国字脸相得益彰。汗珠从脸上往下淌，密密集集，往胸脯上流去……

今年已满六十三岁的老方，有一个女儿，养了两个孩子，大的九岁，小的三岁。女儿女婿都去了外地打工，一年半载才回来一次。两个外孙就交给了外公外婆。

最初，看见村里人都出去打工，老方也蠢蠢欲动。农场成立后，老方留了下来。

留在农场的老方，每个月领取工资两千元。自家的五亩地刚好被规划进农场，一亩地补贴粮食费一千三百元，一年固定有六千五百元收入，而且每年还按百分之一递增，女儿女婿再补贴一些，生活很宽裕。

卸下肩上的担子，老方挽起衣角，抹了一把汗水，点燃了一支烟。

烟雾中的老方，显得淡定、满足。

到了这个年龄，进城去干什么呢？不是当环卫工人，就是进工厂当保安。虽说一个月有两千元钱的收入，但老伴有病，孙儿年幼，远离家乡，照顾不到他们。再说，上了年纪，常年漂泊在外，也不是办法。望着对面的明月山，老方感叹道。

明月山横亘，逶迤、静默。

（五）

一只蝴蝶在巴西轻轻拍打了一下翅膀，一个月后，在大洋彼岸的得克萨斯州，却掀起一场龙卷风。这就是蝴蝶效应。

开心农场，也产生了蝴蝶效应。

像老方一样，在开心农场干的村民有十多个。外出打工的村民回流，已经成为北斗村一道亮丽的风景。

在农场的影响下，平时爱打麻将的不打麻将了，爱逛街的也不往城里跑了，他们有的来农场上班挣工资，有的来学习大棚菜种植技术，学成后回家自己种。一亩地，单单种植藤藤菜，一年收入就达三万多元。

遇上农闲，农场也聘请一些专家、教授来讲课、培训。老赵说，农场这个圈圈小，请进来，走出去，才知道别人是怎么整的，才知道正在兴起的先进技术！

北斗村，总户数719户，总人口1597人，是重庆市近郊的一个小村。辖区面积2.83平方千米，村中地势平坦，黄葛古树遮天蔽日。因分布有七块天平田，犹如七个天平秤，因此人称"北斗秤"。

"北斗闪，北斗坦，一碗泥巴一碗饭"，自古以来，当地民谣这样形容北斗人的生活。如今，北斗人居住的地方，成为十里八乡闻名的"北斗人家"。

越过农场，放眼望去，漂亮的小洋楼鳞次栉比，村道干净、平整，人们安居乐业，一派祥和景象。

原来，这蝴蝶效应，就似一股春风，吹遍了整个北斗村。

乘着这股春风——乡村振兴的春风，北斗人在奔跑！

（本文发表于2019年第四期《南山风》）

大地丰收稻谷香

大地上，流淌着稻谷的芬芳！

驶出县城，国道318像一条大带子，向前延伸出去，没有尽头。

大带子两边，一片金色的谷海！

谷海恣肆汪洋，气势磅礴，宏伟壮观！

一台台收割机，"突突突"在谷海里来回穿梭，远远望去，像一艘艘帆船，正乘风破浪，扬帆远航！

绵延几十里的唐家沟，今年稻谷丰收了！

各家小院里，随处可见忙碌的人们。

有的在收割，有的在晾晒，有的在装车，满目金色里洋溢着丰收的喜悦！

唐家大院子外面的公路上，大卡车排起了长龙。

传送带的马达"哒哒"响着，十几米长的传输带在电机作用下，将金灿灿的稻谷源源不断传送到大卡车上。堆积如山的稻谷旁，几个工人打着光膀子、戴着口罩，正热火朝天忙碌着。

四十岁出头的唐文松显得瘦削。他戴着一顶草帽，弯腰抓起谷子，丢进嘴里，一咬，"咯嘣、咯嘣"直响，脆生生的白米！

这是入秋以来，唐文松从网上叫来的第二批货车。第一批来了八辆，一车装三十吨，拉走了二百四十多吨。这些车都是从县城货运部叫来的，装满稻谷后，又将运往三百多千米外的成都、重庆。

唐家沟作为地处川东的一个僻远小村，因了网络的发达、公路的畅通，祖祖辈辈靠背、挑、扛、抬去粮站卖粮的历史已被彻底改写。谁也没有想到，作为当年一个小屁孩的唐文松，竟成了方圆几十里的收粮大户。

收割了稻谷，到哪里卖？

农民们手中的草帽一舞，顺着大路走！唐家沟唐家大院子的唐老板！

晾晒干了稻谷，农民开着电动三轮车，啪嗒啪嗒拉过来。

为了过磅方便，唐文松在院子旁边嵌了一个地磅。

载满稻谷的三轮车一开上去，用电子屏显示的重量去掉皮重，刚好和出门前称的重量完全吻合，简单、准确，收购价格又满意，农民们脸上的笑容就绽开了。然后乐呵呵地去旁边窗口领了钱，抹了汗水，哗啦啦开心地数起来。

对于几十上百亩的大户，唐文松则带上现金，开着他那辆翻斗福田车，走村串户，上门去收。连搬运都带上。这不，正忙着的唐文松，电话又来了。

电话是胡家坝的胡道生打来的。

和周围的农民一样，今年胡道生的稻谷也丰收了！

当唐文松将车开进胡道生的院坝时，胡道生和他老婆正往口袋里装晒干的谷子。耥板、抓耙、圆锹摆满一地，一台黑色大电扇，正呼啦啦吹着。

阶沿上，已经码好了几百袋了。唐文松目测，至少好几万斤。

胡道生五十多岁，背略驼。一件蓝色衬衣，已被汗水浸透，弯曲的脊柱，轮廓分明。老婆戴着一顶太阳帽，穿一件薄如蝉翼的防晒衣，很像电影里的村姑。

"老胡啊，你两口子今年能干哟！"唐文松把烟递了过去。

"明年把豹岩村的三百亩也承包过来，就可以种上五百亩！"抹了一把汗水，胡道生接过烟，霸气十足地说道。

三百亩，就是从钻井塔到豹子岩脚下的那一片田。看上去虽有些坡坡坎坎，但挨着胡家大水库，土质好，肥沃。唐文松明白，胡道生有那个干劲儿。

"要得！你老胡种好多，我包收好多！"唐文松拍了拍胡道生厚实的臂膀。

沾了茶水，胡道生开始数唐文松扔过来的现金。到哪里收粮，唐文松都是先付款，后装车。

今年，胡道生种了整整两百亩稻谷。

一亩一千斤，两百亩就是二十多万斤。

前几年，胡道生带上老婆去广东打工，挣了几个钱，得知村里土地可以承包，胡道生就和老婆赶了回来。去年种了八十多亩，收割了八万多斤。尝到甜头的胡道生今年牙一咬，把村里文炳礼的一百二十亩接了过来。

年初，在承包文炳礼的稻田时，文炳礼打死不同意。

七十好几的文炳礼认为自己还能种，但岁月不饶人。

胡道生跟在文炳礼屁股后面，好说歹说，才让文炳礼松口。签订协议时，文炳礼提出一个条件：承包过去后，每一垄田，都必须种！

胡道生知道，文炳礼种地几十年，对那片土地有了深沉的感情。

整个胡家坝，文炳礼是出了名的种植大户。他种的稻谷不仅亩产高，亩数在整个坝头，也是没人赶。

"没问题！不但不会荒，还要种得更好！我胡道生绝不给大家丢脸！"看见文炳礼噙着泪水，满眼舍不得，胡道生当着村主任和村民们的面，把胸膛拍得咚咚响，斩钉截铁，下了决心。

两百亩不是一个小数目，闪失不得。

村主任老王找到胡道生，种田不能蛮干，而要靠政策引导，科学种田。

在老王的帮助下，胡道生进行了选种、购肥，还给稻谷买了保险。

从除草、犁田、播种、栽秧、撒肥，胡道生胜过当年培养他的两个孩子。

靠近崖下的磨搭杆[1]田，有五担谷子，但坡陡路窄，机器和水牛都上不去，无法耕种，胡道生举起锄头，硬是一锄一锄挖了出来；缺水，秧子插不下去，怎么办？胡道生就挑。荒了多年的一块硬土田，硬是丰收了。

"荒起还是荒起，种下去，总有几百斤谷子！"胡道生的倔强劲儿上来了。

立秋以来，开始收割，胡道生天天凌晨三点起床。

人手不够，胡道生额外请了三名工人，还叫上了老丈人、老丈母来帮忙。

今年的夏虽来得有点晚，但秋老虎却很毒。

太阳大，好晒谷！

当太阳像一颗鸭蛋黄从对面垭口升上来的时候，胡道生已将谷子铺晒成一张张金黄色的地毯；午后，地毯像一面面镜子，将阳光反射在胡道生脸上，把山沟一样的皱纹映衬得逶迤、纵横，弯曲的身躯，像大山一样巍峨……

有些记忆，刻骨铭心。

那是一九九二年九月。

胡道生使出全身力气，挑起一担两百多斤重的毛谷子，刚跨上田埂，脚下一滑，"咔嚓"一声，扁担折断，"哐当"一下，人跟着摔倒在稻田里，谷子撒满一地。

---

[1] 磨搭杆：方言，磨子的组成部分，通常用木头制成。

一阵疼痛袭来。腰闪了!

握住半截扁担的胡道生悲哀地想,如果下辈子还变人,再也不背太阳过山。

当农民,太难!

秧,一窝一窝地栽;稻谷,一窝一窝地割,一把一把地挞。而且,遇上旱灾、虫灾、冰雹等,种下去的是希望,收获的却是绝望。

几百亩田地,按照那时的种法,胡道生想也不敢想。

如今,一入秋,很多载着收割机,挂着河南、江苏等地牌照的拖车在国道上排开了。胡道生翻出电话本,拨打出去,收割机就轰隆隆地开进村。

五十亩稻田,收割机从外到内,在田里旋着圈,剃头一样,咔嚓咔嚓,一天就收割完毕。今年的两百亩稻谷,不到五天,就收割得干干净净……

乡村的傍晚,大地一片沉寂。

晚饭后,风,幽幽地从田间吹上来。

望着稻田里犹如千军万马的谷桩,想起上午老王说"小田改大田"新政策来了,躺在竹椅上的胡道生,内心无法平静。

上午,胡道生和老婆正蹲在田里割谷桩,村主任老王风风火火来到村口,大声地喊:"胡道生,胡道生!过来领奖!"原来,老王手中拿着一块用红布缠住的匾,揭开红布,一看,上面写着"种植大户胡道生"七个烫金大字!激动不已的胡道生接过匾,正要擦手摸烟,老王喊道:"慢点,还要签字领钱。""什么钱?""政府的补贴款！"

看见堂屋里悬挂着的匾，胡道生突然想到，小田改成大田，改造之后，如果小春种油菜，大春种稻谷，收入翻番不说，曾经高低不平、茅草丛生的大地，岂不是变成了真正的万顷良田？

一个计划在胡道生心里悄悄升起……

（本文发表于2019年9月23日《重庆晚报》《达州日报》）

老灶的记忆

（一）

　　曾经甚至现在，每当我回到老家，看见那台斑驳如一位沧桑老人的土灶，我都觉得她很高大。

　　高大得需要仰视。

　　其实，老灶的高度并没有随着年岁的流逝而变高或变矮。相反地，我却在悄悄地变老，从少年走向青年，从青年走向中年。但在老灶面前，我永远是一个孩子，一个走不出乡愁的孩子。

　　老家土灶一大一小两个灶台，并排连接在一起。

　　小灶一前一后两个灶孔。小灶使用的机会不多，但不可缺少。来人来客，或者是过年过节，大灶搞不赢[1]，炖汤、炒菜，才用小灶。有时，我们饿了，

---

[1] 搞不赢：方言，忙不过来的意思。

打么台[1]，热剩菜、剩饭，也会用到小灶。

与显得有些冷落的小灶相比，大灶则是一日三餐必须用到。

大灶有三个孔。说大，就是孔大，从灶门望上去，像电影《地道战》里的地道，曲径通幽处，左通右畅。因了后面两个孔并排着，所以三个孔呈倒三角形。前面大孔嵌入一口大铁锅，后面一左一右两个小孔坐入两个鼎罐。平常煮饭、炒菜、煮猪食，都在大锅里。左边鼎罐煮干饭，右边鼎罐烧了一锅水，洗碗、洗脸都可以。

大锅炒菜，因为是柴火，锅底温度一直保持着，所以炒出来的菜特别好吃；鼎罐沥饭，往往会有锅巴。锅巴忌烧烟。烧火的时候，大火煨上去，看见后面鼎罐上气了，就有意识地把火往灶门外挪，这样飘鼎罐的火小了，慢慢煨出来的锅巴，黄灿灿的，咬起来"咯嘣、咯嘣"响，特别香。

老灶右边是一堵泥巴墙，很多时候，我们边烧火边靠在墙上背单词、背课文，日子久了，那墙体被我们磨得光光的，像人用细砂精心打磨过一样。小孩子瞌睡大，有时正烧着火，就靠在墙上睡着了，柴块烧着烧着失去重心，滑出来，引燃了灶门前的柴堆，才猛然惊醒。所以，那时的书很多缺角，都是被火烧了的。

灶台后面搭了一块平整的青石案板，挨着案板卧了一口水缸。水缸、案板、灶台，这三样东西目前是我老家最大的财产。它们

---

[1] 打么台：川话俚语，指在两顿正餐之间的时间段，在正餐前煮点快食垫肚子。

看似孤零零，像在诉说着什么，其实布满了温情，勾起我很多回忆。

（二）

土灶一般打在偏搭房，不会打在正堂屋。

烟子满屋跑，呛人不说，时间久了，满屋子的东西都被熏得黢黑。特别是蚊帐，经年被烟子熏燎着，老腊肉一般，好似一扭，就会扭出很多黑水来。但也有打在堂屋的，因为太穷，修不起偏房。

那个年代，打灶有讲究。

打灶的老师傅，十里八乡都很出名。

除了根据主人的生辰八字看好时间外，还要讲究风水。

在老百姓看来，灶打得不好，日子过得穷，没饭吃；灶打得好，一辈子不挨饿。虽然听起来迷信，但还是有些道理。比如风吹来的方向，正对灶口，烧火做饭时，烟子吹过来，呛得烧火的人咳嗽连天、抹眼泪。很明显，是方位出了问题。

老师傅打灶除了抹灰板、砍砖刀外，完全靠手工。

挑几挑泥巴，将稻草宰成小截，配上一些小石块就可做一个土灶了。

打灶的泥巴，要用干田里带黏性的黄泥巴，里面加入一些石灰，再混合稻草，让老黄牛拉磨一样，在上面踩过去踩过来，让泥巴和稻草彻底混合。

垒砌土灶时，老师傅满含虔诚和敬畏。

他铲起一坨又一坨泥巴，小心翼翼地抹在小石块垒砌的墙体上，一层叠一层。

他几乎是跪在地上，打了补疤的蓝布裤子早已沾满了泥巴。

老师傅那种单腿跪着的姿势，像一尊雕像。

垒砌完毕后，他用抹灰刀在灶台表面抹了又抹，光滑如镜。

一台上宽下窄的新灶终于打好。一看那灶：高矮合适，轮廓分明，灶膛开阔，外观漂亮！就连锅体与灶壁接缝之间，也没有一点儿缝隙。左邻右舍都跑来观看，一霎时，四周的人就议论开来：

"这灶漂亮！一看就好烧！"

"你看那烟道，走得顺溜，屋头没烟子，不呛人！"

"你看那灶门前的柴灰沟，都打得像模像样，一点儿也不马虎！"

打好一台灶，看似简单，小时候的我只图看热闹，现在明白，那里面其实也蕴藏了一种工匠精神。这种工匠精神，在生活中的方方面面，包括打磨文章、擦皮鞋、熨烫衣服或者磨刀刃等，都离不开。

（三）

灶台很宽，台面上铺了青石板。

青石板光滑、平整，方便搁碗、搁盘子，也好打扫卫生。

灶台的卫生打扫，离不开刷子。老家叫刷把。

刷把精致，既体现了老百姓就地取材的智慧，也体现了他们的节俭、纯朴。

剖开一截竹子，划成比毛衣签子略细、筷子长的竹签，绑成一束，一个漂亮的刷把做成了。手把上用青篾条缠了，不勒手。

"唰唰唰"，刷碗刷锅刷鼎罐，刷久了，刷签失去竹子的本色，变成乌褐色，刷把也变得柔软，有了灵性，挥洒自如，灵巧好用。

和家家户户都有刷把一样，家家户户也有一把火钳。

土灶都是烧柴火，离不开火钳。

一把新的火钳，有一两斤重。小时候，手上劲儿小，我们用两只手夹住柴，笨拙地往灶膛里送。

和刷把一样，火钳子一天一天磨损，用到像一双粗铁筷子，也还在用。那手把，是两个圈，经过无数次的摩挲，变得光滑、铮亮。自然，那上面除了流淌着亲情外，也多了一份说不上来的温情和厚重。

不管再好的灶，烧火也要技巧。

人心，越透明越好；灶膛呢，则是越空越好。

刚过门的新媳妇，不会烧火，以为柴越多越好，把灶膛塞得满满的，岂不知，灶膛里塞得越多越是燃不起来。因为缺少空气。

村头光棍老张也不会烧火。隔壁村长熬豆腐，叫他帮忙烧火。老张架上柴块用猛火烧，连着冲几次，一锅豆腐全部冲出了锅外。

穷人家的孩子早当家。

在我还没灶台高的时候，就开始做饭了。

够不着，就搭一根板凳。有时候炕粑粑、溜面疙瘩，上面在做，忘了脚下面，一不小心，蹬翻板凳，面粉盆子也跟着打翻，看见撒落一地的面粉，忘了痛，"哇"的一声，大哭起来。但看周围没有人，求救无望，止住声，爬起来，又继续做……

遇上连绵阴雨天，柴火潮湿不干，灶膛的火一会儿熄一会儿燃，就翘起屁股，趴在灶门口，鼓起腮帮子吹，吹得灰头土脸，呛咳不已，眼泪直流。

终于等到大锅烧开了，红苕才打两个滚，米还是螺丝米，舀两碗刨了[1]。看见要迟到了，脸上的锅烟墨，胸前、袖子上的粉子也顾不得洗了，花起一个脸庞，背起书包，赶紧往学校跑。

（四）

那时的农村，一日三餐吃饱喝足，庄稼有个好收成，就是幸福的了。

但最幸福的，莫过有一位勤奋的女人。

进一户人家，看女主人家勤奋与否，就看灶台。

灶台大与小、高与矮，看不出贫穷富裕，但整洁与否，却看出这家生活的质量，也决定了这家人的命运。

勤奋的女人，会做得一手好饭菜。而且，灶台随时抹得光光

---

[1] 刨了：指飞快地吃完。

亮亮，灶前见不到柴灰，头上见不到扬尘。同样是土屋，地上打扫得干干净净，见不到渣子。

幸福的家庭都一样，不幸的家庭，各有各的不幸。

院子西边张家屋头，灶台上乱七八糟，猪食、饭粒，汤汤水水，洒得到处都是；地面上，麦秸秆、稻草撒满地。柴灰不清理，地堆积如山，常常把灶门都堵住了，再加上鸡扒狗刨猪拱，整个屋里一片狼藉，连一只脚也插不进去。

村里有一女人，平常灶前乌烟瘴气，某天烧火不注意，把房子烧了。

那天，女人在灶屋做面疙瘩，正忙碌着，床上娃儿尿胀，突然醒来，哇啦哇啦哭起来，女人赶紧去抱娃儿。这边柴块刚好烧了一半，露在灶膛外面的柴块失去平衡，倾斜下来，引燃灶门前的柴火，又遇六月天气，大火很快蹿上房顶，茅草房噼里啪啦，迅速燃烧起来。

左邻右舍赶紧帮忙扑火，女人抱起娃儿蹲在地坝边呜呜地哭。看见房子被烧了，粮食和铺盖棉絮都没抢出来，男人气得直骂："没得出息的懒婆娘，啷个[1]不吐一泡口水淹死嘛！"

小时候不懂事，怎么也想不通，一泡口水，怎么也会淹死人呢！

随着慢慢长大，逐渐懂得，那是挖苦的话。

在农村，人言可畏。但笑懒不笑贫。

---

[1] 啷个：方言，表疑问，怎么的意思。

周围如有人说你懒，那可是件羞耻的事。

让灶台保持干净，看似一个再简单不过的体力劳动，但里面却包含了深沉的人生智慧。现代社会，这个懒，也有"言传身教"的作用。一个懒的家庭，无论如何，也是培养不出优秀的孩子的。

（五）

泥巴土灶，都是有味、有气息、有温度的。

经过烟熏火燎的土灶，散发着女人的味道、母亲的气息和家的温暖。

遇上农忙，女人煮好了饭，在村口喊："他爹哎，饭做好了哟！"也喊坡上割草放牛的娃儿："狗娃子哎，回来吃饭了哟！"女人故意拖得长长的尾音顺着房顶上的袅袅炊烟，在村里飘荡，飘得很远。那声音里，充满了幸福、满足。

遇上过年，不管丰收没有，家家户户的锅里都要炖肉。

没有肉的年，叫什么年呢！

男人叼着旱烟袋，蹲在灶门口，不紧不慢地往灶膛里添加柴火，女人在灶台边忙过来忙过去。偶尔，听见他们你一句，我一句，嘟哝着什么。但终究听不清。看他们的神情，像情话，又像呓语，一年到头，他们都是这样朴朴实实过来的。灶膛里的火，红红的，呼啦呼啦在笑，把男人的皱纹映衬得更加分明。

孩子们呢，拿着一块骨头啃着，欢跳着。大黄狗跟在后面，进进出出，跑上跑下；墙角的鸡也一颠一颠跳出来，咯咯地到处啄寻；连猪圈的猪仔，也叽叽哼哼，顶得猪圈栓子哐当当响，生怕吃不到。

看见火在笑，小孩子大声喊："妈妈，火在笑啊，要来客呢！"

满屋的人情烟火！

那个年代，虽然艰辛，但早中晚三顿，一家人都会在一起吃的。

后来我考上学，进了城，就再也没有享受这样的机会了。

午饭没有那种围在八仙桌上的仪式，我感到一阵失落。

看见城里人早出晚归，都不在一起吃饭，我想，城头人怎么连吃午饭也不回家？后来，当我出来工作了，加入朝九晚五的队伍，就释然了。城里人，白天都各奔东西，哪有时间呢？也更明白，自己是忘不了那些味道——那些母亲的味道。

很多时候，背起书包放学回来，父母在地头喊自己的小名，说灶膛里煨着饭，那情形，一辈子都不能忘怀。特别难忘的是，遇上有亲戚来的那天，从灶膛里端出搪瓷盅，揭开盖子，我的天啊，红苕干饭上面竟然还有两片肉呢！

人到中年，千帆过尽，在内心深处，东西南北的山珍海味，也敌不过母亲煨在灶膛里的一盅红苕饭。什么是幸福呢？这就是幸福。

（六）

灶台，也是一个舞台。

在这个舞台上，女人既是主角，更是灵魂。

在老家，一个男人娶了媳妇，就要分家。分家的标志，就是另起炉灶。

那个年代，一个女孩，嫁过来，还没享受到爱情的滋味，就成了女人。她就不再属于自己，不再以一个姑娘的身份去思考问题。她必须改变曾经的很多习惯，全身心投在那个舞台上。

分家后，女人围上围裙、戴上袖套，和天下农村女人一样，开始围绕那台新灶转。

日子一天一天过去，灶台从陌生变得熟悉，手中的锅铲从笨拙变得灵活，孕育生命的肚皮也在慢慢变大。十月怀胎后，灶台边的女人肚子一阵剧痛，孩子呱呱落地，女人当上了母亲。

从此，女人知道了柴米油盐贵，开始算计着过日子。煮饭时，掐[1]米的小盅突然间变大了，米缸很快就见底了；有客人来，煮好吃的，也得给上房的父母端一碗去。

某天照镜子，突然发现满头青丝添了白发，曾经明亮的眼眸里，注满疲惫。

---

[1] 掐：方言，舀的意思。

这时，女人才意识到，自己的命运被绑架在了这个舞台上。

于是，女人开始感叹，岁月是把杀猪刀，刀刀催人老。

当某天，望着孩子们远行的背影，女人内心才开始变得淡然、平衡。

又在某一天，当远行的儿女回到故里，看见灶台边的母亲，白发飘飘，佝偻着背，手持锅铲，不停地铲动着，嚓嚓嚓，锅铲摩擦铁锅的声音由陌生变得熟悉，由刺耳变得柔和，在恍若隔世中，儿女们忍不住热泪盈眶……

一直到今天，新农村政策来到神州大地，农村女人的命运，才真正得到改变。

老家从张家沟开始，修建了一栋一栋的小洋房。灶台铺上了大理石，不再烧柴，而是统一烧天然气。灶屋，变成了厨房。和城市一样，干净、卫生，煮饭、烧水，都变得很简单。老家的土灶，慢慢退出历史舞台。

女人，彻底从灶台上解放出来了。

（本文发表于 2019 年 10 月 10 日《贵州民族报》）

那乡那味

故乡的南瓜

　　今天的晚饭，阿姨煮的是南瓜稀饭。南瓜没有去皮，她在煮饭时加了几片，用高压锅压了几分钟。一口喝下，好香！我吃着吃着，就走起神来，想到了我的儿时——渠江边上的家乡。

　　小时候，我们家种了很多南瓜。记得那个时候提倡开荒，父亲把很多坡上的荒地开垦出来，母亲点上种子，撒上一些谷草灰，不几天南瓜子就发出很多芽。母亲把小芽拔出来，小心地放在筲箕里，拿到父亲开垦的荒地上一窝一窝地栽好。栽得不是很深，但相互间隔得很开，大概一米。父亲、母亲会隔三岔五地上山去施肥、除草，慢慢地，随着时间的推移，南瓜会牵出藤蔓，开花，结果。抬眼一望，拳头般小小的嫩南瓜，就诱人地或挂在树上或藏在绿绿的南瓜叶下。到收获时候，南瓜会漫山遍野，到处都是。父亲挑着，母亲背着，我们抱着，丰收的喜悦都洋溢在我们的脸上……

　　仔细想来，南瓜的用处是很大的。

　　小的如拳头般大的，母亲摘回家切成细丝，炒出来，特香；大的如脑袋般的，母亲会用来切成片，煮汤，即使不加任何调料，也是那般的香；它们长到肚子那么大时，基本上已经很老了，母亲会用来煮稀饭或者是焖干饭。先把南瓜切成片，加上盐、油炒一下，然后把煮至半生的米饭捞出来，放在南瓜上面，用筷子深插几下，留几个气眼，以温火蒸到上大气，再焖一会儿，满屋有了淡淡的甜香，南瓜饭就熟了，趁热盛上一碗，那热气裹着饭香南瓜香扑来——真的过瘾！

　　故乡的南瓜，从小若茶碗到大如盆口，整个生长过程都可以吃，还是好菜。

　　老南瓜的皮，可以用来做成咸菜下饭；南瓜子，干炒出来，下酒，香！从内到外，南瓜都是宝。

　　南瓜开花，每天都会有很多。小时候，家家户户早上都要去摘南瓜花，顺便把一些快黄的或很茂盛的南瓜叶割下来，背回家当猪饲料；南瓜彻底结完之后，母亲就会把南瓜的梗拔出来，晾在山坡上，待晒干后收回家作柴烧。

　　尽管南瓜周身是宝，但和冬瓜相比，南瓜却显得低调，不张扬。

　　在选择地理环境的时候，冬瓜必须选择好的地形，要平整的，南瓜不管是在坡上还是在地里，都能抛开一切阻力，顽强地生长。在生长的时候，冬瓜需要搭架子，才能很好地结实，南瓜却不，随便什么地方，南瓜都能疯长。在荒坡，南瓜能满坡滋长；遇悬崖，南瓜能攀缘而上；到沟壑，南瓜可毅然横渡。而到结果实的时候，冬瓜总是把自己高高地挂在架子之下，炫耀在阳光之下，担心别人看不见，就像母鸡下了蛋到处叫唤，害怕别人不知道；可是，南瓜则把自己掩藏在树荫下、瓜叶间，甚至在石窟窿下，也能发现一个个圆圆的敦实的南瓜……

　　离开故乡二十多年来，在车水马龙、到处是高楼林立的城市能吃到不少南瓜，但要吃到小时候的那种味道，是很难很难了。今天晚上，不知道什么原因，竟然吃到了家乡的味道，这或许，是我的思乡的情愫在滋生、在蔓延吧。至于要遇见如南瓜一样敦实的人，则更难了。

（本文发表于2017年3月19日《重庆晚报》《达州日报》）

萝卜秧秧[1]焖饭[2]

早春，青黄不接的时节。

胡豆叶嫩嫩的，在那尖梢上，已开出了紫色的小花，不仔细看，还以为是蝴蝶呢。一簇一簇的，风一来，翩翩起舞。大地硬是披上了绿装，从沟头，一直铺上山岗，整整的一大片绿啊，在这些方面，上帝一点儿都不吝啬，很奢侈，但在吃的方面，却从不多给一点儿。

没好吃的，母亲就做焖饭。焖萝卜秧秧饭。

母亲会做很多种焖饭，焖四季豆、洋芋、南瓜，但焖的萝卜秧秧饭，是最好吃的。

山坡上的那一版绿里，就藏着萝卜秧秧。院子里，大母二母么母她们都拿来喂猪，母亲却做来吃。萝卜缨子[3]，是喂猪的。但嫩嫩的萝卜秧秧，在母亲

---

[1] 秧秧：指植物的幼苗。

[2] 焖饭：一种烹饪方式，即下面放菜、肉等食物，上面放米饭一起蒸熟。

[3] 缨子：指嫩叶子。

眼中，却是一道好菜。母亲喜欢，她的孩子们也跟着喜欢。

萝卜秧秧和萝卜缨子有区别。萝卜缨子是去掉萝卜的叶子；萝卜秧秧呢，却是撒下萝卜的种子，长出来的秧秧儿。撒种的时候，母亲会撒很多，看见挤挤挨挨长出来的可爱的秧秧们，母亲把粗壮的一棵一棵移出来，栽成萝卜；那些长得秀气的，母亲就拔出来，背回家，炆饭给我们吃。

我们家灶屋后门出去，是一个巷子。母亲背回冒梭梭一背篼萝卜秧秧，倒在巷口，坐在门槛上，用剪刀剪下面的根须，很熟练，剪得"咔嚓咔嚓"响。我半跪在母亲面前，看她剪完一把，马上把齐整好的另一把递给她。母子连心，配合得天衣无缝。

阳光暖暖地移过来，照在母亲头上。母亲已经解下头上的青布帕子，从地头拔萝卜秧子，到一瘸一拐地背回来，一路上，母亲已经热起来了，额头上开始冒汗，阳光下，母亲的头发像房顶瓦上的霜。她已敞开斜襟袄子，露出里面的花布背心，满满的、好闻的母亲味道。

母亲剪萝卜秧秧的根须，叫我把被虫子钻了的摘掉，还叫我把混合在萝卜秧子里的窝儿肠等杂草，也挑选出来。

打整后的萝卜秧子，母亲说，像一个小伙子把头发铰了，看起来乖些了。看见我头发长了，母亲说，过一阵子，剃头匠来了（走村串户的剃头匠，挑着一个担子，隔一阵子就会来），去把脑壳剃了，也会像她手中的萝卜秧子一样乖，以后才讨得到媳妇儿。我哈哈地笑起来，一笑鼻涕就掉出来，看见我要用袖子横起去揩，母亲赶忙丢了剪子，食指拇指一捏，就把我的鼻涕给挤出去，旁边一只母鸡抢着叼走，叽叽咕咕，哼着歌，美美地跑开了，后面两只屁颠屁颠地追过去。

母亲把修剪好的萝卜秧子放在旁边的水桶里，我用锑瓢舀了水，母亲开始淘洗。

水是从灶屋里的水缸里舀的，每家每户都有一口大石缸。我们家是一个圆的，用一块整石头凿出来，要装五挑水。石匠一錾子、一錾子凿出来的。一口水缸，凿出来，母亲说，要三个活路。一个活路一整天，三个活路就是三天时间。前段时间回老家，竟然听说有人要买我们家这口石缸子。怎么会卖呢，岂不是败家子。见到水缸，就见到母亲呢！

在木水桶里粗淘后，然后一小把一小把拿出来，放在搪瓷盆里再次清洗。洗得满意了，母亲便在下面垫上搪瓷盆，将它们盛放在筲箕里沥水。阳光下的萝卜秧秧，上面沾满了水珠子，大珠小珠落玉盘，晶莹剔透！

母亲将一双湿漉漉的手在围裙上擦拭了，便走到灶屋去洗锅。在母亲用篾丝刷把把一口大铁锅刷得唰唰响的时候，我就用高粱苗扫帚把地打扫得干干净净。

渣渣是不能乱倒的。在竹林里开阔的地方，都会挖出一个大坑，用来专门堆渣渣。等明年开春，所有的渣渣都会被清理到地头，那是很好的肥料呢。

母亲洗完锅，烧上一大锅水，等开了，就把萝卜秧子倒下去，焯了水的萝卜秧子就蔫了，没了先前的鲜活。然后捞起来，用清水漂了，再把苦水挤干，切细；另将生姜拍碎，大蒜剁细，刀口海椒剪短，备用。

重新烧火，把锅烧红。煎一颗猪油——将食指弯曲过来，紧靠住大拇指的第二关节，中间的圆孔，就是猪油的大小。平常我们家吃面条就是这样大小一块猪油，煎出来，一家人，兑上水，一个滴几滴，滴在碗底，然后在灶台上排成一排，阵仗很大。

没有肉吃的年代，油渣是很好的东西！抓油渣的手，会放在嘴里，抿很长时间，都舍不得洗。

但母亲有偏爱，总是把油渣给最小的我们吃，哥哥们也会来抢，把我们抢得哭兮兮的，所以往往为了一块油渣，他们就会挨一顿打。打了也忘了，穷人家的孩子，不怕打。

母亲担心放在坛子里的猪油会坏，会放很多盐巴，所以，每次我们争着吃的油渣都会很咸，吃了之后，口渴，就用瓢舀起来喝，不敢扑在水缸里面喝——因为水缸里的水是大家吃的，不能一个人这样。特别是有大人在，更不能，要遭打！所以，现在桌上有一个汤勺，我们是不能用汤勺来直接舀汤喝，只能用汤勺舀在碗里再喝。因为是公用的。大人说，细娃儿，这样做，要背过！所谓"背过"，当时听得懵懵懂懂，现在想来，应该就是折寿。

母亲将萝卜秧秧、姜蒜和在一起，加了盐巴，炒香后，把萝卜秧秧铺垫在鼎罐下面，然后将米饭煮至半生刚好捏烂，沥出来，倒在上面，用筷子深插几下，留几个气眼，盖上盖子，锅里继续煮猪潲，温火穿过灶孔溜到后面，舔着鼎罐屁股，慢慢炆，等鼎罐边沿开始上大汽，再炆一会儿，香味满屋飘，就熟了。母亲趁热给我舀了一碗，热气裹着猪油香、饭香、萝卜秧秧香扑来……

我端着碗，坐在门槛上，急不可耐地刨着，刨得满嘴都是。还在烧火煮猪潲的母亲说，吃慢点！

看见隔壁张大母家小女儿倚在她家门柱上，流着口水，眼巴巴地望着，母亲忙舀了一碗，用围裙掩盖了，急匆匆端过去，然后回到灶屋，端了自己的碗，悄悄走到我旁边坐下，看见我嘴角上有饭粒，腾出左手，捻了，再摸摸我的头，像什么事情也没发生一样，低头吃起来。

正午的阳光已经钻到灶屋头，洒在灶台的鼎罐上，烟雾袅袅，裹挟着香味，从巷口飘出去……

（本文发表于2019年2月20日《重庆晚报》）

故乡的麦粑

　　记忆中故乡的初夏时节，山梁上的油菜、麦子已陆续收割，还没有收割的，东一块、西一块，远远望去，整个山坡上像癞子的头顶。

　　割下的麦子，一捆一捆用钎担挑回去。钎担一般都是用一根木头做的，两头削得很尖，一头插在麦捆上，另一头又插进另一捆，翘起来，两边就平衡了。挑起来一闪一闪的，让人担心要断了，也有咔嚓一声从中间断裂的，惊得一身冷汗。只可惜了那掉落在地上的麦子，洒得到处都是。细娃儿啊，女人啊，挑不起，就用背篼背。

　　挑回去就开始打麦子。打麦子大多是在八仙桌的长条木板凳上。家家都有这样的条凳，用篾条将两根或四根拴在一起，举起麦子啪啪摔打起来，打了一面，又翻过来打。黄灿灿的麦子几下就摔打干净了。但有的比较青涩，还不是很黄，或者麦壳包得很紧，摔打不下来，就要晒一个太阳[1]，抡圆连盖，扑扑地打起来。

连盖是用几根槐树做成的。父亲砍回来几根洋槐树棍子，比蚊帐杆稍微细一点儿，把枝枝丫丫、疙瘩剔得干干净净，抱来一堆稻草在竹林里点燃，把湿的棍子加热，趁热扭弯过来，用篾条绑在一个架子上，要好几排；再用一根老竹子，有一米多长，做成手柄，一个连盖就做好了。做好后，父亲会叫母亲拿去试试。母亲举起，让连盖在空中旋转几圈，然后噼噼啪啪打起来，连盖旋转灵活，轻重合适，又看见捆绑扎实，母亲说要得了。

使用连盖并不仅仅靠气力，还得讲究技巧。打连盖要趁太阳大，麦子正好被晒得脆生生的时候，一打，麦子就掉下来。先把小麦齐整整地铺好，手柄牢牢抓在掌心，迈着弓步，将连盖高高举起，然后用力打下去。也有不会打连盖的，一挥，那连盖不是顺着来，而是倒向一边去了，由于人的重心和连盖的重心不一致，往往摔打在地上的时候，连盖竟然打在一旁了。那些老把式，特别是妇女们，动作娴熟，姿态优雅，进三步退三步，节奏分明，扑扑扑、啪啪啪、当当当，每一板子都巴巴实实地打在小麦上。打了一面又翻过来打另一面，直至打得干干净净。

正午阳光晒得脑壳针锥般痛，打出来的麦子，再晒一个太阳，嚼起来嘎嘣嘎嘣地响，就可以磨面了。磨面是用石头磨子推。农村家家户户都有一个石磨子。磨子由上下磨墩、磨槽、磨搭杆三

---

[1] 晒一个太阳：方言：指晒一天。

部分构成。磨搭杆是一个弯弯的杆。磨盘上面有很多细长凹槽，将麦子喂[1]进磨眼，上下磨墩一咬一转，面粉就从里面磨出来了。

磨面的时候，细娃儿喂，大人推。老汉[2]把磨子推得飞快，一不小心，手就被碰到了，哎哟哟地痛，但只能在心里面叫，不敢喊出来，喊出来只有讨骂，哪个叫你在喂磨的时候不专心？有时候，心急，喂多了，面粉就是粗的，一般都要用竹筛子筛。筛子有眼子稀疏的、细密的，只有细密的筛子筛出来的面粉才可以吃，否则就不好吃。青黄不接的时候，实在没得吃的，父亲用筛子把粗糠筛了，来炕粑粑。炕出来的粑粑看起来乖，闻起来也是喷香，但难以下咽。有几次，吃了屙不出屎来，恼火得很。

磨好了麦面，家家户户就急不可耐地冒出了麦子粑粑的香味儿。

那个年代，煮饭、炒菜、炕粑粑都是一口大铁锅。倒上清油，油顺着锅壁往下流，聚集在锅底。将面粉和好，不干不稀，粘贴在锅壁上炕起来。往往第一个粑粑没得依靠，一下子滑到锅底油中，炸起来。所以这第一个粑粑是最香的，是用油炸而不是炕出来的，大家都争抢。但并不是所有粑粑都用清油炸出来，不允许，太浪费油了，再多的清油也是不够吃的。第二个、第三个一个挨着一个，顺着锅壁慢慢贴上，很快，一大锅黄灿灿的麦子粑粑就出现在眼前。

---

[1] 喂：方言，这里指把麦子放入磨眼里。

[2] 老汉：方言，指父亲。

粑粑如盘子大小，很多时候都加了韭菜。一场雨水后，地头的韭菜一茬一茬地长得茂盛、青绿，割回来，洗净，混合在面粉里面，撒上几颗盐，炕出来的粑粑，香得很。也有用蔊菜的，但蔊菜吃起来没有韭菜的香，炕出来的粑粑也是乌秋秋的，不过清香味儿倒让人难忘。

也有用桐子树叶子包了，放在灶里烧。不过，用的不是明火，明火要烧煳，埋在灶膛里面的灰里面，烘烤出来的锅巴特别香。很多时候，父母图撒脱[1]，给上学的娃儿埋两个粑粑在灶头。娃儿放学回来掏出来，剥开烧焦的桐子叶就咬。上面有很多灰，随便揩一下，吃得满嘴黢黑……

（本文发表于《华西都市报》《重庆晚报》）

---

[1] 撒脱：方言，方便的意思。

老家的粉蒸肉

吃过很多粉蒸肉，但忘不了故乡的粉蒸肉。

那个时候，粉蒸肉是放在米饭上，用柴火蒸出来的。灶台上一口大铁锅，后面一左一右嵌入两口鼎罐。一个鼎罐里面烧水，另一个鼎罐里面蒸干饭。趁大锅里煮猪食的时候，粉蒸肉片就放在米饭上蒸。放的时候，一片一片交叉松散地叠放，不能压得太严实，或用筷子插几个气孔。烧火的时候，先将灶膛里的猛火往饭鼎罐那个口上送，等鼎罐上了汽，改为慢火煨，蒸肉香味就满屋到处飘。

粉蒸肉香而不腻，耙而不烂，老少皆宜。但做起来还是要费一些功夫。

蒸粉蒸肉的粉子是用米做的。先将米放在锅里炒至米香扑鼻，焦黄干燥，盛出来装在碗里摊开晾凉，再用磨子推出来。推粉子也是一个小心活，不能太马虎。喂米时，不能一把一把地喂，是一小撮一小撮地喂；推的时候，速度不能太快，这样随着不紧不慢的速度，推出来的粉子才粗细均匀。太粗的粉子吃起来粗糙，像吃泥沙。但也不能太细了，粉子太细，就会黏糊在肉片上面，肉片与肉片之间没有了缝隙，蒸汽就散不上来。这样蒸出来的粉蒸肉，粉子还泛白色，是生的，粉子的香味没有真正融入肉里面，肉粑了，但不香。

平时，母亲会把柑橘皮晾晒在窗台上，推粉子的时候，加一些柑橘皮在里面一起推。我们不喜欢吃那个柑橘皮，闻起来香，吃起来有点儿苦涩。蒸粉蒸肉一般用三线肉，母亲用谷草将肉表层的茸毛仔细地拔了，用火钳夹住，放在柴火上燎，然后刮掉头层黑皮，洗净，切成薄片，再用盆子盛了，撒了粉子，加上盐巴、白酒、花椒。有时候，也会倒进一点儿醪糟水。混合在一起，糅合搅动，让每个肉片都均匀地裹上米粉。其实，看见母亲做得很起劲儿的样子，在旁边烧火的我们，就已经开始流口水了。

有时候，母亲也会在米饭面上铺垫一层四季豆，或者是南瓜、土豆、红苕。开饭了，大家都捧起碗，站在灶台边，母亲把肥嫩嫩、冒着热气的粉蒸肉一块一块挑在大碗里，然后挨着给我们一个个盛一碗米饭，分几块蒸肉。不说香味扑鼻的粉蒸肉，就是那裹着蒸肉香味的米饭、四季豆、南瓜、土豆等都已经诱惑得我们不停地吞起口水来。

小时候，不是随时都可以吃上粉蒸肉的。大多数时候是来客人了，或是杀了年猪才能吃上的。遇上苞谷、高粱丰收了，父亲就背些苞谷高粱上街卖了，割两斤肉回来，刚走进大地坝里面，就扯起嗓门喊起母亲的名字了："唐联杰，赶快把肉拿去洗了，午饭给娃儿蒸粉蒸肉！"

但有一年，我们家几乎是吃了半年的粉蒸肉。

我们老家出黄花。那天一大早，我们摘了满满一背篼黄花回去，放在磨子上就出去打南瓜花了，父母也到地头忙农活去了。等我们打了南瓜花回来，看见屋头狼藉一片，黄花撒满一地，两头猪嘴里面冒着白泡子，嘴边还有很多黄花碎末，四仰八叉地躺在地上，已经死了。我们才知道，猪翻圈出来，偷吃了生黄花，被毒死了。在我们那里，大人小孩都知道，生黄花中间有一根芯，在没有经过蒸煮之前，是有毒的，不能吃。

在农村，夏天喂的猪都是用来过年的。这个时候的猪不大不小，正在使劲长的过程中。如果突然死了，重新买小猪儿喂，到过年也是喂不肥的。父亲气急，火暴脾气一上来，把我们提过去打了几巴掌。但猪已经死了，一阵揍骂之后，也没有办法。邻居有人建议，把死猪儿埋了。父亲是一个倔强脾气，也舍不得。他悄悄地将猪用背篼背到外面地头，挂在柏树上，放了血，刮了皮，剖了，丢了内脏，砍成几块。由于是六月份，天热，猪肉放不得，父亲就叫母亲做成粉蒸肉。两头猪，母亲忙忙碌碌，整整做了两坛子粉蒸肉，倒扣在卧室。当天晚上，我们全家人美美地吃了一顿粉蒸肉，死了猪的不愉快很快就消失了。

坛子里有了粉蒸肉，全家人都惦记着。虽是惦记，但谁也不敢轻易说吃，只有父亲喊吃的时候，才能吃。但每次，母亲也不会蒸很多，就那么几片，让我们兄弟几个过过瘾、尝尝腥味就可以了。从初夏吃到挞谷子，从挞了谷子吃到秋天，坛子里面的粉蒸肉在逐渐减少。

到了冬腊月间，母亲怎么也是舍不得拿出来吃了。母亲说，要过年了，吃完了，过年就没肉了。没有肉，怎么过年呢？过年的时候，家家户户都有年猪杀，我们家却没有。好事的邻居笑着奚落父亲，过年了为什么还不杀年猪？父亲老实地说，坛子底下还有一层粉蒸肉。邻居又说，哪有过年吃死猪肉哟！一句话，就把父亲给噎住了。但邻居却不知道死猪儿做的粉蒸肉，好吃，我们喜欢呢！

求学出来二十多年了，吃了大城市的很多粉蒸肉，一大笼一大笼的，肉也从猪肉变成了羊肉、牛肉、排骨等，虽然五花八门、品种各异，酒楼也上档次，甚至高朋满座，但终究吃不出母亲用柴火蒸出的味道。

（本文发表于2017年8月27日《重庆晚报》）

老家的滑肉汤

老家的滑肉是一道汤菜。

祖祖辈辈流传下来的风俗，来人来客，都少不了这道菜。特别是哪家红白喜事办大席，滑肉都是一大锅一大锅地滑。几个妯娌一起，分工合作，切肉的切肉、揉面的揉面、拌碟子的拌碟子，说说笑笑，整个灶屋里像锅里滚开的水，好不闹热。

滑肉老少皆喜，可以下饭、下酒，有时图方便，还可直接煮来当顿[1]。像过生祝酒，吃了凉菜、主菜后，主人家吆喝着：滑肉汤来了！一大钵热气腾腾的滑肉就跟着端了上来。其他菜上了桌，主人家还鸡啄米样点着手中的筷子喊，大家拈！大家拈！看见滑肉上来了，还没等主人家开口，大家就已经把筷子伸了过去。有的太过猴急，滑肉又滑，一不小心，筷子没夹稳，张大的嘴巴没接住，"噗"的一声，掉在地上，赶紧捡起来，在衣服上一揩，顺手就丢

---

[1] 当顿：方言，当主食的意思。

进嘴里，不肥不腻，滑润爽口，舒服极了……

　　说起来简单，要做好，还需一番功夫。不过，老家倒是家家户户会做。当然，做得不尽一样。院子对面二母家，二叔当工人，她家滑肉肉多；隔壁大母家做事把细，蒜泥、芫荽剁得细融，蘸水香；西边幺婆家的肉少、粉子多，看起来大个、蛮实……其实，现在想来，小时候哪家滑肉都好吃。

　　前阵子，不知是思乡心切，还是馋瘾来了，我试着做了几次，总做不出小时妈妈的那个味道。最后给老家村里的几个嬢嬢、婆婆打电话请教，才慢慢掌握了要领，但手艺还不够熟稔。后来发现，滑肉要做好，不仅材料要好，还要看当时的心情。菜也是有灵魂的，做菜和吃饭，都事关心境。生活中其他事，也出一理。

　　"巧妇难为无米之炊"，做滑肉，还需肉。做滑肉首选眉毛肉。眉毛肉细嫩，不肥不瘦，含口即化；次之用夹子肉。五花肉、保肋肉，偏肥，做出来口感始终不及眉毛肉。除了在肉上做文章外，茨粉也有讲究。茨粉最好选用沙地红心苕粉。在过滤时，要过两道。二道苕粉经大太阳晒出来，干爽、白漂，一捏就散。上等苕粉做出来的滑肉，亮晶晶的，闪光；有的苕粉没过二道，在晾晒时，又遇上坏天气，粉子黑黢黢的，做出来的滑肉呈黑褐色，吃起来不细腻。

　　选好了猪肉，备好了苕粉，就开始切肉。垂直猪肉纹路方向下刀，切成长3—5厘米、宽2—3厘米的片状。然后开始码味。码味是细致活。将盐巴撒进去，打两个鸡蛋，只要蛋清（蛋清的作用是将肉里面的味道包住，防止在煮的时候把味煮出来），不要蛋黄（加了蛋黄后，上顿没吃完的，第二顿再热来吃，就很硬）。再加一点儿温开水，慢慢揉，直到将蛋清、盐巴、水分充分均匀地糅合在猪肉里面。

等味儿码好了，就可以加苕粉了。调和粉子仍然用温开水。如果加冷水，做出来的滑肉芯子是白色的，粉子遇冷水凝结，不易煮过芯。也可先用温开水把粉子调散，形成"熟芡粉"，这样肉和粉子就黏合得较快。加粉子时，边加边搅动，直至完全将肉片包裹。在调粉子时候，切记不能太干。太干了，煮出来的滑肉糙、硬，口感差；但又不能太稀。太稀了，粉子会掉落，煮出来浑汤。一般以抓起来时，成线不滴落为准。

锅里加入足够量的水，大火烧开后，慢慢用手或小勺一小坨一小坨依次地放入滚开的锅里。此期间要保持大火，让锅里始终呈沸腾状态。如果看到水不再沸腾了，就稍等一会儿再放。开始时不要轻易搅动，以免搅散了。等滑肉全部浮起来，再煮几分钟，捞出，浸泡在凉水里。一般浸泡半个小时以上。

滑肉一怕过硬，二怕浑汤。浸泡是通过热胀冷缩，让水分彻底浸入滑肉表面。水分被充分吸收后，滑肉外表光滑、里面柔软；同时，让"衣子"裹紧肉片，不浑汤。等彻底泡透，滑肉冰凉，再重新烧汤。也可用鸡汤、骨头汤等，烧开后，再下滑肉。最后加入黄花、豌豆尖等蔬菜。青绿的蔬菜和晶亮的滑肉对比鲜明，香味袅袅，令人口舌生津。

煮好滑肉，还需备碟子。小时候，老家用豆瓣水拌芫荽，味香、浓。滑肉出来了，碟子备好了，就可以开始享受。享受滑肉也需温文尔雅，先赏后尝，有如听江南丝竹般宛转悠扬。吃滑肉有个讲究，品者先不动筷子，而用汤匙，慢慢啜饮几口鲜汤，那舒适甜美便于心萦绕；然后盈盈地夹上一块嫩嘟嘟、透透的、滑滑的、香香的滑肉，蘸上蘸水，"哧溜"一下滑入口中，软嫩鲜美，柔柔绵绵，口口生香，欲罢不能……

虽然滑肉好吃，但因小时家境贫寒也不常吃。看见邻居吃滑肉了，我们就去当守嘴狗儿。为了哄我们的馋嘴，没有肉，妈妈也会想办法，给我们做"滑肉"。妈妈将上顿没吃完的冷红苕切成小片，拿来苕粉，把红苕当肉片，按照做滑肉的步骤认真地做起来。看见妈妈煮"滑肉"了，我们也开心地跑前跑后，帮着妈妈扯芫荽、舂蒜泥、切葱花儿，做成碟子，一家人津津有味地吃起来……

新时代的家乡变了。随着打工潮涌，年轻的都来了城头，柔软细嫩、浓香醇厚的老家滑肉也跟着进了城，并赢得了城里人的青睐。像在解放碑、朝天门等闹热地方都能看见挑担卖滑肉的身影，他们穿街走巷，操着乡音一路吆喝："老家滑肉汤，个个香又香；一碗七元钱，吃了还要想！"

而每次回老家，知道我喜欢吃滑肉，村里的嬢嬢、婆婆都争先恐后地煮给我吃。吃了一碗盛二碗，吃得我腰圆肚胀，饱嗝连连。走的时候，她们还把一袋袋苕粉往我车里塞，边塞边说，都是山包包沙地头的红心苕，过了二道的，太阳大、晒得干，好得很哟！

"自古达人轻富贵，倒缘乡味忆回乡。"如今人过中年，身居大都市，酒肉穿肠过，一碗滑肉汤，倒让我魂牵梦萦。

（本文发表于2017年11月14日《重庆晚报》）

故乡的年味儿

乡村的冬天基本没农活可做。一场大雪过后，冬水田已兜满冬水，像一面面镜子在阳光照射下闪闪发光。男人们闲来无事，聚在一起打甩二[1]玩扑克，或者怀里抱着火烘笼儿，叼着旱烟袋躺在床上打盹儿。女人们则围在一起纳鞋底，头碰头叽叽喳喳，比一下你的针线走得细密些，我的样式做得好些；你那一对鸳鸯纳得活灵活现，我这一对喜鹊绣得栩栩如生。阳光慢慢溢上来，漫过地坝，很快又攀上房檐，落在屋后的竹林里，一天就这样懒散地过去了。

小年到来之前，猪圈里面喂了一年多的猪早就体肥膘厚，该出槽了。随着王家村头飘出第一声猪的欢叫声（乡亲们认为刀插入猪脖子时，猪发出的声音不是哀号，而是欢叫），乡村一下子被震醒，鲜活起来。于是乎，屠户就忙起来了，各家开始排起了杀年猪的日子。整个乡村从坝里到沟头，从沟

---

[1] 甩二：一种扑克牌游戏，在四川、重庆等地广泛流传。

头到山弯梁子上，在这近一个月的时间里每天都能听见猪的叫声，人们在这叫声中欢笑忙碌着。大家相互帮忙，哪家杀猪吃哪家。年味儿像村口熏蚊子用的那一堆燃烧的小麦壳一样，煳味儿、烟味儿开始向各个乡村悄悄飘荡开去……

杀好的猪分割下来，勤快的女人们码好盐巴，放在大缸里腌渍起来。三五天后，差不多码进味儿了，就用搓好的绳子一块块地挂出来，在寒风暖阳中晾一晾，等水分晾干了，挂在灶台上熏。灶膛里面烧着一些柏树丫子、谷子壳、桐子壳、核桃壳，家家户户房子上都在冒烟，熏腊肉正式开始了。远远看见自家房顶上冒着烟，人们个个脸上乐开了花，进屋再看见灶台上挂着的腊肉，心中的幸福更是满满当当的。

放寒假的孩子作业做得差不多了，在地坝里玩陀螺、滚铁环、踢毽子、跳绳。陀螺由青杠树做成，质地坚硬，不易变形，底部再钉上一颗铁钉，陀螺便在鞭子的吆喝下乖乖地旋转；毽子用的是红公鸡的毛，色彩斑斓，像锦缎丝绸，在孩子们脚上翻飞，像一朵彩云，很是漂亮；跳绳用的绳子大多是稻草编织而成的，不到一个上午，整个院坝草屑漫天，大人们边打扫边叫骂，但不一会儿后，孩子们又开始热闹起来。

外村崩爆米花的也挑着担子，戴着黑黢黢的草帽一拐一拐进村了。看见东家崩了，西家拗不过娃儿的哭闹，也用围裙兜了一堆苞谷或者糯米，跟着崩了。"轰隆"一锅崩出来，飞花四溅，孩子们哄地一下散开，四处去抢，抢到就往嘴里塞，塞不下赶紧揣在口袋里。故乡的年，如果没有孩子们的掺和就不闹热。

等待和盼望的日子总是短暂的，很快，小年就要到了。

冬日大雪之后的暖阳总是那么弥足珍贵。女人们抓紧时间，把该洗的蚊帐啊、铺盖啊、毯子啊，大背篼大背篼地背到河里去洗。蚊帐一旦下河浸水，就笨重得很，拖都拖不动，女人们便你帮我、我帮你，像拔河一样，弯着腰，涨红脸，我扯这头，你扯那头，将蚊帐绞成一根粗壮的麻花，洗干净了再用竹竿抬起来，拿到河岸上去晾。差不多到吃午饭的时候，整个村口到处都是晾晒的衣服，花花绿绿，形成一道美丽的风景。孩子们在那蚊帐中穿来穿去，捉迷藏，有的下手太重，一不小心拉断了绳子，铺盖散落在地上，正在山坡上砍青菜的女人看见了，站在地里张口大骂，孩子们呢，没缓过神来，还沉浸在那铺盖的清香味中，等明白后，一下子呼啦啦作鸟兽状散了……

洗完铺盖，女人们便把锅碗瓢盆等家什都端出来，该遮住的拿斗笠遮住，戴上草帽，围上围裙，在长竹竿上绑一把稻草，打扫起灰尘、蜘蛛网来。从屋顶到墙壁，从堂屋到灶屋，都不会落下；房上的瓦也翻新过了，漏雨的地方该添也添了、该挪也挪了，男人们脱下袄子，开始清理屋檐后阳沟里的淤泥。一年到头，阳沟里面已经积了不少枯枝烂叶，把它们清理干净，来年若是发大水，不至于漫进屋来，而且清理出来的淤泥还是很好的肥料，来年的青菜一定长得茂盛。桌椅板凳也要清洗，笨重的八仙桌抬到地坝头，提一桶水，用洗衣粉搓，用刷子刷，刷得干干净净、铮亮橙黄……

日子在男人们的勤奋中，在女人的唠叨里，在孩子们的追逐中过去了……

村口突然响起锣鼓声，大家跑出去一看，发现一群陌生人从村口的石板路上敲锣打鼓地走来，哦——原来是舞狮子的来拜年了。打头阵的举着一个长幡，上面写着"新年快乐"，背上的背篓里装了烟酒茶，后面跟着一个人，右手持着彩色掸子，左手拿着面具——原来是笑和尚，笑和尚后面那些披着狮子，头缠红布，身着黄色短打套装，腰拴红带子，脚穿蹄靴的跟班们，则是武生了。锣鼓声惊扰了水田中嬉戏的野鸭子，突然翻出一个水跃子，然后滑翔出去，姿势优美，涟漪阵阵……

看见狮子队来了，孩子们、大人们都一窝蜂地围拢过来，村口叫唤的黄狗花狗们看见这阵仗也知趣地跑开了。拜年从村口第一户人家拜起。锣鼓手们经过多年的配合很是默契，只见那笑和尚笑容可掬，在锣鼓声中手舞掸子，脚踏祥云，踩着八卦步，又是翻筋斗，来到主人家门前，面朝观众，双手握拳，鞠躬作揖，拜天拜地拜乡亲拜主人，后面的雄狮踏着节拍，摇头摆尾，很是灵活。突然，笑和尚掸子一挥，锣鼓声戛然而止，狮子也安静下来，乖乖地趴在地上，只听见笑和尚高声吟诵：

狮子到，狮子到，狮子到了过年到！

狮子来，狮子来，狮子来了把年拜！

狮子来，狮子来，狮子来了要发财！

要发财（队伍齐声跟道，又是一阵锣鼓）！

一头狮子四个脚，子子孙孙考大学！

考大学（接上）！

狮子头来圆又圆，子子孙孙考状元！

考状元（接上）！

　　话音刚一落地，锣鼓声又齐刷刷响起，主人家在众目睽睽之下，大大方方把早已准备好的两包香烟递上，笑和尚顺手用准备好的托盘接了，然后又是几个筋斗，跳入主人家堂屋，在八仙桌上席位用掸子扫了几扫，狮子也跟在笑和尚屁股后上蹿下跳地绕主人家堂屋一圈，最后笑和尚面向大家双手抱拳作揖，结束了拜年，然后带领队伍，浩浩荡荡地走向第二家。

　　但很多时候，并不是拜年就可以轻松得到两包烟的，他们刚到第二家就遇上了难题。原来这户人家有一个儿子在县城上高中，肚子里有点墨水，早已在地坝中间摆上一条长凳子，长凳子正中央摆了两盒烟，算是投石问路；凳子后面曲径通幽，重着一张、两张、三张八仙桌，高高地，却四平八稳。在第三张上面放了一个独凳子，独凳子上面稳稳当当地摆好了一条烟！拜年后，一般人家打发的都是两包烟，整整一条烟就是很了不起了，但要得到它不是简单的事情。只见那条烟下面压着一副红字，悬挂下来，赫然在目：七十二小时，打一字！很明显，要想拿到那条烟，必须猜出谜底。耍狮子的基本都是农民组建成的，有些三脚猫功夫，爬上去取下香烟没问题，但书读得少、文化低，遇上秀才的刁难要拆出这个字谜却有难度。老老少少的乡亲们在四周嬉笑着，议论纷纷，看笑和尚他们怎样拆出字谜。不过笑和尚们也是见过世面的，只见他们不慌不忙，时而跳上跳下，时而交头接耳，锣鼓也在零零星星敲打着，最后实在猜不出谜底，在秀才的暗示下才解了出来，然后攀爬上去，在高处表演了蹿桌子、单腿独立梅花桩以及朝拜等高难度动作，在阵阵掌声中拿到了那条烟。

在狮子挨家挨户拜年的当头上，有些人家已经开始推豆腐和汤圆了。石磨子旁边，女人们有条不紊地喂[1]着豆子或者糯米，男人们双手按在磨子架上，一前一后、慢条斯理地推着，白白生生的豆浆或汤圆面从石磨中圈圈层层、汩汩地流了出来。推好的汤圆面用口袋装起来，悬挂在堂屋正中央，胀鼓鼓的……于是，在满满的香味中，在磨子的"叽嘎"声中，在口袋"滴答、滴答"的滴水声中，腊月二十九到了。

二十九这天，人们会到地头割好过年需要的猪饲料，掐好豌豆尖、割好白菜青菜、拔好萝卜，准备好葱子、蒜苗等过年要吃的时兴蔬菜，那豌豆尖掐的是尖尖，又绿又嫩；卷心菜，剥去外面的黄叶子，里面白白净净。过年炖肉、煮饭用的柴块子也用铆头砍断、划好，布阵列兵般码在屋檐下。下午，整个院子的人们都动起来，清理起公共使用的院坝，清除杂草和垃圾，把该搬出

---

[1] 喂：方言，这里指把豆子或糯米放入磨眼中。

的东西全部搬出去，打扫得干干净净，整个院子一下子空旷、亮堂起来。最后把垃圾堆在村口，让它慢慢燃烧起来，这个就是正式的熏蚊子了，据说是为了除去一年的晦气。晚上，女人们拿出腊肉、猪脚等烧好，洗好过年菜，煨好醪糟酒，一切准备妥当了，才心满意足地睡去。

第二天一大早，女人们就忙开了：灶膛里架起的柴块子噼里啪啦红红火火燃烧着，大锅中沸沸腾腾炖上满满的腊肉、猪腿子，炸了麻花炸酥肉，那口锅里滑滑肉，这口鼎罐里煨鸡汤，一股股油腻腻、香喷喷的腊肉味儿混合着鸡汤味儿，挨家挨户在整个村子弥漫开去……男人们撕下去年的对子，打扫干净门楣、门套，调上糨糊，站在板凳上，开始贴对联、门神。孩子们嘴里咬着一坨酥肉在旁边大声喊道，歪了，歪了，靠右边点，靠左边点，一不小心，酥肉掉在地上，捡起来，在衣服上擦了擦，一口咬下去；偶尔，酥肉刚好落在守候在旁边的大黄狗身边，大黄狗一张嘴，舌头一卷，一吞咽，就下肚了，"滚远点！"孩子抬起脚，踢出去，大黄狗往后一退，很巧妙地躲开了……等对子贴好了，父子俩杵在大门前，仰着头，念着对子：鼠年走了，牛年来，牛年来了发大财；春天来了，百花开，百花开了富贵来！刚上一年级的细娃儿不认识第一个字，问是啥子。老汉歪起头说是耗儿。儿子天真地问道，耗儿是两个字，那上面哪个是一个字呢？……对子大多是由村头有点文化的来写，但内容基本上都是春回大地、瑞雪兆丰年、猪羊满圈牛羊肥等，门神则是秦叔宝、尉迟恭。门神、对子一贴上，整个年味儿一下子就浓烈起来。

快到十二点，在噼里啪啦的鞭炮声中，年饭开始了。在老家，这顿饭是最隆重的，也是比较庄重的，与杀年猪时邻里之间相互请吃庖猪汤嘻嘻哈哈、打情骂俏、无所顾忌不一样，而且都是内亲，一家人，挤挤攘攘老老少少围一大桌，不许乱说话，不许打烂碗盘，桌子上九大碗、八大盆，重叠得满满的，敬了"先人"之后才能动筷子；桌子底下，鸡狗成群，蹦蹦跳跳抢食着骨头、饭渣。一年到头，饭菜比平时都要弄得多，个个撑得肚胀腰圆还要有剩余，寓意着年年有余。三十晚上要把脚洗干净，这样明年走人户[1]就能撞着好吃的。稍微宽松点的家庭，要给孩子发压岁钱。发钱时，娃儿们一字儿排开，跪在地上，把头磕得咚咚响。我们那个年代，能有两角钱就很了不起了，至于发五角那就是富裕家庭了。在煤油灯下，坐夜熬到零点，就是大年初一了，家家户户开始放鞭炮。记忆中，老家鞭炮放得最厉害的就是这辞旧迎新的时刻，天崩地裂的鞭炮声会萦绕很久，绕过整个村庄，"哗啦啦"远远地扩散到山崖那边才消失掉……

一觉醒来，鸡还没叫头遍，男人们争先恐后去挑井水了。这一年开头挑的不是井水，是"银水"，也是好兆头！大年初一，按风俗要吃大汤圆，预示着新的一年顺顺利利，一滚就过去了。有时，人们还在汤圆里包上硬币，谁吃到了，就表示今年运气好。

---

[1] 走人户：方言，走亲访友的意思。

姊妹兄弟间也有耍心机的，在包的时候做一个记号，等舀的时候盯住记号，一旦被识破，又在嘻嘻哈哈中被抢走了……

吃完汤圆，家家户户提上香蜡、纸钱、祭祀品、鞭炮，去祭奠逝去的祖先们。两支蜡、三炷香，一把纸钱、一串鞭炮，几滴白酒、一个刀头，三作揖、三叩首，在纸钱燃起的缕缕炊烟中，就算把年也送给了先人们。

离乡镇近的，人们穿得花花绿绿，三个一伙、五个一群上街看热闹。三教九流、各路神仙都来了，用彩纸扎成的"车车灯"由两个人抬着一个么妹儿（车车灯上面那个么妹化着浓妆、穿着花衣，妖艳十足，其实是一个男人装扮的）进三步退两步、唱歌敲锣地在人群中前行着；几个乡的狮子汇聚在一起，个个生龙活虎、威猛无比，从上街蹿到下街；猴子被牵着跳上跳下、抓耳挠腮、拜年讨烟；那条火龙像一阵风似的在街上旋一圈就不见了，要等大年十五才能出来了。大街上，从上往下看，密密麻麻插秧子般人挤人背靠背，你看我我看你，锅里煮汤圆一样，好不热闹。

初一吃汤圆，初二吃猪脚下面条。面条有长寿之意，寓意长命百岁、顺利健康，也表示一家人亲热和睦。吃了面条，大家提着一块腊肉走亲访友，相互拜年。一块腊肉提了舅舅家提姑姑家，兜兜转转，最后又提回自家屋头，孩子们呢，则相互炫耀得了多少挂挂钱[1]。

---

[1] 挂挂钱：方言，压岁钱的意思。

出来求学二十多年了，儿时的很多玩伴早已各奔东西。岁月不饶人，老一辈们老的老，去世的去世。而我们的下一辈呢？生长在城市里，更难回老家了。在这腊月年关，老家人烟稀少，到处静默一片，野鸭子在水田里嬉戏打闹，成群结队的白鹭在柏树林里起起落落，当年狮子队走进村口的那条石板路——也是我们老家叫的大路，红白喜事要走的大路，中华人民共和国成立前叫官道——当年我也是从这条大路走出来的，如今也已是茅草蒿蒿疯狂劲长，淹没过人头了。城市化潮流浩浩荡荡、奔流不息，乡村的很多东西都被打败而消失了，特别是故乡的年味儿，早已变得遥远而模糊了。唯有在梦中，小时的嬉闹打闹、村里的人情烟火，才变得那样浓烈、鲜活……

（本文发表于2017年6月17日《剑南文学》第二期；发表于2018年《作家视野》第一期；发表于2017年《参花》第一期）

故乡的腊八粥

进入腊月，年味儿渐浓。

地头没啥农活可做，男人们和衣躺在床上，捂着篾烘笼儿，想着陈年往事；穿花袄子的女人们叽叽喳喳围在阶沿上纳鞋底、绣鞋垫。天很冷，淅淅沥沥下着雨雪，屋檐水成线滴落，掉在长年累月滴成的那个窝窝里，水花反弹回来，溅在屋檐下垫有稻草的破箩篼里的大黄狗脸上。蜷缩的大黄狗呢，摇摇头，像抖落虼蚤一样把调皮的水珠甩出去……

老家把腊八粥叫腊八饭，按照习俗，腊八节这天祭祀祖先神灵、祈求丰收吉祥，要吃腊八饭。妇人们丢下手中纳了一半的"鸳鸯"，挽起袖子，围上围裙，爬阁楼、下地窖，翻箱倒柜，从坛坛罐罐里找出糯米和杂粮，动手做起腊八饭来。听说要煮好吃的，男人们也来了精神，一骨碌从暖和的被窝里爬起来，跟在女人屁股后面打起杂来。

找出的糯米，用簸箕簸了、筛子筛了，看看生虫没有，仔细地挑选出稗子、谷粒，用井水淘洗得干干净净。平时煮饭米少，红苕或者萝卜多，今天腊八节，无论如何都要奢侈一下，多加几把米。

当然，腊八饭少不了腊肉。腊肉不能太瘦，也不能太肥。瘦了，吃起来没得油水；肥了，煮在糯米里，闷人[1]。冬月间杀了年猪，悬挂在灶台上的腊肉还在不紧不慢地熏着。于是爬上灶台，割下一块保肋肉，用火燎了猪毛、刮了皮、洗净，切成豌豆大的颗粒，再配些豆腐干、花生米、枸杞、莲子、红枣和饭豆一起倒入大锅中，架起柴块子煮起来。

老家的饭豆是那种红皮饭豆，种植在山包包上。虽然绿豆颗粒小，煮稀饭香，但熬腊八饭，大家还是喜欢用颗粒饱满、容易煮粑、吃起来更有感觉的饭豆。而且，用饭豆煮出来的腊八饭呈略红的纯色，看起来诱人、有食欲。腊八饭里加饭豆，小时候以为是八样东西不够，凑数的。懂事后，才知道有关"赤豆打鬼"的传说。据说腊八节这天，鬼怪出来作祟，只要用红豆击打，他们就不敢靠前。后来"赤豆打鬼"演化成了赤豆熬粥，祛病镇邪的说法。

等腊八饭煮到七八分熟，就退出一些柴火，用温火慢慢熬。边熬边不停地用勺子轻轻搅动，以免煳了锅底。这时候，香味已满屋飘荡起来，屋檐下打盹儿的大黄狗，闻到香味儿也摇着尾巴围拢过来了。家中男女老少都围在热火的灶膛边，烤着火，看见大锅里热气腾腾，听着锅盖被热气掀起发出"突突"的声音，红

---

[1] 闷人：方言，指食物中油脂过多，使人感到油腻。

红火光印在笑脸上，个个心头都揣着满满的幸福……熬上差不多两个小时，糯米杂粮又软又耙、又黏又稠，浓香四散，让人口舌生津。

稍微好点的家庭还会做糍粑。煮熟的糯米舀在一个石臼中，两个人各站一端，弓着马步，敞开袄子，用双手握着一米多长、拳头粗的树棒子，口中喊着"嗨嗬、嗨嗬"一来一往、一进一退地舂。你一棒我一棒，配合默契，糯米饭被冲得雪亮、烂融、黏合，然后撬上一坨，拌上豆面，大口吃起来。看见邻家小孩穿着一条开裆裤一拐一拐地过来守嘴了，递过去一坨，小孩抓在手中，边走边往嘴里塞，结果把脸糊得稀里哗啦，旁边守着的母狗赶紧伸舌头舔了，这还好，特别是那讨厌的母鸡，也从石磨下面钻出来，用坚硬的嘴去啄，痛得小孩哇哇大哭。

"吃腊八饭啰！"等脸庞冻得通红的娃儿们踩着泥泞路、顶着雪花放学回来，大人们就吆喝着舀上来香喷喷、热乎乎的腊八饭，恭恭敬敬地敬了菩萨，一家人围着红红的搪瓷火盆，热火朝天地吃起来。晌午时分，整个院子到处都响起"哧溜、哧溜"吃腊八饭的声音……

吃到高兴处，妇人们还会端起碗在院坝头边吃边炫耀自家的腊八饭如何香、如何糯，嘻嘻哈哈中，又相互在对方碗里挑一坨尝了。"硬是糯！"然后说，"隔年开春用两斤谷子换你家一斤糯米谷子当种子，来年我家也能吃到这样的糯米！"最后又叽叽歪歪议论开来，东家煮烂了西家煮干了。三五天过去了，腊八饭的香味儿还没飘散，那股浓浓温情，还沉浸在人们的笑容里……

转眼年关将至，各大超市做腊八粥的食材、辅料品种繁多，让人目不暇接；如今喝粥也很方便，"营养粥"随处可买、随时可喝，可总觉得寡淡无味，吃不出小时候一家人围着灶台用柴火熬出来的味道。但到了腊月初八这天，还是会去买、去吃。或许，吃的只是那份记忆、那份思乡情怀。

（本文发表于2017年12月20日《重庆晚报》）

元宵节粑粑香

　　小时候,过元宵,不是过,是盼,像盼过年一样盼。因为年很快就过去,过了年,该做啥做啥。关键是,过年把好吃的都吃光了,年一过,灶台上仅剩下的两块腊肉也被妈妈捡藏在谷仓里挂上了。那是不敢轻易动的,等到开春栽秧才能吃。栽秧季节,没腊肉,请不到人帮忙。

　　对面幺母家,幺爸在水库上班,一大早,幺爸就背着一个密实背篼回来了。从水库回来,幺爸要经过村口的石板路,大家都在田边除草,看见幺爸背着背篼走在石板路上,底气十足,就知道那背篼里面有货。很快,幺母就会把门关了,却关不住她家房上的炊烟,还有鱼香味。鱼香味裹挟在炊烟里,飘出来,炊烟都是香的。

　　二叔从镇上提着一块猪肉回来了。昨晚,他肯定是上了夜班。二叔在邮电局上班,发电报,戴上耳麦,操控着,啪嗒啪嗒,显得手忙脚乱。二叔提着的猪肉是用报纸包着的。尽管包得很严实,但大家一看那长条、弯曲以及二叔走起路来，手上那块东西像荡秋千一样荡来荡去，就知道，那是一块上等的坐墩肉。二母会弄，掐一把地坝边长得正好的蒜苗，炒成回锅肉，全院子都能闻到香味。地坝边，二母家的麻狗，抱住那骨头，啃得哇啦哇啦叫唤，羡煞旁边一大群黄狗花狗。

院坝西边，曾幺婆家端着一碗红苕稀饭喝着，碗上横着几根酸豇豆，筷子长。曾幺婆咬一口红苕吃一截豇豆，再喝一口稀饭。看见耳背的母亲也在屋檐下吃稀饭，她就喊："聋子，聋子，午饭吃啥子呢？今天过元宵，吃糖粑粑不？"

粑粑是用糯米做的。过年过节，我们都会推汤圆。实际上，推的是糯米。只不过，用糯米做成汤圆，所以人们就说吃推汤圆。圆圆的汤圆，怎么推呢？那一推，不是就粘到一起了吗？小时候，总不明白大人们为什么说成推汤圆。

汤圆是按一定的比例将糯米混合大米，泡好后，推出来的。有的人家吃得糯，糯米就多加一点儿。推好后，用口袋装起来，吊在屋檐下，下面用一个搪瓷盆接着，滴答滴答声彻夜响个不停，但很好听。因为一旦推了汤圆，年就要来了。关键是年来了，有汤圆吃了，不得挨饿了。不过，因了东一顿、西一顿，到了元宵节，那屋檐下吊着的口袋从最初的饱满、圆实，一天一天就瘪了下来。像母亲的乳房，结婚前丰满；结婚后，一个孩子吮吸，二个孩子，三个四个，就变形了。孩子呢，在一天天地长大，却可怜了母亲。

曾幺婆之所以这样说母亲，是因为她家屋檐下的口袋里还有橙子大小的一坨汤圆粉子。元宵节做个粑粑，还是绰绰有余，所以她说话显得有底气。

当然，曾么婆话里还有另一层意思。她以为我们家没有汤圆粉子了，是断然做不出糖粑粑来的。一个聋子女人，娃儿一大群，怎么会有呢，早就吃光了。殊不知，我们家还有，被母亲收捡起来，捂在坛子里，倒扣过来，藏得好好的呢。

母亲是挺会做糖粑粑的。母亲把粉子揉好。在搪瓷盘里，揉得盆子"哐当哐当"欢快地叫。看见母亲要做糖粑粑了，我们也跟着欢快起来，吭喝开和我们一样围绕在灶台边的大黄狗，帮母亲烧火，打下手，连横起袖子揩鼻涕的动作也比平常利索得多。

灶上一口大锅，母亲将一块猪油煎了，当然，是一小团——将食指弯曲过来，紧靠住大拇指的第二关节，中间的圆孔，就是猪油的大小。

煎了猪油，闻着香味，我们满心欢喜。从上至下，母亲在整个锅里都抹了油，把粉子揉成一小团，"哧"的一声，贴在锅面上，用手指背摁了摁，炕干水分，翻转过来。等有了锅巴，差不多熟了，母亲将红糖切成细末，和上水，淋在锅里，扣上锅盖，一会儿，热气腾腾中，一锅黄灿灿的糖粑粑哟，就出现在我们面前。我们拿起就咬。看见我们一个两个被烫得哎哟连天，母亲在旁边喊，慢点吃！慢点吃！

右边隔壁张大母家小女儿坐在她家门槛上，流着口水，眼巴巴地望着，母亲呢，铲了几个在土碗里，用围裙掩了，急匆匆端过去……

　　左隔壁大母能干，很会过日子，家里面除了还有腊肉外，也做糖粑粑，但就是没有母亲做的好吃。母亲和的汤圆粉子，不干不稀；糖分呢，也不多不少；炕的时候，火候也是掌握得恰到好处。

　　母亲做的糖粑粑不仅香，还有一种回味，真切、质朴、温暖。母亲在我小的时候就去世了，好几十年了，步入中年的我，一到元宵节，就想起母亲做的糖粑粑，想起院子里那些人情烟火，而这些随着岁月的流逝，城市化潮流的浩浩荡荡，远去了，最终成了我心底一抹难忘的乡愁。

（本文发表于2019年2月14日《重庆日报》）

大山吃庖猪汤

　　昨天去白马山区看望孩子们，顺便也去吃了他们山区的庖猪汤。山区很冷，今年的大雪比往年来得更早一些……

　　按照当地习俗，哪家杀年猪，同村邻里都来帮忙，顺便也一起吃庖猪汤。等我们九弯十八拐风尘仆仆赶到，看见年猪已经杀好，地坝边专为杀年猪垒砌的灶台上面那口大铁锅里面还在冒着热烟，猪毛、猪血洒得一地都是，狼藉一片，几只狗正在津津有味地舔着地上的血迹。屋檐下、墙角边都挂满大肠、小肠、心肝脾肺肾等，大块大块被卸下来的猪肉散堆在堂屋的簸箕里，恣意张扬，红白相间，还在冒热气。粉蒸肉、肥肠等九大碗已经被放进蒸笼，大柴块架在土灶上，红红火火噼里啪啦地燃烧着。女人们围着围裙叽叽喳喳围在灶台边洗菜的洗菜，切肉的切肉，偶尔大声地使唤一下串来串去的孩子们和吆喝一声跟着孩子屁股后面穿来穿去的大黄狗，满脸的幸福……从杀猪战场上累下来的男人们，围在火盆边，两只手相互交叉揣在衣服袖子里，叼着烟，在缕缕青烟中，半眯着眼，边等庖猪汤，边聊些陈年往事。看他们淡定的样子，内心一定幸福满满，满院香味飘，满屋笑声一片……

等客人到得差不多，饭菜也快熟了，坐在火盆旁边打瞌睡、聊天的男人们也一下子鲜活起来，扔掉手上的烟屁股，拍拍身上的灰尘，到自家屋头，有的把八仙桌顶过来，有的端长条板凳，一根压一根，压上四根，腾出来的右手还要提一根。快进屋时，由于板凳压得太高进不了屋，旁边的看见了赶紧冲过去准备帮忙取一根下来，顶板凳的夯实得很，嘴中嚷道：得行！得行！只见他半蹲着身子，弓起腰，小心翼翼，硬是顶过了那道门槛；有的去抱碗、盘子，有的拿筷子，甚至有的把自家泡好的药酒瓶子都抱过来了。大家七手八脚抬开堂屋的猪肉，摆上八仙桌，一溜开去，就摆下了五桌。摆好碗筷，倒好酒，主人家就挨个喊：来坐！来坐！大家都是邻里，比较熟悉，都知道自己该坐哪个位置，德高望重者首先就在上座位坐好，其他就挨着按照顺序排下去。落座以后，女人们用竹筛子端着菜鱼贯而入，只见有蒜苗炒回锅肉，大片大片的，活色生香，相当诱人；有血旺烧蒜苗、猪肝炒蒜苗，有老盐菜蒸烧白，倒扣过来的烧白完全裸露出来，张扬，霸气十足；有红苕垫底的粉蒸肉、有黄花清蒸酥肉、有清蒸肘子、有大豆蒸肥肠、有芋儿烧排骨、有青椒炒瘦肉丝，凡是猪身上的东西都有，至于山里面的土货土豆、白菜、萝卜、粉条、野猪、土鸡、羊头汤也是应有尽有，在几分钟时间里就摆满了一大桌。回锅肉，香！烧白吃在嘴里一抿就化，肥而不腻，硬是舒服；粉蒸肉吃了一片还想第二片，红烧的血旺、猪肝和城头的差别很大，硬是爽！就是那个撒点葱花的石磨豆花也是香得很，萝卜丝酸汤喝了一口忍不住再来第二口……

白马山脉海拔在两千米以上，高山土豆淀粉多，当地的老百姓将土豆放在锅里面煎成二面黄，吃起来怎一个香字了得；白马山的粉条也是一绝，韧性好，炖、煮、烧或者凉拌都是很不错的，特别是炖肉、煮鱼。总之，五颜六色、五花八门的炖菜煮菜烧菜土货山货吃了又添添了又上上了一趟又一趟，庖猪汤几乎让大山人倾其所有，把家里面所有好的东西都拿出来了。大家风卷残云一般个个吃得肚胀腰圆、饱嗝连连，甚至连阶沿边的黄狗花狗们也吃得饱饱的，心满意足地趴在火盆边舔嘴巴……

等女人们七手八脚利索地收拾完杯盘碗筷和剩汤剩水，打扫完战场，男人们稍做休憩，吸了两口烟，就抬开桌子，抬出肉来为我们城里来的客人划肉。提刀划肉的是村里出名的杀猪匠。杀猪匠姓王，常年起早摸黑，显得比实际年龄老很多。客人说要哪里，他就划哪里，手起刀落，直接、果断，随着一段优美的弧线干脆利落地出现，王屠户划出的肉说是两斤不会是一斤八两，最多就是五钱的差别。主人家也是大方得很，城里来的都是些贵人，祖祖辈辈几代人在这老山大沟里面，还很少有这些城里人来，如今来了，也是蓬荜生辉，要两块肉，对质朴简单直接的山里人来说不算啥子，就是一头猪搬起走，自家不吃，他们也不会计较什么……

这边肉分完，那边灵气的女人们也已从各自的地头拔好了萝卜白菜等时令蔬菜，也扯了蒜苗葱子等，或者从各自家中把事先准备好的苕粉、鸡蛋、鸭蛋、苞谷、新米、土豆、茶叶、土鸡、土鸭、天麻、腊肉等，几乎把自己认为城头难得有的土货绿色食品都搬了过来，并找来袋子打好包，然后分发给我们。太实在的山里人反而搞得原本大方见过世面的城里人极其为难很不好意思，最后在一阵客气推让之后个个都把整个车厢塞得满满的……

大山的午后寒风还是有些劲道，像刀片一样。等我们车子启动，对面刀削一样陡峭的山壁有了下午的冬日阳光，但云雾依旧没有散去，有些轻，有些飘，车队顺着山路弯弯曲曲，消失在大山深处，但村口一双双淳朴的眼睛似乎还在我们身后盯着，"明年还来哟"，朴实而有些土的山音还在耳畔回荡……

（本文发表于《达州日报》）

那季那事

故乡的秋老虎

晚饭桌上，阿姨端上一碗丝瓜汤，尝一口，清香四溢，一下子把我拉回到了故乡。

滑滑的、细腻腻的，小时候怎么也吃不惯这种味道。吃饭前，看见大人炒了一盘丝瓜或者是烧了一锅丝瓜汤，心头的怨气一下子就来了。突然，当看见在竹林深处悬挂着一根绿油油、嫩嫩的丝瓜，瓜蒂上的黄色花朵还没有凋落，甚至还那样的鲜活，诱人食欲，一下子，就对丝瓜产生了一种近乎膜拜的喜爱！

太阳白花花地在天空上某个不知名的角落高悬着，甚至从天亮开始，它就这样以最强烈的热浪有些仇恨地撕裂着大地。高蝉扯天扯地吼着，像是在向上帝呐喊和控诉这个该死的旱天。已经热得喘不过气来、卧躺在村口竹林的水牛，有些力不从心地机械地反刍着，白泡子从嘴角滑溜出来，有些恶心；牛蚊子在牛尾巴一扫一扑下来了又去、去了又来频繁光临着，水牛有些听天由命，眼屎和泪水在眼角处漫出，任凭成群结队的牛蚊子翻飞、叮咬，反正咬出的血也是干涸的，没有水分。空气凝固了，没有一丝风，躲在屋檐下的狗趴在地上，喘着粗气，吐着血舌头，时不时摇一下头，甩开像流氓一样在头顶飞来飞去勾引自己的蜻蜓，时不时透过屋檐的缝隙，望望那一片甚至连白云也见不到一朵的天空，没精打采，叹息连连：这天，何时变脸？！

当初秋的老虎太阳，从一个晒到二十多个的时候，整个乡村几乎陷入一片死亡的干旱中。刚刚收割后的谷田没有一滴水，已经干裂。这年头的大旱，从村口一直延伸、蔓延开去，流淌过死寂的村庄，越过对面的大山，像幽灵，又像瘟疫，无声无息。整个大地就像火烤一样，田里、地头的庄稼在太阳的淫威暴晒之下已经彻底绝望，爬山虎像一只只因渴死而定格在墙上的蝴蝶标本，把整个茅草屋的西墙装饰得像城里人豪宅的一堵幕墙，在太阳光的照射下，奢侈、豪华；南瓜藤蔓已经枯死在桐子树上，有些扭曲，像毒蛇蜿蜒。早春季节它们曾经辉煌一片，浩浩荡荡、千转百回，爬过桐子树梢，霸气侧漏、傲视天空，如今在烈日当空下，也不得不低下它们高贵的头；甚至初夏郁郁葱葱一望无垠的玉米林，连同地头的绿豆、饭豆等植物，也如山坡上莫名的蒿草，全军覆没，彻底枯萎，惨死在太阳这个魔鬼的爪牙之下。

村口那口百年也不曾枯竭的老井业已见了底，那一两口从远山浸润过来的水还挽救着村民们的命。烈日下，很多盆子、木桶、罐子在井口排着队，大小各一，颜色参差，形成村庄独特的景象，有些壮观、惨烈！

　　"丁零零"，正当我还沉浸在对故乡的回忆中，电话突然响起，我放下手中舀丝瓜汤的勺子，接通电话。电话是老家村长打来的，告知故乡正遭遇百年不遇的干旱，全村百姓都在抗旱中。挂了电话，小时候竹林深处那根丝瓜和村口的老井，在我的面前不停闪现，很分明。端起碗来，再喝，竟然有了一种苦涩……

（本文发表于2018年7月25日《环球游报》）

背篼

老家属山区，道路崎岖不平，交通不便，祖祖辈辈的生活，都是佝偻着背，用背篼一步一步、沉甸甸地背出来的。

背篼用篾条编织而成。根据编法和筐眼疏密程度的不同，背篼可分几种。一种是宽篾条背篼，将篾条划成筷子宽编成，用来背红苕、洋芋、猪草、牛草等；另一种是细篾条背篼，将篾条划成韭菜叶一样细，编得紧密，没有漏眼，可以背米、面等；还有一种是用来背娃儿的，我们叫座座背篼。

和背柴、背米的粗腰背篼不一样，座座背篼的腰部要细窄一些，在背篼的半腰上凸出来一部分，像一个台阶，小孩的屁股就坐在上面。懂事后，看见小孩坐在里面，虽然小时候自己坐的情形早已忘得一干二净，但我能够想象出那一定很舒服。妇女背起孩子赶场、回娘家，背着孩子做家务、下地种庄稼。孩子瞌睡来了，脑袋一耷拉，就在母亲的肩膀上睡去。很多时候，除了母亲背外，大的孩子长大了，开始背弟弟妹妹，一个背一个。农村的孩子，就在座座背篼里吃喝拉撒，在母亲、哥哥姐姐的背上摇摇晃晃地长大……

孩提时的背篼，装满了欢乐，也装满了期盼。妈妈背着一大背篼牛草从坡上下来，背篼里总藏着很丰富的东西：除了脆甜的高粱梗、苞谷梗外，还有满身小疙瘩的苦瓜、淡紫的茄子、长长的豇豆。有时也能提出一两个嫩嫩的、青幽幽的南瓜。偶尔，妈妈在里面掏着，掏着，还掏出几串用桑叶包着的紫红的桑泡儿呢！

山里的孩子，背篼里更盛着一个勤劳的童年。到了八九岁，我们就开始挎上背篼去割牛草、打猪草。记忆中的背篼是坚硬的，装得扎扎实实、不留任何缝隙的一背篼牛草，像一座大山，沉重地压在瘦弱的小背上，让我们喘不过气来。人矮，背系长，背起来一拖一拖的，背篼磕碰着脚后跟，脚后跟经常被蹭破皮；小小的双肩被勒出道道血痕，背脊上也磨出了厚厚的茧。那时就在心里暗暗发誓，一定要好好读书，摆脱掉背篼的压迫，走出茫茫大山。

少年不谙世事，背篼里也装着贪玩。在割牛草、打猪草的时候，把一个背篼倒立过来，在底部铺上桐子叶当桌子，然后再拿几个背篼倾倒当凳子，躲在苞谷地头玩扑克。由于玩得太高兴，到太阳落山了，才发现背篼里面是空的，心头一下就慌了。赶紧去扯几把草放在背篼里面，并找几根树枝把草撑起来，做成拱形状，看起来冒梭梭的。有时还会在背篼里面放一块石头，做沉重状。然后小心翼翼地背回家，害怕大人看出来，连忙去淘红苕、砍猪草等蒙混过关。后来才明白，作为孩子，心头有鬼，耍小聪明，是无论如何也蒙不过大人的，只不过在一些没有违背原则的小事上，大人不和我们计较罢了。

一旦违反原则，父亲绝不轻饶。二哥就挨了一次打。二哥胆子大，有次跑到邻村地头去割了别人的红苕藤，在背篼面上用草覆盖了，背回家。在老家，最可耻的就是去干一些偷鸡摸狗的事。父亲性情刚直，看见二哥偷了别人家的红苕藤，一不做二不休，当着院子里所有人的面，把背篼里面的红苕藤底朝天全部抖落在大地坝上，羞得二哥无地自容。同时，抄起墙角赶猪的响篙儿就在二哥身上往死里打，打得二哥双脚直跳，"哎哟哟"地告饶，下次再也不敢了。最后父亲挥舞着手中的响篙儿，向我们吼道：背篼里头啥子都可以装，整人害人的东西不能装！

除了背东西外，哪家孩子生病了，也用背篼背到赤脚医生那里去看。记得那年我左脚骨折直到痊愈，都是父亲用背篼背着我去换药。

那时候，每隔一周就要去换一次药。换药要蹚过刘家沟，翻过文家寨，再翻一座大山，才到达白发苍苍的张医生的诊所。座座背篼已经装不下上小学一年级的我了。父亲拿来一个背篼，在离背篼底部大约三分之一的地方横上两根竹棍子，我屁股就落在棍子上。棍子位置既不是很低，让我的脚蜷曲着；也不是很高，让我的脚悬空着，而是在一个刚刚合适的高度上，让我的脚很舒服地伸缩自如。

换了多少次药，我想不起了。但每次都是还没爬上文家寨，我就睡着了；回来的时候，看见脚上换了崭新的纱布，我心里感到踏实，趴在父亲宽厚的背上，很快又睡着了。整个文家寨山峦上都是石坝，那些来来往往、世世代代背着背篼走过的人们，已经把石坝硬生生踩出了凹槽。经年后，父亲佝偻着背，"吭哧、吭哧"地背着我、一步一步走在文家山寨的石坝上，而我坐在背篼里面、趴在父亲汗湿的肩膀上摇晃着脑袋睡着的情形，以及那些深深浅浅的凹槽，都深深刻在我的脑海中。

正如黄昏树的倒影，拖得再长，也离不开树的根。对于从大山里面走出来的孩子，虽然卸掉了背上的背篼，但烙在我们心里的那个背篼，背篼里面哪些东西该装、哪些东西不该装的记忆和情怀，却是永远也割舍不了……

（本文发表于 2017 年 12 月 10 日《贵州民族报》；2017 年 12 月 20 日《重庆日报》农村版；2017 年 12 月 27 日《潼南日报》；2018 年 1 月 2 日《中国农业科技报》；2018 年 1 月 27 日《华西都市报》）

戽斗儿

　　记忆中，初夏这个时节渠江边上的故乡并不美，到处都忙得鸡飞狗跳。豌豆、胡豆也干了，坡上、地头的扯回来，铺在地坝上晒；油菜、小麦陆续收割，山坡上、坝里、沟头，东收割一块，西收割一块，远远望去，就像癞子的头顶。收割后的田头，小麦草蒿、油菜梗等堆得到处都是，母鸡扒了一样，一片狼藉；一场雨后，田里关起了水，就开始犁田了。农活赶趟儿似的，跟着栽秧子又来了。

　　栽秧子累点不怕，怕的是没水。

　　若遇上天干，栽不下秧子，很多时候要抽水。老家有一条九龙水库，百年不干，但离我们村子有点远，要从山那边的一队越过十二队抽过来。这一路爬坡上坎，一直到我们队上。下面坝里有好几里地，中途又要过几个生产队，担心其他生产队偷水，往往这个时候，一个生产队的就特别团结，大家联合起来五步一岗、十步一哨守水，熬更熬夜地守。看见水终于抽上来了，有人就跟着水撵，一路撵一路大声吆喝：水来了！水来了！叫唤声在村头响起，把村里面睡着了的婆娘娃儿都吵醒了。听说水来了，尽都爬起来，去田头看水。那个时候没有电筒，煤油又很金贵，有的火把都舍不得打一个，借着星星和月光，加上太兴奋，一不小心"咚"地一扑爬[1]栽到水田头，就听见有人在喊：慢点！慢点！有的实在等不及了，摸黑就插起秧子来……

人往高处走，水往低处流，也有一些地势比较高、比较偏的死角田，不在水来的方向，就要用戽斗儿戽水。

我们老家川东一带说话喜欢带一个儿字，听起来舒服。比如说样子，不说样子，说样子儿、样儿。你看你这个样儿像个傻子？再比如，麦子出来了吃的擀面，要比一般我们平常吃的面条宽一点儿，就说面宽儿，不说面宽。戽斗不说戽斗，说戽斗儿。

戽斗儿是用篾条编织的，样子跟筲箕差不多，但筲箕一般都用头层青篾编织，而且篾条比较细；戽斗儿一般用二层黄篾编织，篾条也要宽一些。再则就是样式稍微有一点儿区别，筲箕上面是敞口的，戽斗儿是半封口的。

使用戽斗儿的时候，从底部兜好绳子，绳子上套有不勒手的光滑木质手柄，由两个人站在田埂上，你站那头，我站这头，各用两只手抓住手柄，蹲稳马步，身子努力向后倾斜，同时发力，把下面田头的水戽到上面来。戽水时，两个人讲究的是配合，并

---

[1] 扑爬：方言，指向前跌倒呈爬行状。

根据上下水田的高度调节绳子的长度。很多时候，看见两口子甩着膀子一上一下很有节奏地将戽斗儿舞得飞转，配合得很默契，很多人都会羡慕。特别是街上的居民看见了，都觉得好耍。也有两口子吵架赌气戽水，就将那戽斗儿舞得呼啦啦转，戽斗儿像一只黑蝴蝶在空中翻飞，水成一根弯曲的线，从下流淌到上面来。

　　戽水看起来好看，当真做起来，得使臂力，也是累的。膀子甩一两下没什么，要戽一田的水，戽一上午甚至一两天，就要花功夫了。有时候，还要戽好几垄田。从这垄田戽上去，再从那垄田再戽上去。不过，后来使用的戽斗儿已不是用竹篾藤条编织的了，也有在供销社购买的塑料戽斗儿。这种塑料制成的戽斗儿比竹篾编的更轻巧，戽起水来就没那么费力了。再后来小型柴油机下放到生产队，嗒嗒地，就可以抽水了，戽斗儿就用得很少了。抽水，一下子抽到梁子高头最高的那块田头，然后再从沟头放水下来，这样每块田就有水了。至于邻里之间因为平时的一些过节，不准对方的水往自己田头过路而引起的打架吵架现象也自然没有了。

　　有了水，就栽秧子。有平时偷懒、家里面秧母田种得少，秧子不够，干些缺德事晚上出去偷的。小时候我家就被偷过，不过被父亲逮住了，要回了被偷的秧子；也有一些寡妇家没有劳动力，或者是男人在外地当兵、工作等，人手不够请人插秧子。请人插秧要吃腊肉，也有舍不得吃的，就用筷子串起来，巴掌大一片一片，拿回家给婆娘娃儿吃。他们光着脚板，卷起裤腿，脚上的稀泥巴也没洗，举起手中的腊肉片，满脸笑容急匆匆走在石板路上，羡煞那些在田头栽秧的人们。

　　诗人陆游有《喜雨》诗，诗中有"水车罢踏戽斗藏，家家买酒歌时康"，说农家久旱逢甘雨，稻田里关满了雨水，秧子生机盎然，大家也不用再辛苦地车水[1]了，戽斗也闲置在家中，这时家家户户打酒割肉，在家庆贺，其乐融融，但现在看来，随着进城潮涨，农村老的老小的小，很多地方都荒芜了，这样的美景也只有存在记忆中了。至于那戽斗儿，和其他很多农具一样，也慢慢消失了。

（本文发表于2017年6月16日《重庆日报》农村版）

---

[1] 车水：用水车排灌。

又到故乡薅秧时

初夏的故乡，清清静静的。

端阳过后，小雨如织，人们披着蓑衣、戴着斗笠、杵着根竹棍子在秧田里扯稗子、捉杂草，松松泥土，名曰"薅秧"。一般秧苗在抽穗之前，要薅三次秧。

稗草狡猾地混在秧子里偷吃肥料，刚嫁过来的新媳妇儿，不是老把式还认不出呢，旁边的婆婆就说，稗草叶片上的经脉是白色的，表面很光滑，没有茸毛毛，摸起来不刺手；而那些老把式们则优哉游哉，边薅秧边唱起了薅秧歌："大田薅秧稗子多，扯了一窝又一窝；大田薅秧脚跟脚，不唱山歌不快活……"慢慢悠悠，一天下来，田埂上到处扔满了稗草、千金子、莎草等。

几天后，薅过的秧苗就来了精神，你追我赶，使劲儿、发狠地往上长，几长几长就绿了，绿得让人心疼。从这丘田到那丘田，从这个村庄到那个村庄，绿成一片。用绿毡子来形容，还不能体现那份心疼的绿，有点失去手笔。但这种绿又不是朱自清笔下的绿，朱自清笔下的绿大多小巧、玲珑剔透；也不是草原上的绿，"离离原上草"，那绿则显得苍茫而粗犷。这秧苗的绿呢？给人一种幸福、一种陶醉。想到秋天金黄的稻谷将遍布田野，是的，应该是一种陶醉吧。

秧鸡躲在田中央，聪明得很，就地取材把秧苗扑腾折断、团拢垒成一个舒适的小窝，呼朋唤友"咚、咚、咚"地叫着，运气好的话，循着叫声找过去，有时还能在窝里寻找到一窝秧鸡蛋呢！七八个，拿回家去，煎一二两猪油，蒸上，香喷喷的一碗秧鸡蛋哟！可惜的是，大人们说，细娃儿不能吃秧鸡蛋的啊，吃了漂亮俊俏的脸蛋上会长不少雀斑的，想想看，长了雀斑将来如何娶媳妇儿、找婆家呢？不过，那坡上绿泱泱的一大篷刺藤下面，藏着一嘟噜一嘟噜熟透了的薅秧泡儿，乌黑乌黑的，扯下来就吃，酸甜酸甜的，咂巴咂巴吃得满嘴都是紫红色。

随着"米桂阳、米桂阳"和"苞谷、苞谷"两种鸟儿的叫声不分昼夜地在山岗上响起，山坡上桐子树也在疯长，叶子横横地张开，款款地铺满了整个树冠，像一把把绿伞撑在山岗上，青绿的故乡又多了一份妩媚。

收割了小麦的地里空旷旷的，隔一尺两尺就种了一株玉米苗，在雨的滋润下，玉米苗一夜之间就长了一茬，整齐地排在地里，近看像一排排小绿兵，正在接受检阅；远远看去，绿色星星点点，与田野里的绿相比，则是另一番景致和韵味儿。偷偷地，麻芋儿也跟着赶趟儿冒了出来。麻芋儿的茎秆长长的，上面立着几片绿绿的叶子。茎秆长得纤细，埋藏在泥里的麻芋儿并不一定大，相反地，那些看起来矮矮的、胖粗粗的，撬出来的麻芋儿才是圆墩墩的一颗呢。孩子们腰上拴着一个竹篓子，带上小铁锹，冒雨在荒地里寻找着麻芋儿，雨珠子从头发上聚集下来，遮住了眼，一揩，就是一个花脸盘儿。撬出来的麻芋儿拿到街上供销社卖了，换回几个本子、几支铅笔，孩子们开心极了。

当雨稍大些，河里涨了水，孩子们又吆吆喝喝提着鱼篼到秧田里捉鱼，沿沟而下，收获总是不少的。有时候，把邻村张大爷家的秧苗弄坏了，张大爷就在村口大声吼叫："是哪家背时的娃娃儿在秧田头捣乱？"孩子当中有人就喊："快跑，张老头来了！"于是，孩子们提起鱼篼，光着脚丫，扑爬连天呼啦啦跑光了，只听见那无邪的笑声淹没在绿色的田野中……

等第三道秧薅完了，初夏的雨还在不紧不慢地下着，远山含烟，迷迷蒙蒙，故乡显得安静和闲暇。青蛙呱呱地叫，男人们衔着烟杆，蹲在田埂边聊着无边的往事，盼着稻花开，议论着这一季的收成，真像书上说的"稻花香里说丰年，听取蛙声一片"。女人们则三五两个聚集在屋檐下，一边纳着鞋底，一边叽叽喳喳闲摆着东家男人到湖北挑鱼池挣了多少钱，自家男人如何没有出息还窝在屋头；西家的姑娘何时出嫁、嫁妆都有些什么，等等。麦子刚收割进仓不久，麦子粑粑的香味儿还在每家每户飘荡，议论的话题自然也少不了哪家的粑粑炕得好，用的是蕌菜馅儿还是韭菜馅儿。

小雨悄无声息地从屋檐瓦沟里开始聚集，成线，如帘子一般，然后滴落下来，顺着阳沟徐徐缓缓，向村口稻田而去。雨声、妇女们的嬉笑声在院坝里悄悄地扩散，给闲散的院落增添了一份热闹，而田头的秧苗呢，已开始偷偷地抽穗灌浆了……

（本文发表于2017年6月27日《重庆晚报》；2017年9月2日《华西都市报》）

拨谷子

"吱——吱——"，村口老槐树上，知了一阵紧似一阵地叫着。屋檐下，男人不紧不慢修补着箩筐，一丝丝凉风，裹挟着田野的稻香从巷口悠悠地吹来。寻着风向望出去，沟头金黄一片，谷浪随着地势连绵起伏，向外延伸开去……

几个大太阳后，稻子已勾头弯腰。"咔嚓"一咬，就是白生生的米，山峦上就传来"啪啪"拨谷子的声音。

每到拨谷月份，一个村的几家人组成互助组，趁太阳大，今天我家，明天你家，一家一家地抢收。鸡刚叫头遍，主人家急忙忙上街割了肉、打了酒回来。一看，帮忙的已会集在院坝里，热闹开了。妇女们拿着镰刀打前阵，其他的挑箩筐、提撮箕、抱挡席、扛拨谷架子等往田头赶。只见劳力大的汉子伸开两只手臂，抓住拌桶底部边缘，大吼一声，将拌桶敞口举了起来，像举着一座房子，大步而去。

看见拌桶来了，男人们赶忙接下，七手八脚将挡席架在拌桶上面，扣好挞谷架子。挡席是用对剖的竹子，夹在拌桶壁上的。远远望去，整个沟里，架上挡席的拌桶如一艘艘帆船，乘风破浪，扬帆起航。场面壮观！

一下田，妇女们嘻嘻哈哈，一字排开，弓着腰，割起谷子来。"唰唰唰"，很快，在镰刀挥舞中一大片稻谷就倒下了。女人们手中月牙儿似的镰刀光亮如雪、锋利无比，一片稻田刈割下来，谷桩高矮一致，整齐、漂亮。割下的谷把子沉甸甸的，用镰刀一勾，顺带放在谷桩上。成熟的稻谷娇气，要轻拿轻放，否则，谷粒就会撒满一地。谷把子是八窝为一把，把与把之间交叉叠放得整整齐齐，像布阵列兵的战场。男人们抓起把子，抢过头顶，打将起来！

挞谷子大多是男人，两人一组，一左一右，倾斜着身子，你一下，我一下，配合默契，很有节奏。谷把子挞下之后，再顺势往拌桶壁上磕碰、抖动一下，谷子就簌簌地掉进拌桶，一把稻谷打得干干净净，然后将稻草顺势立在拌桶"耳朵"上。四五个把子打完，随着一声"锁草"，抽出几根稻草作为绳子，一搂，一挽，将绳子一头摁进稻草，这头一拉，就把一个人字形稻草锁好，顺手丢在一边。一顺溜事情，老把式们做得如行云流水。

有些二杆子嬉皮笑脸地吆喝着，搞快点，搞快点，今天打了，明天好去张寡妇家打，她家有老腊肉哟！打起谷子来，毛冲冲[1]地。

---

[1] 毛冲冲：方言，毛躁、急躁的意思。

打不到几把就来不起了[1]不说，还不知道挞谷子有"一打一抖"的技巧，天女散花样，把谷子撒得满天飞。

"慌个屎啊，撒得满地都是！"这时候，那些不紧不慢的老把式们就开骂了。

"锄禾日当午，汗滴禾下土"，从撒种、栽秧、除草、施肥，到今天的收割，老把式们都满含敬畏，这里面浸含了他们太多的汗水和期望。

稻田里潮湿、闷热，像蒸笼一样，闷到热，但只要是干田，大家都不怕，挞谷子最怕遇上水田。双脚陷入稀泥里，衣服裤子裹得泥汤滴水的，挪一步，都很吃力。虫子、飞蛾也特别多，稍不注意，咬得到处起疙瘩，浑身发痒。有时还有蚂蟥，死死地叮在腿上，滑腻腻的，扯又扯不下来。有经验的一巴掌拍下，蚂蟥蜷成一团滚落，鲜血直冒，赶紧用稻草把伤口处勒住止血。

很快，拌桶装得差不多了，就用撮箕撮到箩篼里，由壮劳力挑回院坝晒。和田头挞谷子你追我赶的阵仗一样，院坝里也忙得热火朝天。晒谷子的女人们先用耥板把谷子铺开、耥平，再用抓耙把稻草耙出来，等晒到一二分干，忙用挡耙把谷子耙成一道道整齐的路子。一地坝的谷子，在明晃晃的阳光照射下，满地金黄！

晒谷子最讨厌落偏斗雨。老天爷刚刚还晴起的，一泡尿的工夫，乌云密布，豆大的雨点说来就来了。正在田头忙得不可开交

---

[1] 来不起了：方言，指做不了了。

的人们，赶紧丢下手头的活，呼啦啦往院坝跑。撮箕、箩筐、筲箕，什么东西都拿出来了，那个时候，也恨不得自己多生几个儿女，来帮着抢谷子。当最后终于手忙脚乱把谷子抢到阶沿上，结果呢，老天爷却像个娃娃家，又晴起了。

谷子晒干了，风车又上阵。风车有三个出口。一个在前面，一些轻飘飘的谷灰就直接被吹走了；第二个出口，在风车的后面，从这个口子出来的都是瘪壳，川东地区叫"二扬壳"。二扬壳肚子里没货，大人们说，做人不做二扬壳，要做从正面车出来的、颗粒饱满的谷子。

一年四季的农活，数挞谷子最恼火。除了伙食开得好外，午饭前还要打幺台。主人家熬的绿豆稀饭，拌了一大钵凉粉，挑到树荫下，大家几碗稀饭下肚，又开始打起来！不过，这样的暴热天，最解渴的还是把坛子里面的盐水舀出来，兑了井水，咕咚咕咚灌下去，酸咸酸咸的，那才过瘾。

晚饭后，男人躺在凉椅上，叼着烟斗，想着一堆堆谷子进了仓，全家来年的口粮有了着落，放松下来，呼噜声很快响起。女人躺在筷笆遮[1]上，有一搭没一搭地给旁边的娃儿打着扇子，打着打着，自己也睡着了……

（本文发表于2017年8月12日《重庆晚报》）

---

[1] 筷笆遮：方言，一种竹制生活用品，常用来晾晒红苕干、蔬菜等。

掰苞谷

小时候，家乡的苞谷地漫山遍野，连绵开去，莽莽苍苍，像课本上的青纱帐、甘蔗林。当杜鹃和布谷鸟在山峦上"李桂阳、李桂阳""苞谷、苞谷"不厌其烦地叫唤时，山峦上的苞谷就差不多成熟了，该掰了。

大人是不会让我们闲着的，在他们的吆喝下，我们背起背篼，跟在挑起箩筐的大人们屁股后头，浩浩荡荡上山了。

掰苞谷时候，要看苞谷胡子晒蔫了没有。蔫了的，肯定就老了。也有时候要拨开棒子外面的壳，用手指试试苞谷米子能不能掐出浆汁来，掐得动的，还不能掰。老了的，"咔嚓"一声，扭下来，顺手就甩在背篼里面。随着苞谷越来越多，背上的背篼也是越来越沉重，像背了一背篼石头。

等背篼、箩筐装满了，我们就"吭哧、吭哧"地往家背的背、挑的挑，一个两个都累得满头大汗。但看见那玉米棒子提在手上厚重感十足，根根都是一筷子多长，有的比碗口还粗，剥开壳后米子粒粒金黄、饱满，大人们脸上就布满了丰收的喜悦。看见大人们高兴，我们就趁机挑选一些甜的苞谷梗，割下来当甘蔗吃。那种不长苞谷，或者是苞谷结得不好的苞谷梗皮薄、水多、糖分足，咀嚼起来特别香甜。有时也会多割一些，插进苞谷堆里，背回家等抹棒子的时候慢慢吃。

弄回家的苞谷，在阶沿上堆成山，把皮剥开，码在石板地坝上晒。黄灿灿的苞谷棒子一根紧挨一根，铺满一院坝，很有气势。三伏天，太阳大，几个太阳[1]就晒干了。苞谷晒干了，就抹苞谷。一有空就抹，中午抹，晚上抹，整个院子都是抹苞谷的。抹得双手通红，痛。抹苞谷也是使出了十八般武艺。有用布鞋鞋底的，有用苞谷糊糊（苞谷抹下后剩下的芯子，可以当柴火烧）的，还有用改刀的。改刀先撬出一个路子来，再沿着路子抹起来，就轻松多了。

最清闲的还是晚上。等村后太阳彻底落下山崖，到了傍晚，热气还没退去。我们就端几盆水倒在地坝里头，等水汽干了，地凉了，就把板凳搬出来，篾笆遮放在上面，把床上的席子拖出来铺好，凳子、凉椅等也都一并搬出来。把晚上乘凉的东西准备好了，点燃地坝边上的渣渣堆，把夜蚊子熏跑！

晚饭熬一大锅稀饭，有时是豇豆稀饭，有时是绿豆稀饭，炒一大钵钵藤藤菜，天黑了家家户户老老少少都聚集到地坝头，边

---

[1] 几个太阳：方言，指几天。

吃晚饭，边抹苞谷、摆龙门阵，有点文化的，也会摆些赵巧儿送灯台等民间传说。我们小孩也是嘻嘻哈哈，喝了三五碗稀饭，肚儿胀得像个皮球，苞谷抹完了，就躺在席子上看满天的星星。当看见一颗流星唰的一下划过，大家就吼起来，看，看，看星星屙屎了……

苞谷抹完之后，要晒米子。米子不晒干，要生虫。

金黄色的米子铺满地坝，像铺了一层黄金毡子。正午的太阳白花花地照着，"喳喳""吱吱"，知了叫声呼天抢地，风挟裹着村外稻田里稻谷的香味，从院坝巷口吹进来，我们就在呱呱的青蛙声中，在稻花香里，拿一根长竹竿守着画眉、麻雀。但守着守着，就趴在旁边的小凳子上睡着了……

掰苞谷的季节，自然也是吃苞谷的时候。

除了煮棒子吃外，小孩吃得最多的是烧苞谷棒子。不能用明火烧，明火要烧煳，而且面上糊了，里面却没有熟。要埋在柴火灰里，慢慢烘烤，差不多里面熟了，再从火灰里面掏出来，在火堆上滚动，把面上烧熟，黄灿灿、黝黑黝黑的，掰一颗下来，丢进嘴里，一嚼，香得很！由于苞谷上有柴火灰，吃得一个个花脸板儿，也是顾不得的。也有将玉米子在锅里面倒上清油煎熟了，加上朝天冲青椒颗粒，下酒、下稀饭，香辣味十足，是一道美味菜！

不怕麻烦，吃得讲究的，就吃苞谷粑粑。将嫩苞谷的米子抹下来，用石磨推成粉子，在粉子里面加点糖精做成粑粑蒸出来。蒸苞谷粑粑有的地方用桑叶，我们老家是用桐子树叶子。桐子树上有很多八角蜂，这个家伙颜色和桐子树叶子差不多，厉害得很，毒性很高，隐藏在桐子叶下面，我们去摘桐子叶的时候，一不小心就被刺了一下，赶紧吐了口水在上面使劲抹，哎哟，我的妈呀，一下子就肿起来了，又痛又痒，痛到心头，痒至骨髓，而且短时间内又不能消肿止痒。现在想起仍让人毛骨悚然，心有余悸。

刚出笼的粑粑呈三角尖形，不大不小，一片金黄，很是乖巧。冒着热气的苞谷粑粑裹着桐子树叶特有的香味扑鼻而来，忍不住咬一口，细腻、鲜嫩，清香四溢，回味无穷。

（本文发表于 2017 年 7 月 25 日《贵州民族报》）

王篾匠纪事

老家川东，到处都是竹林。"竹林深处有人家"，房前屋后，成片的竹子年复一年生生不息，修长俊美、轻扬秀丽。

有竹子就有篾匠。老家篾匠很多，但出名的不多，最出名的篾匠姓王。王篾匠之所以出名，是因为他"手艺好"，不仅各种日常生活用具、农具等编织得精巧耐用，更重要的是，王篾匠还能做"大活"。

初春一场及时雨后，乡亲们插完秧子，农活的节奏慢了下来，王篾匠就背上一个篾背篼，走家串户，做起篾活来。箢箕、箩篼、背篼、筲箕、簸箕、筀篮、筛子等，农家要用的家什多得很，往往这户还没做完，下一家又早早候着了。

王篾匠做篾活，只需简单几样工具，弯刀、锯子、虎转、锉刀等。弯刀，就是篾刀，是王篾匠的魂。在篾刀一进一退中，王篾匠就将竹子劈出不同的篾片，根据编织的需要，再把篾片剖成篾条。篾条有三层。头层青篾。青篾不怕虫咬，用来打筛子、篮子这些常用的家什。用头层青篾打出来的席子，睡起来凉快；第二层黄篾，打围席、编织斨斗儿，栽秧挞谷子用得着；第三层死篾，或叫屎篾。掰成一节一节的，一大把，放在茅房后面，用来当刮屎块。

五十多岁的王篾匠，满脸沧桑，背略驼，右脚有点瘸。在竹林里一瘸一拐转几圈，王篾匠蹲在一根竹子下面，前后左右，只几刀，就看见竹子像垮山样歪歪斜斜倒下来，他喊我们快跑，自己却慢悠悠地闪开，伸出左手抓住，手起刀落，将竹尖削掉。然后只听见"啪啪"几声刀响，没见竹丫落，等刀声停下来，唰唰地，竹丫才下雨一般，掉落下来。王篾匠的刀，快！

除弯刀外，王篾匠还有一件"神器"就是"度篾针"，铁打的，安有一个小木柄。度篾针呈反弓形，前部锥尖，正面有一道小沟槽。穿引篾条时，它利用锥尖开路，使一些柔软的篾条借助沟槽穿梭自如。经年累月，度篾针的锥尖被磨得光亮如雪……

能背上王篾匠编织的背篼去割草，简直就是荣耀。背篼分两种，一种装草、装柴，稀疏；另一种密实，赶场、走人户就背。很多时候，王篾匠编织的背带子比女人的辫子还精巧、好看。一个草背篼，王篾匠不用半天就能编好。早饭前，他已经把竹子选好、砍好，青篾、黄篾划开并分类码好。划篾条的时候，他把几米长的篾条抖动、挥舞起来，动作麻利、潇洒，但他整个人却显得不紧不慢，和主人家从容聊天。然后跪在地上，开始打背篼底子。早饭后，坐在小篾凳上开始编织，过午前，他已换成了高凳子。背篼已经成型，他嘴里衔着一根篾条，将背篼夹在双腿之间，一下一下地旋转，篾条像绸缎一样在他手中翻飞。主人喊吃午饭，他已经开始编背带了。

编织一个背篼，对王篾匠来说是小儿科。王篾匠打出的箩篼才叫厚实，人可以随便站上去踩，主人家说，这个打得好，可以挑几百斤；编出的提篮儿呢，老婆婆拿来摘菜、装瓜儿，用起来方便，女人用来装针线，或是装两把面条走人户，也显得体面。他打出来的扇子青黄二篾匀称紧凑，锁边牢固细腻，拿在手上轻巧灵活，无毛边无竹刺，有时还会在上面打两句打油诗，字体通过篾条宽窄、粗细、颜色来区别，扇面一下有了层次感、立体感；王篾匠编织出来的火烘笼儿乖巧、灵性、抢手，也经常送人，不要钱。

小时候，王篾匠很讨我们的喜欢。他把旧笆篮底部的圆圈换下来，我们拿来当铁环滚；活路做完了，王篾匠用边角余料编织起斑鸠来。我们围绕在旁边，都想得到那只栩栩如生的斑鸠。但往往编好后，他却给了被挤在最外围的那个小妹妹……在编织的时候，他给我们讲赵巧儿送灯台的故事，说赵巧儿不听师父鲁班的话，换了神灯，最后被淹死了。

王篾匠"干大活"的阵仗，前几年，我才真正见识到。

那年父亲去世，我们请王篾匠来搭一个棚子。偌大一个院坝，全场就他一个人表演。已经七十多岁的王篾匠，砍来粗壮的老竹子作为柱子和大梁，次之作为檩子，接头地方砍削出斜角的凹槽，相互嵌入，再用青篾丝捆绑。划竹子时，王篾匠大气磅礴，只见他把一根长长的碗口粗的竹子提在左手中，蹲稳马步，右手"咔嚓"

一刀，然后双手各抓半边，用力一掰，噼里啪啦，竹子破裂开去！没用一钉一铆、一根绳子，不到一天工夫，王篾匠将整个架子搭得规规矩矩，四平八稳，而且线条流畅。最关键的是，在他操作时，现场始终收拾得干干净净，连竹屑、竹子疙瘩都见不到，只剩满地竹篾清香……围观的人们鸦雀无声，像在欣赏一场精彩的表演。那时我才知道，他跛了几十年的脚，原来是早年给人家"做大活"修房时，摔伤落下的。

近几年，随着城镇化进程加快，老家没多少篾活可做了，像王篾匠一样的老工匠们在逐渐淡出人们的视野，但他们身上那种精益求精、一丝不苟的工匠精神，却永不过时……

（本文发表于 2017 年 7 月 15 日《重庆晚报》）

小镇包子店

回老家路途偏远，头晚在小镇住下，清早起来去找吃的，恰逢镇上当场。车慢腾腾滑过小镇，被背背篼的、挑箩筐的堵着，一看，一家包子店前人满为患。包子店外面，用铝铁皮制作的蒸笼，一笼、两笼、三笼……一共摆了十几笼，架在三口大锅上，热气腾腾，正蒸着包子。

店面并不宽敞，从里到外，靠左边墙壁，一共坐满了四桌。右边墙壁上挂着锅盖、笤箕、瓢勺等，规规矩矩，一点儿也不凌乱；地面整洁，不见纸屑；桌面干净，一尘不染；刚一落座，一笼包子、一碗菜稀饭、一碟咸菜，就跟着端了上来。冬寒菜稀饭，用白里透亮的青花小碗盛着，不干不稀，一口喝下，沁人心脾；带"包包"的青菜梗，隔夜刚刚泡出，切成不大不小三角尖，在小碟子里泛着青绿，一尝，香、脆、可口，不咸不淡；小笼包子，大蒜般大小，小巧玲珑，有肉馅、白糖馅，香气扑鼻而来，一咬，满口浓香。刚刚出笼的糖包子，芯子很烫，一口下去，烫进了心窝子，风风火火的女老板看见了，在那边喊："吃慢点，吃慢点，吃完了又端！"一口地道的家乡话。

仔细一看，卖包子的女老板竟然是家住山那边刘家沟曾和自己同桌的女同学。只见她围着一个花围裙，利利索索，一边揉面、切面、掐馅、捏包子，顺手放进蒸笼，一边招呼客人。客人来了，又赶紧喊坐，端包子，舀稀饭，上泡菜，大方、洒脱；看见有客人吃完了，马上收碗、抹桌子，收钱、找零，一顺溜事做得有条不紊，行云流水。

看见这位女同学，想起了小时候。有一次，父亲赶场给我买了两个包子回来，舍不得吃，用纸包了，藏在书包里，拿到教室，趁老师背过去写板书和其他同学低头做作业不注意时，偷偷递给邻桌当班长的女同学。女同学看见了，脸一红，赶紧接了，一下塞进书包里。而对同桌的女孩子，连正眼都不瞧一眼。

上学时，这个女孩很笨，读书读不得，家里面又穷，穿得破破烂烂、脏兮兮的，老是耷拉着一张脸，小学一年级上册读完就辍学了。三十多年过去了，而今想起自己小时候用包子讨好女班长、冷落同桌的她的势利，内心羞愧不已。

当年能在街上开铺子卖包子的是居民，居民是不种庄稼的。他们言谈举止、装着打扮都要高农民一等。至于农民要吃包子，则是一件很奢侈的事情。在家稀饭红苕都吃不饱，谁还敢上街来吃包子，更不用说吃早饭了。就算对街上的正宗居民来说，早饭能"杀"得起馆子的，也不是一般人家。

女同桌扎着一对老式马尾，忙里忙外，似乎早忘了包子事件。想不到当年很害羞、很自卑，遭人嫌弃，长得一点儿也不漂亮的小女子，如今也在镇上把包子店开得风生水起。丑小鸭变成了白天鹅，真是连梦都不敢做。让我更没想到的是，来吃包子的不仅仅是街上的居民，那些背着背篼、挑着箩篼、担着小菜的山民们也来吃包子了，而且一点儿也不像我们那时吃包子扭扭捏捏、遮遮掩掩，总觉得自己低人一等——而是和城头人一样，理直气壮地坐得端端正正，吃得不卑不亢、大大方方了。

镇上二五八当场，三天一场，从小时候到现在，几十年过去了，但那萦绕在记忆中的包子味却一直没有改变。

（本文发表于2017年7月4日《重庆日报》农村版）

那土那情

一片月辉寄母亲

夜深梦回，卧室内一片清辉，原来是窗帘忘了拉上，月光偷偷溜了进来。仔细一想，中秋将至了。于是，再也不能入睡。披衣下床，踱步来到阳台上。

一派月光水一样倾洒在宽阔的阳台上。阳台上种了很多花草，在月光抚慰下，影影绰绰。抬头一看，西边那个圆盘，纯纯的橙红，沉静地悬挂在左前方高楼上空。对面长江，波光粼粼，"春江潮水连海平，海上明月共潮生……"张若虚的诗句映入脑海。微微的风从江上吹来，有些凉意，告诉我季节是秋，不再是春了。长江水缓缓往下游而去，月光投射在水面上，明晃晃的，突然让我想起小时候走夜路的情景。

那天晚上母亲牙痛，口内出血不止。都说牙痛不是病，痛起来就要命，父亲敲碎桐子叫母亲咬着还是痛，实在没办法，就叫我和弟弟去山那边喊赤脚医生唐医生。深更半夜，我和弟弟都很害怕。我走前面，弟弟跟在后面。我们手里面都各自拿着一根树棍子，担心路上有蛇，另外也怕在过一些村庄时，别家的狗跳出来咬我们。月光很明，能看见对面村庄的竹林和房顶，几乎能分辨出从田埂缺口流出来的水的形状。稻田已经收割完了，田里兜起了满满的水，水田一块连着一块，月光照射在水面上，像一面面镜子，明晃晃的。我们急匆匆地走着，都不敢吭声，只听见我们兄弟俩唰唰的脚步声。突然，"嘎"的一声，一只水鸟从我们脚下扑了出来，把我们吓了一大跳。我和弟弟都颤抖不已，两双手本能地抓在一起。然后看见那只水鸟扑腾腾地飞到对面的柏树上，摇摇欲坠。这是我们第一次走夜路。乡村月夜空旷，偶尔能听见一两声犬吠，夜色很美，我们内心却惊恐不已。还没上学的弟弟不敢往前面走了，但想到母亲耷拉着头、趴在床沿上呻吟、痛苦的样子，我又拉着弟弟的手，往月色里走去。

从那以后，母亲就一直病重，慢慢进食也不行了，父亲每天上街给母亲买来油条用开水泡软、撕成小块给母亲吃下。最初母亲一天还能够喝点米汤，吃两根油条，后来连半根也吃不下了。

有一天，母亲突然精神很好，说今天八月十五，要下床给我们炕粑粑吃。最后是母亲指挥着我煎了糯米粑粑，父亲也上街去打了酒、买了糍粑回来。那天全家人都很开心，都认为母亲病好了。下午我烧了一大锅水，我又给她洗了澡。母亲叫我拿了那件洗得干干净净的偏襟子蓝布衣服帮她穿了。这件衣服母亲一般上街赶场、走人户才穿。给她把头梳了，包上青色的头帕。然后她叫我推着她去村口看了稻田，去后面山峦看了我们家的菜地。很多时候，我放学回来，看见母亲从坡上砍菜下来，一背篼青菜像一座大山重重地压在她的身上，她就那么佝偻着背，吃力地、整个身子弯成一张弓几乎要贴着地面从山坡上一步一步走下来……山梁后面是舅舅家，是母亲的娘家，母亲久久地望着，说山上的柏树长那么高了。

没想到当天半夜，母亲就不行了。忙乱中，父亲叫我去喊姐姐。没有其他人陪，我一个人，想也没想，打着一个火把就出门了。姐姐嫁在十几里外，要走两个多小时。开始几里路还好，有村庄，还有狗叫声。爬上文家山梁子，就没有人烟了。我开始感到害怕，但还是举着火把疾走着。山背后是一片茂密的树林，很阴森，平时白天路过，我们都有些害怕。在下山穿过树林时，我开始真正害怕起来，只听见我的心在"咚咚"地跳。突然，我听见了身后有脚步声，感觉有人追了上来。我害怕极了，大声哭起来，边哭边喊妈妈，并疯狂地跑起来。

后来我想，我喊妈妈，是因为我怕，一种本能的喊。当我在喊妈妈的时候，满脑子都是病床上奄奄一息的妈妈，我突然意识到，我要失去妈妈了，我就更加大声地喊起来。母亲在病逝的那个中秋，精神突然好起来，我们满以为是母亲的病好了，竟然没有想到是回光返照。

当我大汗淋漓跑下山，走上了大路（就是那种连接村与村的石板路），终于看见了村庄，我停了下来，喘着粗气，而我手中还死死地攥着早已熄灭了的火把。抬头一看，一轮圆月静静地挂在对面的山崖上。原来是这轮月亮，一路照着我下山的。我的心一下子沉静下来，感觉亲切极了。后面一段路，我一边走，一边看天上的月亮。我在走，月亮也跟着走，我心里面一点儿也不惧怕了。

进入城市以来，基本上没有走过夜路，更没有机会去见识故乡清冽的月光。每逢清明、春节回老家给父母上坟，心里总是空落落的，即使有月光，也没有去欣赏过。随着岁月的流逝，故乡的月在我心中逐渐淡去，而关于母亲的所有记忆也一直埋藏在心底，没想到今晚夜深梦回，一席月色，竟让我想起母亲，禁不住心沉沉、泪潸潸……

（本文发表于2017年10月30日《重庆晚报》）

追忆父亲

　　时间过得很快，到腊月二十八，父亲去世就满三年了。在这即将除去孝服的日子，父亲在世时那些小事倒让我时常惦念。

　　那个冬天，父亲感冒了去输液，当护士把父亲的手腕用橡皮筋缠住、将针头贴近皮肤寻找血管的时候，八十好几岁的父亲像一个小孩子一样，把头一偏，满面愁容，做出很怕的样子。同时，被抓住的手本能地往后缩。在旁边的我看到有些着急，帮护士把父亲的手拉回来，摁住，说道："怕啥子，就是一只蚂蚁咬了一下！"记得小时候我肚子痛，父亲背着我去打针，我感到害怕时，父亲就会这样对我说。听见我拿小时候他说过的话来说他，父亲回应道："蚂蚁咬了怎么会不痛嘛！"

　　有一年夏天，天气持续高温，特别热。我正在开车，这时一个电话打过来，对方以质问的口气问我是不是某某，我说："是，请问您是哪位？"对方又说道："我是某某交巡警平台（那两年，重庆交巡警平台到处都是），你赶紧过来一趟！"我一惊，怎么警察给打我电话？而且喊我过去？继而一想，我没犯什么事啊！但我还是有些胆怯地问道："请问警官同志，具体是什么事呢？""你是不是有个父亲叫某某？"我说："对。""赶紧过来，把他接回去，他现在在我们交巡警平台！""砰"的一声，电话就挂了！我立马驱车赶过去，心想，父亲怎么跑到好几十里外的另一个区去了呢？等我风风火火赶到，老远就看见父亲提着他标志性的口袋老实巴交地站在那里。

说标志性是因为父亲手巧，很是喜欢这样的口袋，而且都是他自己做的。偶尔我带回一些礼品，像茶叶、烟酒等，里面会用一些绸缎包装。绸缎金黄色，光滑、亮丽。最后吃了茶叶，喝了酒，父亲就把绸缎拿出来，戴上老花镜，坐在沙发上缝补出一个个口袋来。有时也会乐呵呵地跑到我面前叫我帮他穿针引线。父亲缝补出来的口袋大小不一，用途各异，装钥匙、装假牙、装眼镜、装针线包、装小蜜蜂（一种充电随身听小音响，父亲背在身上，在小区散步，"咣当咣当"地响，引起很多路人侧目），上超市买东西也会用这些口袋装。

看见我来了，父亲一下子开心起来，像见到救星一样，笑着对警察说："这就是我四儿子。"警察就向我说起父亲是如何坐错了车，找不到回家的路，有好心人把他送到平台来，最后他们通过父亲口袋里的电话本联系上了我。述说完后也没忘了埋怨我一顿，说这样的大热天也不把老年人照顾好，等等。我连连谢了他们，

·

把父亲扶上车，坐稳，扣上安全带，边递纸巾给他擦汗，边有些生气地问道："出来干啥子？这样大的天气，就不怕中暑吗？"说完指了指外面白花花的太阳，又看了看仪表盘上显示的四十四摄氏度。父亲打开口袋，竟然从里面提出半边西瓜，并笑说道："你喜欢吃西瓜，我睡了午觉起来去买了，扯个舅子（父亲的口头禅，相当于撞到个鬼之类），怎么把车坐反了！竟然找不到回家该坐哪一趟了！"说完，像什么事也没发生一样。看见他淡定的样子，又看看那半边西瓜，我原本还想冒出几句埋怨的话，也被生生压回肚子。

　　对于我们的长辈，到了高龄，总有一些小事让我们晚辈操心。或许当时面对着，会生气，甚至有些难堪。当经年后，他们或许都不在身边了，坟上的草枯荣了好几个春秋，那些往事经过日子的沉淀，在某个角落突然被回想起来，不禁让我们莞尔一笑，竟然觉得他们也有很多可爱之处……

　　（本文发表于2017年5月31日《重庆政协报》；2017年8月6日《环球游报》）

汪老师的生姜咸菜

淡淡幽幽的黄昏，窗外的云轻柔飘逸，晚霞透过屋檐缝隙投射在教室墙壁上，斑驳一片。晚风轻轻，有点儿小调皮，把小山丘似的书堆最上面那本数学题集翻来翻去，不停歇。同学们趴在课桌上，挥笔疾书。数学老师已经是第三遍擦黑板了。晚自习的例行考试，每次都是这样，老师把试题板书在黑板上，我们边抄边答。在擦黑板的当头上，他点燃一支烟，夹在左手中指与食指之间，像久旱逢雨的大地，猛吸几口，然后习惯性地顶一下黑边框眼镜，顺势抖动一下烟灰，这个时候，沾在袖上的粉笔灰也跟着簌簌下落。偶尔，粉笔灰沾在他的眼镜上，看上去有些滑稽，我们个个忍俊不禁，想笑出来，又不敢。而他全然不知，转过去，弓起身子，继续板书，留给我们一个孱弱、执着的背影。若干年后的某个黄昏，当已立不惑之年的我突然想起幼时的启蒙老师，曾经那一幕幕就映入脑海，情不自禁，我的双眼竟然有些潮湿……

我的启蒙老师姓汪，一个中年男人。最初，我对汪老师的印象并不好，因为他到我们村里去招生面试的时候，没有看上我。后来因为人数没招够，我才被补录上。那天他穿一件四个包的蓝色中山服，右边上衣口袋插了一支钢笔。钢笔是黑色的，很高级的样子。后来他成了我的启蒙老师，他叫汪重清。

他打过我一次。我们班上有一个男同学，平时喜欢在女孩堆里玩耍，我们都有些讨厌他。他说话嗲声嗲气，喜欢唱歌、跳舞，平时踢毽子也很不错，班上很多女同学都不是他的对手。我们都喊他假女娃儿。"六一"节要表演节目，那天他和班上女生排练节目下来，我们起着哄，又喊他假女娃儿，他气不过，哭着去向汪老师告状。汪老师一听，把我们几个喊上去，问是哪个骂人了，见我们都不吭声，他抓起讲台上的戒尺给了我们几个每人腿上一下。下课后，他看见我上厕所走路一瘸一拐的，撩起我的裤脚一看，才晓得下手重了。接着他蹲下来，用口水在我腿上揉了几下。在撩起我裤脚的那一刹那，我看见他眼神一下子变得很柔软，毕竟是娃娃家，我的眼泪跟着就来了。他一声没吭，摸了摸我的脑袋，那像父亲一样温热的手让我一辈子都记得。

但对汪老师印象的彻底改变还是在我的脚折断后。

那天下午放了学，我跟姐姐去对面的唐家大院子分胡豆叶。看见我来了，以前和我打过架的志娃儿他们几个围拢来，把我摔在地上，在混乱中，我的左脚被折断了。学校在十二队，要翻一座山，后来一段时间，上学放学都是父亲背我，午饭也由家人送到学校。

教室是用保管室临时改成的，挨着保管室拐角处，有一间小屋，汪老师就在小屋里煮饭吃。中午放学后，其他同学都走光了，在等饭的时候，我坐在教室外面的石墩上，扶着拐杖，看汪老师淘米、烧火、做饭。

有天中午，我等了很久，也不见父亲送饭来。后来才知道是农忙栽秧，父亲把我忘了。汪老师看见没人送饭来，盛了一碗白米饭端过来。平时都是吃红苕饭，一看是白米饭，加上又很饿，我就大口吃了起来。汪老师看了看我，说了声吃慢点，习惯性地用手摸了摸我的头，转身去了他屋头。过了一会儿，我看见他用筷子夹着一根生姜兴冲冲地走过来。这个镜头，我现在都还清楚地记得。大拇指粗的一根生姜，上面裹满了豆瓣，香气扑鼻。由于吃了生姜咸菜，口很渴，下课后去汪老师屋头舀水喝。我喝完水搁水瓢时，看见旁边有一个玻璃瓶，底朝天摆放在那里。那是平时汪老师装豆瓣咸菜的瓶子，旁边鼎罐里面也是空的。这个时候我才知道，汪老师不仅把晚上吃的饭舀给我了，而且还把最后一根生姜咸菜也夹给了我。生姜腌豆瓣，是我们那里最好的咸菜。像这样大的生姜咸菜，一般是放在坛子里面腌味道的，不到万不得已，是不会轻易拿出来吃的。汪老师家住三大队，要翻几座大山，他周末才回家一次，背米背柴火。那顿饭我吃得很香，那香辣的生姜味道，我整整一下午都在回味。事后我想起，那天是周三，晚上没米饭，他还可以煮；没咸菜，他怎么办呢？我小小的心灵，一下子受到了震撼，以至于很多年后甚至现在，我对生姜咸菜都

168

滋生出一种好感。但可惜的是，还没教完我们一年级，汪老师就被调走了。

但没想到的是，七年后，我在镇上读初三，开学后学校从外地调来一位数学老师，一看，竟然是汪老师。而当我问及生姜那些往事时，他再次习惯性地伸出手摸了摸我的头，淡然一笑，说没印象了。

一日为师，终身为父。在我们的生命里，会遇见很多老师，但总会有一位老师对自己产生最为深远的影响。从最初我们怕和老师四目相对，到后来的自然相拥，甚至习惯于老师的拥抱，我们都经历了一段心路历程。不管是做错了事老师的敲打，还是考好了老师的赞许，我们都会感到幸福、温暖……

（本文发表于2017年9月17日《重庆晚报》）

姐姐

有些时候，看见关于亲情方面的事情或者文字，我就会想起我的父母，想起我的兄长以及我的姐姐。

姐姐这一辈子都很苦。出嫁前过着很苦的日子，出嫁后仍旧过着很苦的日子。

我们兄妹共六人，姐姐居老二，大哥不到十八岁就外出当兵了。妈妈陆续生下来的老三、老四以及之后的老五、老六都是男孩。那个年代家境是困苦的，连起码的温饱都不能解决，像我们这种人口多的家庭生活就更困难了。如今想起来，我们兄弟都长大了，与父母的心血是分不开的，但若没有姐姐，我们也别想活出来。

在我们的六兄妹中，姐姐是最矮的一个，原因是小时候姐姐被放在"摇篮"里。我们老家的摇篮就是在一个竹箩筐里放一些稻草，婴儿就放在里面。箩筐是我们吃奶吃饭的地方，也是我们睡觉的窝。老家的人把它叫作窝，是因为狗也是睡在这样的窝里，只不过区别就是，在狗窝里，没有垫上一层烂棉袄或者棉布。

我们兄弟还好，有姐姐照顾我们、抱我们。母亲那时候要到地里去挣工分，是很少有时间顾及我们的；再后来，母亲生病去世了，带我们的活路自然就落在姐姐的身上。老三是姐姐带大的，后来老四、老五、老六，都离不开姐姐。而姐姐自己就没有这个福分了。大哥与姐姐年龄相差不大，姐姐坐在窝里的时候，大哥还抱不动姐姐。这下就苦了姐姐了，屙屎屙尿姐姐都在窝里面。有时一整天妈妈都在外面的地里，姐姐饿了就在笋筐里哭。这样，直到十多岁了姐姐才勉强能走路，但脚也是一拐一拐，因为在笋筐里坐久了，而且被粪便泡坏了。想着一个两三岁的女婴儿在笋筐里因饥饿和疾病而哭闹的情形，心中就难受，再想到那是后来给予我们兄弟们关心和爱护的姐姐，心里就更难受了。

我们兄弟几个或多或少都念了点书，拿起稍厚点儿的书都能够看懂。姐姐可就不能了，她一学期的书还没读完就被粗暴的父亲打回来带娃儿和做家务了。以至于后来我放假回到姐姐家，姐姐叫我给外侄们辅导功课时总会说起："小时候就是带你们，一点儿都没有读到书！"现在叫姐姐写字，她是写不出来的，她甚至连她的名字都不认识。外侄们不知道姐姐小时候的苦，刚学会了几个字就在姐姐面前炫耀。虽是这样，姐姐仍然感到很高兴。看到这些，总是想起小时候，很多次，姐姐看见我们手中拿着厚厚的书认真翻阅而发呆的情景，我就会为姐姐落起泪来。有时，我也会放下手中的书，说："姐姐，来，弟弟教你识字！"姐姐叹了口气，苦笑着说："都快老了，学不会了！抽空多教教你的外甥吧！"

老家是山区，需要去山里面打柴，姐姐天不亮就到后山上去打一大背篼柴回来，然后就生火做饭。兄弟们又破又脏的衣服大多是姐姐洗、姐姐补。姐姐做了太多的活，但她从没有怨言。姐姐很勤快，院子里不少人都夸奖她，哪家的孩子懒，大人们训斥孩子时，总会拿姐姐来做榜样，叫孩子们都向姐姐学习。

农村的女孩子虽矮虽丑了些，但勤快也是有人喜欢的。到了姐姐二十多岁的时候，就有人来提亲了。但因家务多，弟兄小，以及父亲性格的粗暴和蛮横不讲理，提亲的几次都被得罪走了。有一次找到了一个好的婆家，男方过来做活，姐姐偷偷煮了一碗白米饭给男方吃，被父亲给逮住了。那年代，我们家从来没有吃过白米饭。家中断炊的情况太多太多了。有时候姐姐就将谷糠用篾筛子筛了煎粑粑给我们吃，我们都说好吃，但吃了后解不出大便。全家都盼着当兵的大哥隔三岔五能汇几斤粮票回来。姐姐被逮住后，吓惨了，大气都不敢出，蹲在墙角发抖，男方则站在旁边。或许是碍于男朋友的面子，平时爱打人的父亲这次却没有打姐姐，他吼了男方几句。下午男方就走了，姐姐没有去送。晚上，我看见姐姐躺在床上偷偷地哭，被子湿了好大一片。

快到二十八岁了，姐姐才嫁出去。穷人的孩子早当家，那时候我们兄弟几个都懂事了。我们很尊敬姐姐，从来没有嫌弃过她、骂过她。我们都知道姐姐好辛苦。姐姐出嫁那天，我们兄弟几个都去送了，姐姐好高兴，高兴得都哭了。看见姐姐哭，我们兄弟

172

几个也跟着哭。别人说女儿出嫁那天要哭娘家的，我们都不是，我们哭的是姐姐在家的辛苦，哭我们舍不得姐姐嫁出去。

出嫁前姐姐的日子不好过，出嫁后姐姐的日子更不好过。刚嫁出去不久，村里人还说姐姐嫁了一个好婆家。因姐夫人高大，是一个石匠，其父母都健在，兄弟共有四姊妹。但姐姐嫁到婆家不到一年，就开始承担起深重的灾难了。这生活的灾难压在姐姐的身上，使一年后的姐姐突地衰老了很多，憔悴了很多。现实对姐姐她们这一家也太残酷了些。

结婚前，婆家的小儿子就已经是重病缠身了。因小时候经常大暴热天去洗澡给染上的，不久无法医治就死掉了。紧跟着不到三个月，婆家的二儿子也生病死掉了。二儿子在世很非凡[1]，总做些恶事，讨厌他的邻里人都说他是恶事做多了，报应到时候了。老二死之后，不知道为什么婆家的老公公也跟着病了，拖了将近一年也撒手西去了。在这期间，姐姐怀孕了，却在六个月时因一次挑粪绊倒了。悲惨的事情一件又一件地发生在她们家中，剩下的人都悲哀无比，害怕得要命。一个个都相继死了，下一个会不会轮到自己呢？

大约两年时间后，姐姐全家才从悲哀惨痛中解脱出来。后来，姐姐他们就挣钱还债。因婆家儿子及公公生病时欠了一大笔债。那时候，姐夫又不争气，开始染上赌博，这就更苦了姐姐。后经姐姐多次劝阻，姐夫才到南方一家砖厂去打工，一年、两年都能

---

[1] 非凡：方言，调皮的意思。

够寄回一两千元。姐夫长期在外，姐姐在家里就是主劳动力了，特别是农忙时候，就更有姐姐累的了。每次我暑假回去，看到姐姐忙碌和衰老的样子，我的眼泪就跟着来了。或许是苦难的原因，姐姐和婆家关系很好，她们相依为命支撑着这个困苦的家。姐夫是石匠，原本修了一半的石头房子因死人也停修了，所以姐姐他们仍然住在一个小茅草棚里，日子就那么穷困地过。连姐姐家的狗也饿得瘦瘦的，外人去了叫声也显得那样无力，没生气。

这样一个家，靠了姐姐的勤快才勉强支撑下去。姐姐生了三个孩子，共流产三次，我们劝姐姐不要生那么多，姐姐说老了的时候这个不养，那个不养，这样也有一个想头。因是山里面，计划生育也管不了那么多。

慢慢地，随着时间一年一年地过去，外甥们渐渐长大了，能够帮姐姐一把手了。但两个小外甥是男孩，调皮得很，这就费了姐姐太多的精力去吼叫他们。但无论怎样，比刚嫁过去那几年好多了，债也慢慢地还得差不多了。姐姐她们想吃肉，也可以卖点米到街上去割一两斤肉了。不像往年，娘家的几个兄弟去了，最多只能到隔壁邻里去借两个鸡蛋，吃饭时悄悄把煎鸡蛋放在我们的碗底下。

在姐姐家庭困难时，我的哥哥们也帮了姐姐一些忙，特别是经济上。每次收到兄弟们的汇款，姐姐高兴得不得了，然后到街上去割斤肉回来庆贺庆贺。这时候，姐姐的茅草棚中也有了一点儿笑声。姐姐在这一点上也感到很欣慰，娘家的兄弟没有忘记她。如若收到我哥哥写的信，姐姐拿着信跑到乡村教师那儿，乡村教师就念给姐姐听。姐姐在一旁边听边抹眼泪……

　　似乎就这样，姐姐算是苦到了尽头，该慢慢地过好日子了。哪知天有不测风云，家中又发生了一件可怕的事情，从此，姐姐一家又背上了一个更加沉重的包袱。

　　事情是这样的：在南方打工的姐夫听说村里要建小学，就跑回来到街上信用社贷款买了一辆破拖拉机拉石头，每天能赚一二十元。眼看着这是一条生财之道，但好景不长，惹来一个横祸。一个大热天的下午，姐夫拉着一车石头到村里去，路上遇到村里一个人搭车，姐夫就让他坐在后面的石头上，由于是山路，下面就是悬崖，在一个拐弯处他没抓稳，被摔下了悬崖，给摔死了。

　　对方是一位中年男子，有老婆和一个两岁的小孩。那女人死了男人之后就成天带着孩子到姐姐家中去哭闹。这就把原本怕出事的姐姐给吓坏了，事情闹来闹去，最后还是由姐姐家赔了两万多元钱。出了这件事后，姐夫才彻底老实了，也不敢再赌博，最后卖了拖拉机又到南方去打工了。

　　这时姐姐就开始生病了。繁重的体力劳动和太多的操心使姐姐心力交瘁，姐姐是被残酷的现实给击垮的。好歹姐姐没有被彻底击垮，姐姐自己也不愿意死去，她还牵挂着她的三个孩子。后经哥哥大力支持，把姐姐弄到省城医院后，姐姐才又活了过来……

　　如今外甥们都已长大了，他们都能自理了。姐姐就跟随姐夫到了南方那家砖厂，长期干了下去。姐姐算是终于摆脱了那贫穷的山区，摆脱了那山区对她苦难的折磨。

（本文发表于2018年7月28日《企业家日报》）

霞

在我的床头的墙壁上，悬挂着一幅双鹰图，我每日都读它，内行的朋友看了都大加称赞并问作者是谁。我告诉他们那是一位女孩子送我的。女孩子的名字叫霞。

霞是友罗的姑婆的女儿。在校时，罗常在我的面前提及她。罗说霞很能干，或许我这种文学细胞多的人还比不上她呢。我有点儿不信。后终于在一个国庆节证实了罗的话。

那日阳光很好，我和罗搭车赶至霞的家门口时，霞正在她家门口那条河坝里帮她爸妈淘沙。看得出她干得很卖劲，汗水已浸湿了她的头发。看见我们到来，霞的母亲及家人都很高兴。但霞似乎并无多大兴趣，只抬头朝罗笑了笑。在她抬头的那一瞬间，我发现霞长得好美，有灵气。

午饭是在一种热烈的气氛中度过的。不知是她家的习惯还是什么，霞没能上桌子吃饭，我看见她端着碗蹲在厨房里吃。

饭后，经霞的母亲及罗的一再劝说，霞才终于答应我到她的卧室去看看。一进去，我就被一种浓烈的艺术氛围震惊了：屋子里挂满了画，或国画或山水或素描，令我目不暇接。在靠窗的书桌上摆满了颜料、画笔及一些画谱。霞的母亲打开床底下的一木箱，从中拿出大量的精美作品。我一一仔细翻阅，被一种典雅高贵的艺术魅力吸引。后她又从抽屉中拿出大量服装设计作品，我看后更是惊叹不已。其他如一些工艺品、剪纸作品等精细别致，令人爱不释手……

事后，霞的母亲就向我谈起了霞，她说霞在两岁时因发高烧无钱医治变成了聋哑，一直至今，整整十六年了。霞在七岁时就开始了画画。后又自学了一些字，近三年来在画画的同时又爱上了服装设计。

霞的母亲说："我们都没文化，没法教她，也请不起一位老师什么的。什么都是她自己学的，她在画画时总是很刻苦，可以一整天关在屋子里不出来，连饭都不吃。"

霞的母亲边说边抹泪。她说附近的人都说霞是天才，对于电视上的人像，不管是三五个还是十个八个她都能过目不忘，马上把他们画下来。她还说霞近段时间总在她面前边哭边比画，她说她要去学习画画，要去读书。为了这事她还离家出走了好几次。

最后霞的母亲说我会写，叫我给电视台写封信，说说霞的事情，她说霞参加过三次省残疾人代表大会，曾被省残疾人协会主席亲自接见过，附近一些名人或画家也来看过她，但始终没引起社会的关注。她说她不想毁了霞，但始终没有办法。听后我就马上写了，写好后我哽咽着向霞的母亲念了，霞的母亲边听边抹眼泪，霞伏在她的膝上抽泣着……

最后霞当场画了一匹马，画至一半时，她停住手中的笔，向我比画着什么，我看不懂，好尴尬。我问罗，她亦茫然。最后我终于明白是叫我续下去，我措手不及，连连推说不行。霞看了看我，提起笔几笔勾成：洒洒脱脱一匹奔放的马跃然纸上。而后她又比画着叫我在旁边题一首诗，斟酌了好久，我题了两句，觉得好俗，羞愧不已。

走前，霞送了一幅双鹰图给我。看见她床头悬着一长串千纸鹤，好精巧，我叫她教我做。后来她又给我剪了一只蝴蝶，是黑色的，贴在墙上，就像真的一样……听霞的母亲讲起，这是霞最快乐的一天，以前她从未对任何人表现出这样大的热情。

后来，听罗讲起，电视台去采访过霞，但霞的母亲不在，只有霞和她木讷的父亲在，不过记者们录了像，带走了一部分作品，却没报道。罗在向我讲起时无不遗憾。那日回去之后，我将双鹰图挂在了床前，每日必读，倒令我生出许多感慨。

最近，收到罗的来信，谈及霞的事。说霞有可能出嫁了，男方是一位近五十岁的人。罗说，男人就住在她家门口那条河对面的那座山沟里。罗还说，霞死活也不愿意嫁出去，哭着跟她爸妈吵……

如今，双鹰图仍在我床前悬挂着，来一个朋友，我就向他们讲起霞的故事，听后，他们都生出相同的感慨……

（本文发表于2017年7月5日《环球游报》）

儿时的记忆

小时候的冬天比现在冷。冷不说，路还不好走，遇上下雨，就惨了。山上的路，可以一蹦一跳，往庄稼地头跑，但水田埂上的泥泞路滑，踩在上面，稍不注意，就栽倒在水田里。

那个时候，穿胶鞋。"新老大，旧老二，缝缝补补给老三"，哥哥、姐姐穿不得了，留下来的。但都是烂的，要么穿帮，后跟露出来；要么前面穿孔，几个脚趾像小人国的脸，偷偷地向外打探。也有穿布鞋和棉鞋的，落雨天却不能穿，要打湿。筒靴很奢侈，根本就没有。我家里有一双，是父亲下地干活才穿的。码子很大，我们双脚穿进去，脚小，鞋笨重，挪不动步子。有时候鼓起勇气穿上，刚挪了几步，"哐当"一声摔倒在地。

沾满泥巴的胶鞋踩在泥泞的路上，更滑。很多时候，我们干脆把胶鞋脱下来，提在手上，光着脚板，几根脚趾弯曲着使劲儿抠住地面，一步一步挪起走。快到学校时，在田头把脚草草洗了，两只脚交叉在裤腿上一揩，趿上鞋连忙跑进学堂。一双脚冻得像红萝卜，鲜艳得很。

遇上打干霜，就更冷了。路边的小草被白霜覆盖着，踩在上面，"咔嚓""咔嚓"地响，一点儿不滑，很舒服，但太阳出来，霜化了，路面成了泥泞，鞋子被糊得稀里哗啦。进教室前，斜着脚，左一下、右一下，赶紧将泥巴往柱头或墙上刮了。否则，穿起一双泥巴鞋闯进教室，会招来老师一顿骂的。

教室是用土墙垒砌的，如汪曾祺老先生说的，土墙上开了几个方洞，方洞上竖了几根不去皮的树棍，便是窗户。窗户上蒙了塑料薄膜，时间久了，烂成一块一块的，寒风就呼啦啦地灌进来。

上课的时候，教室里此起彼伏响起跺脚声。老师也冷，讲课讲不下去了，喊大家搓手。但搓手还是冷，我们把脑袋缩在脖子里，上牙碰下牙。

终于熬到下课，几个围成一圈儿，将手揣在裤兜里，并着双脚边跳边齐声唱："我们都是木头人，不能说话不能动，动了要打一百一，时间来不及，就打一十一。"随着声落，每个人都像中了魔法一样，屏住呼吸，一动不动，要是哪个动了、出了声，就输了，大家嘻嘻哈哈冲上前去捏鼻子、揪耳朵，那个人满教室躲，大家就满教室追……

这时，有人吆喝着"挤油渣儿"。先是两个男生背靠着墙，"嘿咗！""嘿咗！"学着大人们抬石头，喊着口号，用肩膀你挤我，我挤你。慢慢地，鸭子排队一样，两边聚集的人越来越多，一个挨着一个，你推我搡，从两边往中间挤。被挤出来的人，赶紧又跑到队尾继续排队挤，"嘿咗"声也越吼越大，教室都要震垮了一样。挤着挤着，最后变成两派拼力气，看哪边先把另一边挤倒。女生害羞、力气小，不敢过来和男生挤。

班上有个女生叫唐珍，长得人高马大，很多男生都不是她的对手。看见两边一会儿掀过去，一会儿挤过来，有的咬牙切齿死死抵住墙，有的青筋暴露把脚踩得紧邦邦的，势均力敌，始终难以有个输赢，她跑上去，捋了捋头发、略微蹲下身子，大吼一声，用力一挤，那边抵不住了，一松，立马像多米诺骨牌一样，倒在一堆。整个教室里，充满了尖叫声、欢笑声，个个全身发热，脸盘儿红通通，一点儿都不冷了。

到了"三九四九，冻死老狗"的时候，"挤油渣儿"也没有用了。学校几个年级的老师凑在一起商量，课间十分钟延长半个小时，上午少上一节课。

听说延长时间，我们好兴奋，拿出备好的绳子，鸭子一样扑向坝子里。绳子用稻草编织而成，一般编三股，也编四股，就像编女孩的辫子一样。"一、二、三！"大家排着队，配合着绳子拍打在地面上"啪啪啪"的声音，轻盈、有序地跳起来。汗水跳出来了，就用稻草来拔河。但稻草绳子终究不够扎实，两边正在猛起使劲儿拉的时候，"咔嚓"一声，从中间扯断了，"扑"的一下，两边各自倒了一大片。不久学校不准带草绳了，因为草屑舞得满天飞，操场里到处都是。特别是有男生去偷附近农民草垛上的稻草来编绳子，有的还爬上去梭^[1]下来，如此反复，把草垛当成梭梭板^[2]，弄得草垛垮兮兮的，农民们看见了，吵闹着跑到学校来投诉，学校就更不准了。

后来，男生们没耍的了，就铲陀螺；女生呢，踢毽子。陀螺由青杠树做成，质地坚硬，不易变形，底部钉上一颗铁钉，陀螺便在鞭子的吆喝下乖乖地旋转；毽子用的是红公鸡的毛，色彩斑斓，在女同学脚上欢快翻飞，像一朵朵彩云。女生还跳橡皮筋，边跳边唱："马兰开花二十一，二五六，二五七，二八二九三十一……"

男生中有心灵手巧的，很会做陀螺，有同学拿本子换，被老师发现了，罚跑圈子。被罚的还有玩冰块的。上学路上，冬水田里结满了冰，调皮的就用一根稻草拴起提到学校，趁同学不注意时，塞进他的衣领子，结果当然是被告了。看见他们乐呵呵地跑得头上冒热气，害得我们在教室听课的羡慕死了。

（本文发表于2018年1月14日《重庆晚报》）

---

[1] 梭：方言，滑的意思。
[2] 梭梭板：方言，指供儿童玩耍的滑梯。

一层纸的距离

我半躺在凳子上看书，姿势应该是很舒适的：背靠着墙，双脚翘搁在一根凳子上。我的位置在最后一排，没有其他人，我一个人占据着两张桌子的位置，老师也看不见，所以我显得很放松。"云销雨霁，彩彻区明。落霞与孤鹜齐飞，秋水共长天一色。渔舟唱晚，响穷彭蠡之滨；雁阵惊寒，声断衡阳之浦……"我正在咿咿呀呀背古文。我把书举在面前，几乎遮住了半个脸，我不知道教室里发生了什么，我背得全神贯注，以至于前排同学喊了我好几声，我都没有听见。

前排告诉我说老师在叫我，我突然反应过来，原来老师来了（一直以为老师不在），正在编排位置。同学们都把书收拾得整整齐齐，书包也是胀鼓鼓的，有的抱着书，有的抱着书包，有的趴在桌子上，都在心急火燎地等老师调换位置。

黄昏的阳光从窗户投射进来，照在对面的墙壁上，也照在同学们的脸上，在光线的作用下，同学们的脸个个都显得很不真实。风，轻轻地吹进来，像不知疲倦而调皮的孩子，把桌子上摞起的书角翻开又合上，不停息。教室里表面上看起来很平静，大家都在耐心地等候，其实大家内心都在翻江倒海。因为大家都不知道自己将和谁坐在一桌。这个太重要了。和自己喜欢的一桌，那多好，和不喜欢的一桌，那是多么痛苦的事啊。但我没有在乎这些，我在专心地背课文。我沉浸在自己的世界里，没想到老师在喊我了。我看见老师指了指我，同学们也在看我，最后我终于明白老师叫我到新的位置上去。而当我明白自己是被调换在中间前三排那个位置时，我内心一下子就不平静了，我的心开始咚咚地跳起来，因为新的位置上是她。我没想到能和她坐在一起。我瞟了一眼她，看见她也在偷偷地看我。她也抱着书包，桌子上的书放得整整齐齐，也有随时准备走的意思。看见我在看她，她脸红到了耳根，一下子把头埋在书本上。

我抱起书走过去，显得有些狼狈，因为我怀中不仅抱着书，左手还拿着刚才正背的那本书，甚至连背的那页也没来得及合拢。而我的右手呢，端着煤油灯。反正是手忙脚乱。我将书搬过去放在桌上的那一刹那，由于书太多，放得不够平稳，"哐当"一声，很多书像倒塌的多米诺骨牌一样，跟着往桌子底下滑去，就在我蹲下去捡书时，又不小心把煤油灯给掀翻了。煤油灯"咔嚓"一声掉在地上，摔碎了，玻璃渣子和煤油撒满一地。我赶紧扯了草稿本子，翘起屁股在地上擦煤油，擦书上的煤油，捡地上的玻璃渣子，搞得我手忙脚乱。慌乱中，我看见她也很矛盾，想帮我也不是，不帮我也不是，最后她终究忍不住把头埋在书堆中偷偷地笑起来。和现场的混乱一样，我内心也很混乱。我的脸被羞得通红。我把书清理过去清理过来，最终也没有清理出什么名堂……

老师编排完位置，就出去了。教室里很混乱，有兴奋的，有失落的，大家叽叽喳喳，像一群窝被捣乱了的麻雀一样。她的位置没有挪动，也就是说，我将和她坐在一起。不知道是激动还是什么，我看见她也有说不出的复杂心情。她一会儿看书，一会儿做作业，总之，感觉她的手脚都不知道怎么放才好。

慢慢地，教室里安静下来了。随着傍晚来临，书本上的字开始变得模糊，晚自习也开始了。有的点燃了蜡烛，有的点亮了煤油灯。我没有蜡烛，坐后排时，用的都是煤油灯。再说，我也买不起蜡烛。刚才慌乱中把煤油灯打烂了，我想今天晚上只有到哪里去偷光了。这样偷光的时候很多。有些同学家里穷，连煤油都买不起，不带煤油灯，就偷盗旁边的亮光，这个是常事。用蜡烛，是奢侈一点儿的家庭，但大多数是用煤油灯。

所谓煤油灯，就是在一个空墨水瓶里，倒上煤油，点燃灯芯，借助灯光看书。灯芯是穿插在一个用电池外面的锡皮来弄的小筒里。电池用报废了，就掏出里面黑色的锌炭，当然很臭。然后把外层的锡皮敲平整，卷起来，做成一根小筒，把火纸卷起来，合在双掌中间慢慢搓细，做成灯芯，浸透煤油后，穿过锡筒，放在空的墨水瓶里面，一个煤油灯就做好了。小时候，这样的煤油灯家家户户都有。一到天黑，一盏煤油灯照亮了整个家庭，夜，就不再漆黑。夏天，飞蛾团团转，生机勃勃；冬天，灯光温暖，不再寒冷。

教室里，大家守在煤油灯下，看书，上自习，很是温馨。后来进入大城市，看见灯火辉煌的教室，总觉得失去了一点什么。

正当我四处打量，准备到哪里去偷光的时候，她竟然拿出了一支蜡烛，并在她的蜡烛上点燃了，然后不声不响地移到我这边，自顾自地看起书来。我有些吃惊。

开始她只点了一支蜡烛。一般来说，在同一桌上一起用一盏灯看书的，大多数是同性。男女同学共用一盏灯的情况，还没有。彼此连对方的气息都能闻见，甚至能听见对方心跳的声音，如果挨得这样近，怎么看得进去书呢？那可正是情窦初开的年龄啊，像路边的黄花开得灿烂。青春年少，连路边吹动的风，都是激动、燥热的。

最初，她是将她的那支蜡烛放在她面前，我要借用她的光，必须要往她那边靠过去才行。如果靠过去，我不好意思，她也不自然。我连想都没有这样想过，也不敢想。看见她给我点了一支蜡烛，什么也不说，然后又若无其事地看书，我竟然无法平静下来。等一支蜡烛燃完，已是下自习的时候，但我终究是没有看进去书，心境还没有平息下来。怎么看书呢？耽误了一晚上的时间不说，真可惜了那支蜡烛啊！下了自习后，我躺在床上，一晚上都在后悔。当然，后悔之后，想到和她坐一桌，我还觉得是梦，不够真实。我是在不真实的状态中睡过去的。但做了一个梦，梦见老师把我们分开了，我在哭泣中惊醒过来，气死我了。

因了我平时占据着两个人的位置，所以我的书有地方堆放，但换了位置后，我的书就不知道放在什么地方了。我只有把书放在地上，但过上过下，很不方便。我在想，等周末回家背米的时候，要带一个笆遮来。笆遮是用来放书的。我们的书桌都是没有抽屉的，就是简易的桌子，上面一个板子，下面两根梁拉住，然后四个角支撑起来。笆遮是用竹子编织的。将笆遮绑在桌子下面的两根横梁上，像一个兜一样，我们的书就放在上面，很方便。没想到，第二天，她来得很早，当我坐在位置上的时候，她就从旁边拿出一个笆遮来，还带了细铁丝，叫我绑起来。在她的桌子下面，原本是有一块笆遮的，她的书就放在笆遮上。这块是她专门给我带来的。我脸一红，心一惊，接下了。然后弓起腰，在她的帮助下，把笆遮捆绑得很牢固。从昨晚的蜡烛，到今天的笆遮，我们一下就自然多了，相互有了默契，成了真正的同桌。

那个笆遮，和她人一样，看起来很舒服，不宽不长，编织得很精致，是用青篾丝编织的，而且，还晒了太阳，老竹子，不会生虫。每一根竹丝表面都用竹刀刮得很光滑，一点儿也不刺手。竹子疙瘩也被剔得干干净净。在笆遮的边沿上，都用细篾丝锁了边，锁得很牢固。这个笆遮，也是出自一个能干的人。我一直没有问这个笆遮是谁编织的，但肯定不是她。我的笆遮刚好和她的笆遮紧挨在一起，她的书本和我的书本也紧挨在一起。一般的人，实在是享受不到这个福分的。后来才知道，就连她妹妹也没有这个福分。这个笸遮，是她在一次数学竞赛中，得了省里的大奖，她的父亲奖励给她的。

在班上，我们俩成绩是最好的，每次考试都是不相上下，虽然几乎没有说过一句话，没有坐在一桌，但都在暗暗较劲。这次编排位置，不知道老师是出于怎样的考虑，将我俩的座位调换在了一起，直至毕业都没有再调开过。从此，我的心不再安宁。我生活在幸福而紧张的学习中。最后我们两在学习上终究是达成了默契，通过双倍的努力，都考上了理想的学校。那份纯洁的情感——现在想来是介于爱情和友情之间的，在我们彼此心中都种下了种子，而我们都没有超越那种情感。

很多年后，或许我们都明白，我们只差一层纸的距离。至今，为人夫为人父、为人妻为人母的我们，谁也没有去捅破那层薄薄的纸。

清洁工大妈

小区打扫卫生的大妈花白头发，看起来却精神矍铄。

从年龄上判断，大妈应该七十好几岁了。

那天，我从车库出来，看见她穿着咖啡色工作服，正在打扫进入花园的梯坎。

扫得真干净啊！看大妈扫得仔细，台阶上几乎一尘不染，我的脚都不敢踩下去，我忍不住表扬了她一句。"谢谢小弟娃的表扬！"想不到她声音很大，像一个孩子一样，大大方方、开心地、一口就回过来，露出一排整齐、雪白的牙齿。

记忆中，自从进入中年以来，还没人喊过我小弟娃！她的开心感染了我。

穿过小区中庭花园，是一条长长的石板路。每天早上，我提着包去车库，石板路都被打扫得光光亮亮，几乎见不到一片落叶，更不要说泥土、纸屑了。遇上下雨天，不管是下午回家还是早上上班，都用水冲洗得干干净净。我敢说，就是我光脚板走在上面，脚板上也不会留下一点儿痕迹。

今天，我从车库出来，又碰见大妈勾着头、弓着腰在打扫那几级梯坎。我没有惊动她。但在经过她身边时，我听见她在哼歌。我总觉得这个曲子很熟悉，但一时又想不起来。"东风呀吹得那个……""东风吹得那个……"我反复地哼着。"东风吹得那个风车转哪，蚕豆花儿香呀麦苗儿鲜！"突然，我想起了，是《九九艳阳天》。我一直哼着曲子回到家中，手中的包显得很轻巧。

父亲在世时，爱用包装酒和茶叶的绸缎缝补一些包或袋子。大大小小的，装钥匙、装假牙等。当然，他的一些钱也会放进去。一卷一卷的，凑够两千元，就装一个。

有天晚上，我们正在客厅看电视，门铃突然响起，开门一看，是扫地的大妈。她左手藏在背后，右手提着一把扫帚，有点怯怯地问："你们掉东西没呢？"我一头雾水，掉什么呢？"没有啊，老人家！"她从背后伸出手来，"这个是你们的吗？"一看，一个黑色塑料包。看见我犹豫，她说："其他几家都问了，没有谁家用这种包。""这个包，我父亲有。"我回答道。我忽然想起，曾给父亲买过"小蜜蜂"（一种小音箱），这个包就是装"小蜜蜂"的。"那肯定是你父亲的了，早上我在垃圾桶里捡到的！"她显得很平淡，说："你检查一下，把它给你父亲。"看见地上有一个小纸屑，她弯下腰捡起来，我的"谢谢"还没有说出口，她就走了。

检查什么呢？在包的夹层里，我发现一个小袋子，金黄色的绸缎，父亲缝补的小包！里面竟然有整整两千元钱！卷曲成一个小团，这是父亲卷钱的手法。

父亲去世已有几年了，中途我们因为陪读孩子，又离开小区好几年，虽在心里惦记着这位大妈，但偶尔在小区碰见，大妈却好似忘了，压根儿记不得她捡到两千元钱，挨家挨户找到我们的情景了。或许，对她来说，这是太平常不过的事。

大妈住在一楼车库进来、过了门闸左边的小屋里。她住的旁边，是小区垃圾中转站。遇上起得早，我开车出车库，看见她用一根水管子在冲洗地面。大妈住的小屋大概只有几平方米吧。里面除了一张床外，还摆放了打扫卫生的工具，像扫帚、撮箕、拖把、水管子和一些警示牌等，都摆放得整整齐齐。对面靠窗位置，拉了一根绳子，上面晾晒了很多抹布、帕子等，早上的霞光穿过窗户，透进来，照在上面，斑斑驳驳洒在小屋里，很温馨……

生活中，有些人的社会地位或许低微，但他们的生命并不低微。他们拥有一颗快乐的心，开心地活着。

大妈就是这样的一个人！

（本文发表于2018年8月28日《重庆日报》农村版）

第二章

追梦城市

特色羊肉粉

"羊肉，细粉！加芽菜、香菜，海椒少，加醋！"当把车靠边停稳后，我拨通了卖米线的电话。电话中老板娘吐词清楚，清澈如水。当明白我是谁时，她就知道我要什么米粉。有时，她会这样重复一遍。每次因为外出办事，临近中午肚子饿了而又刚好路过南岸区桃园路这家"特色羊肉粉"店时，作为我的午饭，这样的一碗羊肉米粉就很完美了。

羊肉是一层一层叠加平铺在米线上面，撒了香菜，看上去冒梭梭一大碗。米线嫩滑、柔软，羊肉外酥里嫩，但汤更为鲜美，常常我是连汤也喝得一滴不剩。

很多次，我都是这样电话预约，打包走人。十二元五角一碗，五角是纸碗钱，羊肉粉十二元。偶尔，我也会进店消费。因了帮工的大姐经常将米线送到公路边，所以都认识我，看见我进去，连声笑着说："稀客！稀客！"这个时候，我会外加一个羊肉蒸笼儿、一份凉拌羊杂，慢慢享用起来……

这家羊肉米粉店是一对年轻小夫妻开的。门牌上用楷书写的"特色羊肉粉"五个大字中规中矩，但又不失厚重。请了四位中年妇女打帮工，已经在这条街上开了好几年了。近两年整体经济形势都不看好，各行各业都多多少少受到影响，包括餐饮业，很多小食店也在夹缝中生存着。但这家小店生意却不错。早中晚用餐时间，店外都会排起长龙。排队的不仅有打工上班的，更有一些穿着打扮光鲜、时尚者，甚至还有外国游客。

店面并不大，宽不足四米，长不过六米，但整洁、有序。中间摆满几排小桌子，擦拭得光洁的桌上放有辣椒小盅、带嘴的小醋瓶、餐巾纸、牙签盒，桌底下妥帖地准备有小纸篓。后面隔了两间小房作为炒料、厕所之用。

进入店内，左边安有一个光亮、平整的不锈钢灶台，十几个大碗一溜排开，热气腾腾的蒸笼高高地架在上面，显得很有气势。灶台上面还嵌有两个不锈钢大桶，一个桶用来烫煮米线，另一个桶里熬制的是羊骨汤。每每熬汤的时候，都会加入一个用纱布包裹的香料包，袅袅烟雾中，那香味飘散出来，扑鼻钻心。我想，特色羊肉米线的秘诀或许就在这个包里吧。

老板是个小伙子，操一口川南口音，高高大大，他抓起米线，放在一个带长把的竹篓子里面，将篓子沉浸在烧开的水中，几分钟后，看见一篓子米线鲜活了，他熟练地顺手翻转在大碗里，再用一个长勺舀起骨头汤淋在上面。右边嵌入墙壁的台面上，几大盘羊肉、羊杂、香菜、芽菜等辅料按顺序备得规规矩矩，羊肉切成薄片，羊杂切成细条，香菜切成小段，干净、新鲜。最后他用镊子夹上羊肉铺放在米线上面，撒上香菜、芽菜，旁边跑堂的大姐从左边墙上消毒柜里取出筷子，顺手端过老板递过来的米线，立即送往已经等不及的顾客手中。

进门右边是收银台。一般情况下，年轻而高挑的老板娘都站在收银台旁边微笑静候着，顾客进门点菜后就打单收费，然后按单排队。旁边墙上挂了一个牌子，素汤米线、羊肉米线、羊杂米线、凉拌羊杂、羊肉蒸笼儿等明码实价，标得清清楚楚。微信、支付宝二维码清晰地印在上面，旁边注明欢迎微信、支付宝支付，WIFI密码等。小店虽小，但在忙忙碌碌中，却也其乐融融，温暖一片……

去的次数多了，慢慢地，我发现这家小店生意好的原因不是在那个神秘的料包里，而是在小两口身上。

我是一个大大咧咧的人，经常口袋里没揣钱，前几年还不兴刷微信，看见我这个既熟悉又陌生（熟悉是因我去了很多次，陌生是她根本就不知道我住在什么地方、干什么工作，更不知道我姓甚名谁）的顾客没带钱，老板娘总是大大方方地说，没得啥子[1]，显得很自然。而我却在心里翻江倒海：真丢脸，哪能吃了不给钱呢？！

记得有一次，当我坐在店里面吃得正酣，看见一个穿得破烂

---

[1] 没得啥子：方言，没事，没关系。

的流浪汉在店外逡巡，心一软，叫老板娘帮我送一个蒸笼过去，账算在我头上。老板娘听了后，拿那双会说话的眼看了看外面的流浪汉，笑了笑，就喊跑堂的大姐端了一碗米线过去。

"慢点！"大姐刚要捧起米线走，正在烫米线的小伙子突然放下手中的勺子，揭开蒸笼盖子，端起旁边蒸笼上的一个羊肉蒸笼儿，顺手扣在盘子里，"端过去！"小伙子头也没抬，继续忙乎起来。

在付钱的时候，老板娘笑了笑，说："刚刚讨口子吃的蒸笼儿和米线不收钱！"

"那怎么行，说好了算我的！"我争辩道。

"不得收你钱，我们经常给他们吃！"看见我还在执拗要给钱，旁边的大姐忍不住走过来，笑着帮腔。

"而且，就是那些扫地的阿姨，我们老板也经常叫她们进来吃呢！"我顺着大姐手指的方向，看见外面一个环卫阿姨正在扫地。

"你们老板真好呢！"我终于明白这家小店生意好的原因，他们并不是在一味追求利益，而是在用爱心经营小店。

"爱出者爱返，福往者福来！"我们用爱来对待别人，将来别人也一定用爱来回报我们；我们用自己的金钱、智慧等去帮助别人，付出我们的福报，将来得到的也将是更大的福报。一个小店的经营之道如此，人生很多时候，何尝不是这样呢！

（本文发表于2018年9月11日《重庆日报》）

雅典娜洗车店

茫茫城市，洗车店无处不在。但隐藏在桃园路巷子里的那家洗车店，却让我情有独钟。

洗车店是一对中年夫妇开的，名叫"雅典娜洗车店"。

巷子很窄，两边除停放了很多车辆外，还有一些水果摊、烧烤摊拥挤着。我将车慢慢移进去，发现没位置，干脆下车，边走边说："钥匙在车头！"

"好的，大哥！"男主人客气地称呼我。其实，他比我年龄大很多。

最初，我认为他们的"随和"，和其他任何搞服务行业的人没两样，来的是财神爷，商家们不得不学会圆滑世故。不过，随着洗车次数的增多，以及慢慢对他们的了解，我为自己肤浅的定论感到汗颜。

闹市区停车，一位难求。晚上夫妻俩就把这块空地用来当作临时停车场，赚取一点儿小费。看见车密密麻麻，车主就把钥匙丢给他们。而这时，男人就当起了司机，一辆辆小心翼翼地挪动。

平常开车路过，都能看见印有"雅典娜洗车店"几个字的蓝色幡布悬挂在街边那棵小叶榕上，几乎挡住了二楼火锅店的招牌。风起时，幡布张扬、招摇！

雅典娜是古希腊神话中的智慧女神，而一个如此简陋的洗车店为何取了这样一个洋气的名字？一个寒冬的午后，下着小雨，我穿着大衣，跺着脚，撑着伞在雨中看他们擦车，夫妇俩你一言，我一句，向我讲述了这个名字的由来。

夫妇俩育有一女，老家住在奉节大山里一个叫老鹰嘴的地方。在女儿小时，将她留在农村奶奶身边，夫妇俩漂在重庆卖菜。每天凌晨三点过，从盘溪市场进菜回来，要卖到晚上九十点。省吃俭用，终于把女儿供大成人。女儿也很争气，高中毕业，考上了重庆师大。毕业后原本可以进入一家大型广告公司，但女儿却坚持选择了回山区小学教书。

一切看似顺利，哪知天有不测风云。一天，学校突遭暴雨，山体滑坡，女儿在抢救孩子时，不幸遇难。

中年丧子，人生一大悲哀。山里汉子，矮了一截；女人也平添白发，苍老了许多。但生活还要坚强地继续下去。

一个偶然的机会，夫妻俩得知这个洗车场转让，需要七万元，而游摊卖菜，也颇为辛苦，一番权衡之后，他们东拼西凑，盘下了这个洗车场。

为什么这个洗车场叫雅典娜呢？原来女儿的学生，都叫她雅典娜。学生们都说，生前的老师，美丽、善良，是他们心中的女神，他们心中的雅典娜。

在女儿走那年，家中的老母亲——孩子的奶奶，也去世了。到了这把年纪，夫妻俩也没考虑再生孩子。洗车虽很辛苦，但和卖菜相比，轻松多了。如今总算在重庆主城安定下来，除了偶尔念及女儿内心有些波澜外，岁月悄悄地走，日子静静地过，也算无忧。

雨，悄悄地下着，淅淅沥沥……

天寒地冻，他们在旁边用一个空桶点燃一些木柴。车主们在等车的当头上围成圈，取取暖。太冷了，我也忍不住靠过去。

男人冲水完毕，女人就用一个泡沫沾满洗车液，仔细地擦拭。车头、车门、玻璃、后视镜、轮胎、踏板、保险杠，经女人那双粗糙、冻得通红的手抹过之后，泡沫一层层地泛滥开去，泥土、灰尘在车上印出斑斑驳驳的痕迹，紧跟着压缩机"啪嗒、啪嗒"地响起来，男人又提起水枪，冲洗完毕，女人已把那根长毛巾拿在手上，男人顺手牵过来，从引擎盖铺开，一起拉向车尾，整个车子亮堂起来。然后，打开车门，擦洗内室。

女人弓起矮胖的身子，爬进车里，擦拭着。她的头发已被淋得湿漉漉，在她弯腰忙碌时，雨水顺着头发一滴一滴向下滴去，她全然不知；男人倾斜着身子，努力地想把车顶上聚集的水珠擦拭干净。他头戴一顶草帽，穿一件洗得发白的灰色夹克，背已被雨水浸透，脊柱弯曲的轮廓分明地呈现出来。腰上围着一条黄色围裙，围裙前面口袋里鼓着很多车钥匙。长年累月，口袋已被磨出一个破洞，钥匙上的车标裸露出来，偷偷打量着这个世界。

火炉旁，一张木板做成的饭桌上，还没来得及吃完的两碗米饭和一盘藤藤菜，早已冰凉……

重庆的季节没有春秋。

春天还没稳住脚跟，夏天就来了。烈日当空的夏季，没有遮掩的雅典娜洗车场，无疑就是一个大火炉。

一个午后，我去洗车，夫妻俩正忙得热火朝天。

"她们是谁呢？"看见旁边多出两个女孩在擦车，我好奇地问道。

"我们的两个女儿啊！"男子开心地笑着说。

"我们资助的两个孩子，也算是我们的女儿吧！"看我有些迷惑不解，男子补充道。

"放暑假了，她们下来帮帮忙！"女子也笑着搭腔。

原来，女儿在山区教书时，还资助了两名孩子。她们都没有父母。女儿走后，夫妻俩一商量，果断把这个接力棒接了过来。

"时间过得真快！从女儿走那年接手洗车场，也接手两个孩子，到现在已经三年多了。如今，一个初三，一个高一。"男子感慨起来。

我也参加了爱心助学，资助了大山里没有父母的孩子。对他们的情况，我了如指掌，感同身受！我清楚不能凭借一时冲动，需经过深思熟虑才能做出决定。因为，对那些孩子的资助，不是一天半月，随便给点钱就可以的，而是一个长期付出的过程。除了经济的付出，更多的是关爱。

两个孩子静静地擦着车，一丝不苟。她们穿着整洁，阳光、健康！

我终于明白，夫妻俩生活简朴的原因。

我更明白，他们心里面装着爱，和他们的女儿——"雅典娜"一样，心地善良，装着真诚的爱。

问他们累不累，他们说，看着两个女儿一天天长大，内心感到踏实，再累也不累，再热的天也是凉爽的。多么朴实的语言！

他们生活在底层，看似和这个车水马龙、流光溢彩的城市有些不协调，但他们身上散发出的那份温暖和爱，才正是这个城市最接地气、最真实的东西。他们不仅把车洗得干干净净，也把人的心洗得亮亮堂堂。

后来，夫妻俩采纳我的建议，在洗车场上面覆盖了厚实的遮阳网，夏天就不那么热了。又由于他们态度好，车洗得干净，慢慢地，来洗车的人越来越多。

车，一辆一辆地洗；钱，一分一分地攒。孩子们，也在一天一天地长大。

攒下来的钱，通过银行汇往大山深处，孩子们盼着呢。除了生活费，冬天来了，要给他们添衣；夏天呢，孩子们要零用钱，买支雪糕，甜在心里呢。当然，也甜在夫妻俩祥和的脸上……

（本文发表于2019年2月28日《重庆晚报》糜建国《追梦城市》专栏）

林子美发店

一个脑袋的方寸之地，也有大乾坤！

能舞动乾坤的人，不是脑袋的主人，是理发师。林子就是一位理发师。

剑客，用剑闯江湖；刀客，用刀闯江湖。林子，用一把剪刀闯天下。林子的江湖，是一把剪刀的江湖。

说起林子，在重庆理发界，无人不知。转去几年，林子当年在解放碑"标榜"担当王牌主剪手，找他剪发的人至少需提前三天预约。很多重庆政要名流的头，都曾在他刀下剪过。

大隐隐于市。

林子的理发店不在街面主干道上，一般看不到，甚至仔细找也要花一番功夫。前几年隐藏得更深，这两年城市改造，将外面该拆的拆、该搬的搬，对临街门面和墙面又统一装修了，林子的理发店才渐渐显露出山水。

晌午时分，店里没人，冷清。电脑里正播放着理查德·克莱德曼的钢琴曲《致爱丽丝》。曲子和简陋的理发店有些不搭。"有人吗?"我喊了一声。随着声落,林子从里屋出来,手里拿着一双筷子,他正在吃饭。看见是老顾客,赶紧说道:"马上!几分钟吃完就剪!"

林子三十岁刚出头,为人忠厚,剪发技术高超。正所谓高手在民间。像这种隐藏在社区里面的理发店,一般理发一次收三十八元,但在林子手下剪发,会员价格六十八元,一般顾客八十八元。酒香不怕巷子深,大师演绎,值这个价。

认识林子是在解放碑。多年来,我的头发都是林子剪的。

林子的剪刀,快,但林子剪发,却不慌不忙。

先剪,后推,再刀。最后一切妥当,剪子收尾。收尾时候,使我想到电影《英雄》里面梁朝伟饰演的残剑书写"英雄"两个字时,那种豪迈狂放和激情四射。手起刀落,"咔嚓"几下。这几刀,是林子的固定收尾动作,也是他的经典动作。

林子剪出的头,像花匠修剪出的花枝,棱廓分明,方圆合适,有型,但一点儿也不呆板。精细,是他剪出的头的最大特征。下刀之前,他用喷水将头发打湿,再用梳子将每一根发梳直立起来,最后动剪子,一根一根地修剪。更重要的是,他剪出的头,与这个人的气质相当,甚至将你体内潜在的东西都挖掘出来。

看见我在《重庆晚报》上发表了文章,林子笑着说:"其实,剪发和写文章有异曲同工之妙,需要工匠精神。"

文章先是布局、谋篇,然后动笔完成。剪发也是一个道理。也先看人的发质,头发的粗细、稀密,还要参考人的气质、高矮、胖瘦，特别是人的头型、脸型。

"尤其是最后的修、剪，就似用一把小镊子从一个簸箕里面的大米中挑选出秕子。或者对自己护养的一头小猪，除了先在太阳下一粒一粒把它身上的虼蚤找出来外，还要用刷子把猪身上的毛刷得齐齐整整。这些和文章的最后修改没有两样，来不得半点浮躁。需要宁静，需要一种追求完美的精神。"

林子小时候，一定是喂养过猪的。不是从农村走出来的孩子，没有这样深刻的体验，不会打出这种贴近生活的比喻。

"时代不一样，发型也不一样。到了几十年后，说不定太空发型就出来了。很多古装戏，里面人物的发型就是古代的。古人不能剪出现代的发型，现代也剪不出未来的发型。发型随着时代的变化而在变化。从一个人的发型，也可以看出他的性格特征及其品行。"林子滔滔不绝，把我当成了一个知音。

其实，我对发型一窍不通，每次来剪发，我都是闭着双眼，任由他在我这片土地上驰骋，我静静地打着瞌睡，也是享受。林子剪我的头发，是林子的作品。作为头的主人，我很欣赏这样的作品。

"当然，发型也需要看人的喜好。或者长的或者短的，或者平头或者光头，这个也跟人的喜好不一样。自己喜欢的发型，别人剪出来好看，自己剪出来却不一定好看。就像爱一个人，你爱对方，但对方不一定爱你。树喜欢落叶，但落叶却要和风去远方。树是喜欢落叶的，树对落叶说：'你若不离，我就不弃。'但落叶执意要走，树也就只有放弃。随风而去的落叶，最后碾落成泥。"能说出这样的语言，说明在骨子里，林子也有浪漫情怀。达到一定境界，理发师也是一个艺术家。

理发师，学到老，活到老。剪发没有止境，也需要不断地学。到了一定时候，也会遇到瓶颈，和作家创作一样。当到了一定的境界，就很难突破自己。然后就会从电视上、电影里面去学习，去发现别人是怎么做的。发型是不断变化的，林子就在不断的钻研中完成一个又一个经典的作品。林子订了国际美发杂志，没顾客时，他就认真翻阅。

有些人能画出一些经典、新颖的发型，但拿起刀子，却剪不出来。纸上谈兵和现场操作，是两码事。对理发，林子看得很透。

夏天，林子光头；其他三季，帽子一顶。没有发型的理发师，或许是对发型最高境界的诠释。

生活是一道围城，每个人的城墙高矮深浅都不一样。关于林子的隐私，我也不想去过问。偶尔也听他提及一些；有一个儿子，上小学一年级，妻子在儿子两岁时跟一个男人跑了。林子一直未再娶。

见过林子儿子一次，大概在他四岁的时候。他看见我手机摆在那里，跑过来，"叔叔，我玩一下你的手机嘛。"顺手就将我的手机拿过去玩弄起来。

"玩手机特别厉害！"林子边给我剪发，边提醒我。

三下五除二，就解除了我的手机密码，几秒钟，就把隐藏在我手机里面的游戏调出,开心地玩起来。很快,就将游戏玩翻版,索然无味的样子,悄悄地把手机放回原位。智商也有遗传。小时候的林子,是不是也这样呢?

也曾见过他妻子一次,长得美,高挑,但有一股"媚"。她身上的那股妩媚,和憨厚的林子有些不搭。当时我想,林子驾驭不了她。后面的事实倒印证了我的想法。只是在心里想,没说。

林子给人的印象很宁静。

任何东西,不管是人还是物,到了一个境界,都是柔软的。俗话说,以柔克刚。在对待前妻上,或许林子过于柔软,他克不了她的那块钢板。林子说,他前妻是一块热烈的钢板。

林子身上的柔软,体现在其他方面,却变成了柔和、宽厚。

中国的很多社区,也是一个社会的小型缩影。林子所在的明佳园社区就是这样。菜市、医院、派出所、居委会,配备齐全,茶馆好几间。

店子外面是一个小坝子,安了两张石头桌子,配了凳子。到了午后,很多退休老年人,聚集在这里斗地主,往往斗得烟杆起火。外面的坝子就热闹起来。看见他们吵得凶了,林子忍不住就出去劝几句。

一来二去,就熟悉了,他们经常来剪发。老年人喜欢剃光头、刮胡子,很多理发店不愿意做这个,柔和、宽厚的林子愿意。早年当学徒,林子就是从这个干起来的。

老人们都是空巢老人,儿女都忙碌奔波在外,他们从林子这里找到了一份寄托。有的从乡下带了水果、蔬菜，还有土鸡蛋这些，送给林子。

后来，林子就干脆挂了一个牌子，给老年人剪发，不收费。

从八十八元，到一分钱不收，一般理发师做不到，作为大师的林子，却能。

社区领导知道后，找到他，请他到旁边敬老院去剪发。林子满口答应下来。每周二下午，林子准时出现在敬老院。

阳光温润，"咔嚓"声轻轻地响起，老人眯着眼，静静地享受着。林子蹲稳马步，弓起身子剪发的剪影，定格在阳光下，使我想到了鲁迅笔下的车夫：觉得他的背影，霎时高大了，而且愈走愈大，须仰视才见。

林子说，给老年人剪发，让他想到曾经的岁月。那些岁月纯净，没有江湖。

夜深人静，林子也去对面酒吧喝两杯。渐渐地，酒吧也过于寂寞，林子耐不住那份寂寞。明佳园的茶室、麻将馆经常烟雾缭绕，热闹非凡，但林子不去。林子不属于那些地方。

最近，林子在万达跟一位香港发型师学手艺。林子说，他准备到万达去开一个工作室。万达那样的繁华地段，才真正是林子的去处。毕竟，大鱼还是要到大海里去遨游。当年解放碑的雄风或将再现，如此，英雄才有了用武之地。

（本文发表于2019年3月21日《重庆晚报》糜建国《追梦城市》专栏）

刘老五鸡汁饼

一条大河，离不开泥沙的堆积；一座城市，离不开小摊的点缀。小摊"刘老五鸡汁饼"就是一粒沙，淹没在重庆这条都市大河中。

剪完头从林子理发店出来，就看见对面十字路口印有"刘老五鸡汁饼"几个字的黄色布幡在风中飘来荡去。布幡用一根长竹竿撑着，很打眼。

岁月苍茫，风里来，雨里去，布幡已渐渐褪色。

布幡下面，刘老五瘦削的肩膀一耸一耸地揉着面，他围着一条印有菜籽油广告的红色围裙，油渍渍的，像人的花脸庞。

一张长方形木条桌，四个脚安装了轮子，移来推去，方便。桌子右边安装了抽屉，一拉一推，卖饼子的钱就丢在抽屉里面。抽屉肚皮上嵌藏着一个木炭灶，炉膛内火苗正旺，炭火温暖地燃烧着。灶上铺着一口平坦黑锅。油锅用久了，光亮如镜，竟活色生香有了灵气。桌子左边是宽大的桌面，那桌面经过无数次的揉搓、摔打和擦拭，显得沉稳、厚重，泛起阵阵黄光，和那高高的布幡一样，沉淀着历史，也诉说着主人所经历的风风雨雨。

刘老五搅面、揉面、打面、团面、甩面几个动作娴熟流畅，一气呵成，往往会引来很多人围观。

搅面时，刘老五像一位狂草的书法大师，闭上双眼，神色凝重，完全沉浸其中。他左手紧紧稳住面盆，右手握住一双特制的长筷，只见腕动不见手动，面粉在盆中如陀螺般不停地旋转，形成一个深深的旋涡；当他松了左手之后，面粉又像一股龙卷风，直直地向天上旋去，而桌面上的盆子也在"当当当"不停地跟着旋转；揉面时，刘老五双手死死摁住已经成形的面团，似对面团有深仇大恨一样，咬牙切齿、怒目圆睁地揉搓着，而他的整个身子，从上至下，像跳迪斯科，全身都在抖动；打面时，左手在不停地翻转面团，右手将棒槌举得老高，很夸张地落下，狠狠地敲打在面团上。左一下，右一下，像舞台上乐队的鼓手；甩面时，他把面团抛过头顶，在空中旋转几圈，然后"啪"的一声落在桌面上。

经过一番表演，刘老五突然安静下来，他用擀面杖将面团擀成长条，刷上一层香油，撒上葱花、韭菜、五花肉馅，然后卷起，再搓成长条，提起刀，"唰唰唰"将长条切成几个等分的小面团，用手背摁一摁、揉一揉，最后翘起兰花指，用大拇指、食指捻起团面，扔进油锅里，在"嗞嗞"作响声中，他张开十指，像一个钢琴演奏家，几张饼子在铁锅里面旋转、颠覆，一连串动作，刘老五做得行云流水。当两面变得酥黄，刘老五就挪开油锅，用他那个经摩挲多年而变得光滑、末端烤煳的竹夹子，灵敏地将饼子一个个夹起后烤在灶台边沿。几分钟后，随着香味袅袅，一排排热气腾腾，厚薄适中、如手掌大小，金黄透亮、外酥内软、香气扑鼻，色香味俱全的饼子布阵列兵般出现在顾客面前，诱惑十足，让人口舌生津。

认识饼子摊的刘老五已经很久了，但真正注意他，是在一个下午。

那天下午，我的车刚好开到刘老五的十字路口，突然前面指示灯变成红灯，在停下来等候指示灯变换和行人通过时，看见灶台上外形美观的饼子，一种条件反射，肚子叽里咕噜叫起来，我赶紧叫拿了一个过来。

正准备张口咬时，突然，人群骚动起来，只见一个染着黄发的小伙子越过车流往对面跑去，一个中年妇女在后面紧追着大喊："抓坏人啊！抓坏人啊！他抢了我的项链！"光天化日之下，听说有人抢劫，一不做，二不休，刘老五抓起桌面上的擀面杖，飞奔而去，看见那个小伙子即将拐入对面胡同时，刘老五一急，将手中的擀面杖用力扔出，不偏不倚，刚好击中小伙子的头部。说时迟，那时快，就在小伙子发愣的刹那间，冲上去的刘老五一把抓住小伙子的后衣领，再用力一推，由于速度太快，刘老五和小伙子一起摔倒在地，两人扭打起来。此时，旁边的人们也醒悟过来，大家冲上前去，七手八脚把年轻人摁在地上。跟着追上来的中年妇女，接过刘老五递过去的项链，惊惶不已。事后，派出所还专门赠送了一面锦旗给刘老五，上面写着"见义勇为"四个大字。

不过，民警提醒刘老五，当时歹徒身上带有凶器，可能是被擀面杖打蒙了，还没来得及拔出，以后遇事还需多加小心，在邪恶面前，也要学会保护自身安全。

从那以后，我就对刘老五多了一个心眼，对他心生好感，并开始关注他。

但他仗义的性格并没有改变。

听他老婆讲，有一次，为了一个素不相识的女人，和人打了一架。那天晚上，他们正在收摊，就在对面摆大排档的地方，一个女人被一个五大三粗的男人摔在地上，扇了两耳光，鲜血从女人的嘴角流出。看见男人喝了酒，趁着酒兴失去了理智，还要打，刘老五立即跑上前，一把将那个女人拉到背后，和那个大汉理论起来。没想到，那男人转过身，抓起一只酒瓶子就砸在刘老五头上，鲜血糊得刘老五满脸都是。缝了十多针。老婆叫他不要管闲事，他说看不惯。倔强得很。

刘老五饼子打得好，满身正义，但生意一直不好。打出来的饼子无人问津，只有零星几个顾客，一天的收入也只能维持老两口的生活。

穷则生变，变则通。慢慢地，刘老五意识到，自己的小生意光靠这样等下去，不是办法。他观察了一下，发现对面街口拐出去是一家农行，农行对面是工行，两家银行外面是人流密集的车站。除此之外，这条街上还有两家洗脚城、一家新世纪、几家歌厅和网吧。大生意靠的是等，小生意靠的是跑。于是，他告诉老婆，他负责煎饼子，她负责出去兜售。时间安排在下午三点到六点，这个点，大家都有饥饿感。

考虑到洗脚城、歌厅、网吧里面大多是年轻人，他们饱一顿、饿一顿，生活没有规律，需要饼子，要打电话叫送，他就在包装饼子的纸袋上印了电话号码、二维码，电话一打过来，他老婆就赶紧送过去；另外，根据不同的人群，他增加了一些饼子的种类，白面的、椒盐的、混糖的、韭菜的、猪肉的、牛肉的都做一部分。

饼子是死的，人是活的。经过这样一变，再加上勤奋，慢慢地，刘老五的生意出现好转，销量上升，现在刘老五每天销售量稳定，打出来的饼子供不应求。

岁月如刀，刻在刘老五的脸上。

满脸沧桑、六十多岁的刘老五有些矮小，但他老婆高高大大，背略驼，看得出，年轻时一定是一位大美女。从面相上看，刘老五颧骨高，属重义气之人。

刘老五是丰都的人，早年干过很多行业，当过打石匠，拉过板车，挖过煤，抬过滑竿，但因太重义气，吃了不少亏，也没有挣到钱。他现在的老婆，也是看重他的义气，才跟了他。后来他终于收了心，一心一意卖起了饼子，才算稳定下来。但做饼子也不是那么容易，每天都很辛苦。早上五点起床发面、调料，去菜市购买材料，准备饼馅，七点出摊，一直要忙到晚上十二点才能睡觉。

刘老五不仅仗义，还善良、心软，看见那些捡破烂、拾荒的在旁边守着，就会给他们饼子吃，还经常给，从不收钱。附近出了名的好心人一个!

　　如今他们日子过得宁静,除在附近买了一套房子外,还买了社区保险,也算是历尽艰辛,苦尽甘来。不管是刮风还是下雨,在十字路口,都能见到他们老夫妻俩的身影和那在风中飘摇的布幡,闻到混合在刘老五美名中馥郁的饼子香味,像一道绝妙的风景,点缀在街头,也在街头流传、飘荡……

　　(本文发表于 2019 年 3 月 28 日《重庆晚报》糜建国《追梦城市》专栏)

王媒婆

去买刘老五饼子时，凑巧的话，也能碰见王媒婆在刘老五小摊旁边，给人擦皮鞋。

放下凳子，卸下箱子，摆好方位，叫客人坐好，摆出行头，提醒客人把脚伸到踏板上，卷好客人的裤脚，用毛巾擦拭鞋子上的灰尘、泥土，打油，刷，拉，前后大概五分钟，一双鞋干干净净地出现在顾客面前。

"皮鞋擦得亮，生意做得旺；皮鞋擦得勤，生意就得行！"擦皮鞋的当头上，她的话匣子就打开了，像关不住水的龙头……

对面楼盘老板在年底团年时，喝醉了酒，第二天死了。结果呢，老婆一周后就和司机结婚，几百万的奔驰归了司机不说，连银行的存款也给别人了。好几个亿哟！这个社会，真难说。

南边那家媳妇儿叫刘二姐。原来开出租车的，后来老人公[1]瘫痪了，她也不开车了。天天在家里照顾老人公，洗衣、做饭、洗澡、擦背，啥子都做。王媒婆说，好久要给居委会领导反映一下，这条街要评先进的话，刘二姐一定要评上。

她的口中，有很多新闻。只要在她面前坐下来，东家长，西家短，总有摆不完的故事。王媒婆走街串巷，信息广。

王媒婆五官端正，眼睛有点小，头发散乱，添了不少白发，是长寿哪个山里的人，比刘老五小，快满六十岁，守寡二十多年。

不光是擦鞋，对各行各业，王媒婆也是了如指掌。

某个村的木匠、打石匠进城后，几个合伙成立了装修公司，搞装修，几年就发财了；某个阴阳先生，进城后，在路口租了一个小门面，卖火纸、冥币等死人的东西，抽空还回农村看地看山，在城头买了几套房。你看那刘师傅，在步行街商城楼下的地下室，租了一个旮旯，搭了一张桌子，专门挽裤脚边。把一条裤子腰改小，十元钱；把腰改大，要四十元。现在的城里人，哪有长瘦的，都是长肥，腰大了，第二年开春，去年买的裤子穿不得了，丢了又可惜，于是拿去改。刘师傅用刀片一挑，一刀剪开腰，重新连接上一块布条，缝上几针，四十元钱就到手了。挣钱利索得很！城里到处都是钱，只要你勤快，饿不死人！

听王媒婆这么一说，仔细一想，真是那么回事。

王媒婆穿一件黑色外套，冬天，里面加一件棉袄，棉袄比外

---

[1] 老人公：方言，指丈夫的父亲，即公公。

套长一截，看起来很不协调。围一条蓝色围裙，背一个木箱子，左手提一根独凳，右手提一张小凳子，穿行在这条街上，到处揽生意。

独凳是方便客人坐，小凳自己坐，都是塑料做的，没有箱子重，这样也方便，城管来了，提起就走。箱子用厚实的板子钉成，里面装满了抹布、鞋油、鞋刷、小水桶等工具。几个鞋油盒子是空的，她也舍不得扔掉。好似放一放，日子久了，又能从里面挤出油来。木箱子压在她肩上，每每走路的时候，她身子就有些倾斜。

围裙前面缝了一个口袋，手机揣在口袋里。为了防止手机滑落，她用一块布条一头拴住围裙带子，另一头拴住手机外套。又由于围裙很脏，而布条鲜艳，看上去布条就特别打眼。客人一坐下来，会忍不住问她这个布条拴的什么，她顺手掏出手机来，并解释一下。

王媒婆的手机号码到处留。皮鞋擦到半路上，电话又来了。有人要擦皮鞋，找她；有人房子要出租，找她；有新来的要租房子，也找她。王媒婆信息广，资源也广。

说她是媒婆，是因为她经常给附近的人介绍对象。因说成了不少，在这条街上就小有名气，大家都不知道她叫什么名字，只知道她姓王，就叫她王媒婆。慢慢地，叫习惯了，改不了口，她听起来也很受用。

都说媒婆喜欢吹，吹得天花乱坠。但王媒婆不。王媒婆说媒，有她的原则。

男女两边，王媒婆都不欺，也不骗。是一就是一，是二就是二。

王媒婆说："蒙不得，蒙了一天，总有一天晓得了，要在背后骂死我。"

王媒婆说媒，要看对象。尖酸尖怪的，不说；扯筋连皮的，不说。结婚后不幸福，说什么呢？害了别人。给钱，也不说。

但一遇到她喜欢的，双方条件又差不多，王媒婆就来了精气神，口若悬河，滔滔不绝，背起箱子，要说很久。巴不得双方马上就定下来。

王媒婆喜欢问属相。狗和虎配，配得，老虎给狗带来财运；龙和鸡，龙凤配，幸福得很。也难说，有人说鸡犬不宁，鸡不能和狗配，但也有鸡和狗生活得很幸福的。爱情要看缘分。缘分来了自然来，勉强不得。有的说成后，耍了三五年，结果还是分手了；有的一见面，第二天就牵手，一个月后就把婚结了。有的人，给他说了很多个，就是看不中，结果呢，某一天突然介绍一个，一下就看上了。嘿，第二年，看见他们就抱起娃娃了！

现在谈恋爱很现实。先看房子，看了房子看车子，再看存款，看工作。爱情敌不过一座房子，有房子，女方才提出见面，没房子，连微信号都不留。卖卤菜的向大姐，在镇上有十多间房子，儿子大学毕业出来，一介绍，女方却要求要在城头买。城头没房子，不好找对象。说着说着，王媒婆就感慨起来。

说成功了的，却很少请她去吃饭。不过，她也不计较，给钱就好。

对于钱，王媒婆也有她的花法。

老家农村哪家结婚祝酒，她都要回乡下去。但她又在细算账目，车费多少，赶礼多少。每次回去，还要穿得周周正正、体体面面，把头发梳一下，扎一个结，去掉围裙，拿出平常不穿的衣服，打扮出来，王媒婆还是一个美人胚子。而且，想到老家院子里西边唐婆婆年纪大了，儿女都在外面打工，也很少回去，每次回去，王媒婆都会称几斤糖带回去。看见村里面的娃娃路过，也会摸两颗出来。回去一趟，还是要把面子挣足。

一次偶然的机会，王媒婆当上了一名环卫工人。

那天下午，扫地的环卫工人李大姐突然找到她，说老家有急事，要赶回去，岗位上不能缺人，叫她帮个忙，顶替她上一个班。平时大家都在一条街上经常见面，熟悉了。王媒婆一想，扫地也没有什么，就答应了。当王媒婆换上李大姐的工作服扫得正起劲儿时，班长却来查岗了。得知原因后，班长也没说什么。没想到第二天，班长找到王媒婆，说她干活认真，环卫需要人，问她愿不愿意去应聘上岗。当然愿意啊！经过体检，没什么毛病，实习三个月转正。

环卫工人，两个班轮换上班，早班五点到中午十二点；晚班中午十二点到晚上七点。买了五险，工资稳定。想到自己以后旱涝保收，工资按月发放，那段时间，王媒婆心里一直乐滋滋的。

但三天后遇到的一件事情，让她有惊无险，差点丢了饭碗。

一个天还没亮的大清早，五点半的样子，上早班的王媒婆在超市门口扫地，突然，扫到一个东西。借助路灯一看，是一个女士的巴掌大的小包。王媒婆连打也没打开，就边扫地边在超市门口等，看见一个问一个。终于在上午十点多，过来一个穿黄衣服的年轻女子，说王媒婆捡到的包是她掉的。王媒婆想也没想，顺手就给了她。

让王媒婆没想到的是，不到半个小时，超市的保安又带着一个女人过来，叫她把捡到的包拿出来。当中年妇女听说包已经被人拿走了，立马变脸说王媒婆撒谎。还说她包里有一颗钻戒，她昨天过生日，老公送给她的。钻戒价值三十多万！

一听三十多万，王媒婆就被吓住了。天啊，自己哪里有钱来赔！这时很多人也围上来，大家都嚷着叫她拿出来。都说法律规定了的，捡到钱要归还给失主，否则就是违法。王媒婆满脸无助，有口难辩。最后中年妇女报了警，王媒婆被带到派出所。警察根据王媒婆的口供，调出监控，发现了那个黄衣服女子。幸好黄衣服女子拿到包后，去了车库，警察根据车牌，锁定了那个冒充失主的女人，追回了钻戒。王媒婆才没被冤枉。

真相公布后，失主拿一千元钱给她，王媒婆无论如何也不要。单位奖励了她五百元钱，并让她提前转正。从此，王媒婆就稳定了下来，当了一名正式的环卫工人。

趁休息时，王媒婆也擦皮鞋，但不是主业了。但说媒呢，还是照旧。她说，牵线搭桥，做好事，积德嘛。

（本文发表于2019年4月11日《重庆晚报》糜建国《追梦市场》专栏）

保姆刘大姐

从明佳园出来，沿着明佳路上行一百米，在十字路口对面红旗飘扬处，有一所中学。很多外地家庭，为了陪读，将房子租在明佳园对面的小区。小区是一个四合院，院里种了很多柏树，久而久之，"柏树村"就叫开了。

又送了一届孩子走了。三年多，刘大姐都在柏树村做保姆。刘大姐不仅炒得一手好菜，还把娃儿管理得服服帖帖。主人家将孩子交给她，都放心。

刘大姐是璧山人，六十多岁。

按照她的话说，从璧山坐轻轨，一个多小时，就进城了。方便得很！但就是晕车。刘大姐怕赶车。每次回去一趟，像害了一场大病。因为从她家转到璧山轻轨站要坐很长一段汽车，但又不得不回去。所谓每月休息两天，也是回去做农活，忙里忙外，搞不赢[1]。刘大姐出来后，做了心脏搭桥手术的老公

---

[1] 搞不赢：方言，指忙不过来。

一个人待在璧山。每月领了工资，刘大姐就送钱回去，老公等着钱买药呢。刘大姐是家庭的主力，相当于男同志。回去两天，屋内卫生做了，脏衣服洗了；屋后种了几分地，担两挑粪把四季豆、苞谷淋了；眼看雨水季节要来，搭上楼梯，上房把瓦重新翻了……刘大姐有一个儿子，带着老婆孩子在西安打工，好几年没回来。刘大姐说，回来一趟不容易，厂里面又要倒班，时间又短，车票也贵，娃娃还要照顾。他们不回来，久了，也习惯了，相当于养了一个女儿，嫁了出去。这个年代，是这样的。现在还能动，以后动不得了，再说。

刘大姐看起来和她的年龄有些不相符。主人家是一个四十多岁的中年人，面试那天，主人家心想，这个保姆和我七十多岁的老丈母差不多，就喊刘阿姨，刘大姐赶紧说，哪里有那么老嘛，喊大姐。问她当过保姆没有，她说当过。事实上，刘大姐以前没当过保姆。刘大姐在这点上撒谎，是担心主人不要她。从小到大，刘大姐还不知道撒谎。撒谎时，刘大姐有些口吃，话语也没条理。她好似做了坏事一样，很长一段时间内心都感到不安。庆幸的是，刘大姐越做越好，后来终于稳定了下来。

初次进城，刘大姐有些缩手缩脚，放不开。打扫卫生，擦拭东西都小心翼翼，生怕打烂了，赔不起。有一次，擦拭茶几，把一个色彩斑斓的花瓶打烂了，整个上午，刘大姐都惶恐不安，矛盾至极。她把碎片扫了，倒到垃圾桶，想假装什么都不知道；过了一阵子，她又觉得良心不安，忐忑一阵，跑到垃圾桶去把碎片拿回来。等主人家回来，她鼓起勇气如实汇报了情况，并主动提出要求赔偿，说下个月发工资时，从里面扣除。没想到主人家却淡淡一笑，说没什么，那个花瓶不值钱，改天再买一个回来。但一次偶然的机会，刘大姐在新世纪花瓶专柜，看见那个花瓶是韩国进口的，价值好几千元。主人家的宽容让她很感动。此后，她对主人就更加诚实、敬业。

城里有钱人多，他们的生活也需要刘大姐这样老实能干的人。刘大姐不高，一米四几样子，相貌和善，一看就是值得信任的人。主人家里面的钱财随便丢，他们也不提防。买菜花了多少，水电费多少，他们从不过问，刘大姐报多少就多少。有的女主人还把自己穿旧了或者买回来才穿一两次就觉得不好看的衣服，顺手就送给了她。

让人信得过，还有一个原因。

每月结束，刘大姐总能把这个月的开支，清清楚楚报出来。平常的开销，刘大姐都一笔一笔地记在本子上，规规矩矩的。小葱多少钱，牛奶多少钱，清油多少斤，大米多少斤。最后还要总结一下：这个月清油吃完了，买了油；永辉超市打折，购买了东北大米，所以这个月开支比上个月就增加了一些。下个月，不买清油和大米了，开支会减少。另外，这两个月热，开空调的时间长，电费高。缴物管费时，参加了活动，领回一袋大米和两提纸——这纸还好呢，永辉超市，要卖十三元。

来主城做保姆之前，刘大姐跟着"一条龙"帮忙打杂。跑了一条龙，做过"大席"是不一样，很多城市人，都没有她经验丰富。凉菜、炒菜、蒸菜、红烧、煲汤，样样都会。平常主人家来了十几二十个客人，她都会不慌不忙，有条不紊地弄出来。刘大姐粉蒸肉做得特别好。肉片肥而不腻、粑而不烂，吃起来醇香满口不说，在粉蒸肉下面，还铺了四季豆、萝卜丝、红苕、南瓜、粉条，五味齐全，清香浓烈。刘大姐刀法好。她切的萝卜丝，甩在墙上，沾得起！但细丝只能凉拌，炒出来，端上桌，就不好看了。刘大姐说，炒萝卜丝、南瓜丝、土豆丝，不能切细了，要切成筷子粗。炒出来，不细不粗，上桌好看。主人家发现刘大姐手脚麻利，会弄饭菜，回家看见屋子里到处打扫得亮堂，慢慢地就给她涨了工资。

但刘大姐从来没觉得自己当保姆比别人低下，相反地，她还从中找到了某种尊严，是过去不曾体验到的价值存在感。"我也要与时俱进，也要学习。"刘大姐经常这样说。

中午饭做好了，等孩子回来那阵子，上过小学的刘大姐戴上眼镜看报纸。

主人家订了《人民日报》《生活周刊》《南方周末》，刘大姐看了后，吃饭时，就和孩子摆谈：美国和中国干起了贸易战；新东方老总话说错了，向全国妇女道歉；华为老总女儿被加拿大抓了……美国不讲道理嘛，又没有违反你国家的法律，怎么随便抓人呢？没得王法了！在摆谈这些新闻事件时，她也会加上自己的观点。

时间久了，孩子就喜欢上她了，把她当成朋友，在学校遇见的一些逸闻趣事都向刘大姐讲起，甚至把不愿意向父母讲的话题，以及一些学习上的苦恼，都统统向刘大姐倾倒出来。刘大姐呢，也乐意当孩子的"垃圾桶"。

晚饭后，孩子上晚自习去了，做完卫生，刘大姐就和陪读的家长以及其他保姆在柏树村散步、闲聊，你一句，我一句：孩子班主任是谁，哪些老师教得好，哪些班是尖子班，什么时候月考，某个孩子又得了什么奖。一谈起学校情况，刘大姐如数家珍，说起来头头是道。

慢慢地，刘大姐名声在外，整个柏树村都知道有刘大姐这样一个人。而且，还是一个热心肠呢！

天冷了，有些孩子成了起床困难户，妈老汉[1]不在主城，老师突然电话过去，一节课都上完了，怎么孩子还没来上课。家长一听，糟了，娃儿睡着了。赶紧给刘大姐打电话，请她帮忙去叫醒孩子。刘大姐还在超市杀鸡，二话不说，丢了鸡，赶紧往柏树村跑。慢慢地，刘大姐成了很多孩子的活闹钟。中午喊，早上喊，不厌其烦；孩子上课，家长上班，他们的包裹，都叫刘大姐帮忙领取。刘大姐上楼下楼，一天跑好几趟，没怨言。大人小孩都喜欢她，孩子买了零食，分点给她；家长来看孩子，顺便提点水果给她。刘大姐呢，也不吃这些，推也不是，不推也不是。

有了名气的刘大姐，最近成了柏树村的稀缺人才。这届孩子还没有送走，已有好几个家庭排着队，争抢着要她。刘大姐说，这咋办，选哪家呢！

（本文发表于2019年4月25日《重庆晚报》糜建国《追梦市场》专栏）

---

[1] 妈老汉：方言，指妈妈和爸爸。

王四妹小面馆

进入腊月，天一黑，马路上人影有些恍，车子都把灯打起，呼啸着跑过去，灰尘如水一样，扑了进来。王四妹把蛋炒饭炒好，焖在锅里，刚刚拿起毛衣准备打[1]，谢歪嘴、周扁担、肖缺牙巴、唐神仙四个棒棒[2]脚后跟粘着脚后跟，走了进来。

"还在给情哥哥打毛衣啊？好久[3]给我打一件嘛！"看见王四妹又在打毛衣，谢歪嘴道。"二辈子！还不去洗手胀班子[4]！"王四妹顺手抄起一个水瓢，往谢歪嘴脑壳上敲去。谢歪嘴一躲，钻进厕所洗手去了。"当"的一下，水瓢敲在关过来的门上。

周扁担摸出中午没喝完的"江小白"呷了一口，把桌上搪瓷碗里的泡菜刨进碗里，就着泡菜下起酒来。看见泡菜像一座小山，堆在周扁担的盘子上，

---

[1] 打：方言，织的意思。

[2] 棒棒：指重庆街头的临时搬运工。

[3] 好久：方言，什么时候的意思。

[4] 胀班子：方言，吃饭的意思。

王四妹骂道："当顿吗？嘟个[1]多咸菜，咸不死你！"

肖缺牙巴下午接了一个大业务，一直在担货，又饿、又渴，他把手在衣服上擦了几下，端起免费的酸菜汤一口喝下去，刨了一口饭，嘴里包着，两个腮帮胀鼓鼓的，跑过去舀第二碗，转过身，就碰到端着蛋炒饭过来的王四妹，溅得王四妹围裙上满是汤汤水水。"老娘今晚要去逛街的，你把老娘裤子打湿啥子？闯个鬼哟！"

唐神仙是最后一个从厕所里钻出来的。盘子里蛋炒饭热气腾腾，香气扑鼻。几片蛋花混合在米饭里，白里透黄，撒了几颗葱花，又黄里透绿，煞是诱人。王四妹小面馆的面条味道不咋样，但蛋炒饭却是一绝。

唐神仙气定神闲，坐下来撕桌子上的餐巾纸擦手，扯了一张又一张，擦完手又擦鼻子，擦完后顺手将纸屑扔在地上。王四妹用脚将一个垃圾篓踢了过来："这是城头[2]，扔啥子扔？擦个手，用嘟个多纸？！"

"妈妈，今晚吃啥子！"背着书包的二娃一跳一跳地风风火火闯了进来。

"蚂蚁的脚！老鼠的胡须！鱼的眼线！"墙角正吞着蛋炒饭的谢歪嘴接嘴道。

"硬是个歪嘴！狗嘴里吐不出象牙！"王四妹白了谢歪嘴一眼。

---

[1] 嘟个：方言，表示肯定，这么、这样的意思。

[2] 城头：方言，即城里。

"吃火铲[1]！跟老子还不快点切[2]做作业！"王四妹向刚放学的儿子吼道。

儿子用手捻了桌子上的两根咸菜丢进嘴里，钻进厕所旁边的小屋，门"哐当"一声关了。"蚂蚁的脚、老鼠的胡须、鱼的眼线，这些也可以吃吗？"二娃把脑壳抠了又抠，想不明白，埋头抄起课本来……

"酒罐，你啷个不喝酒呢？"一盘蛋炒饭很快下肚，缺牙巴打了一个饱嗝，又去添了一碗。四个棒棒中，缺牙巴最吃得[3]，一顿至少要吃三碗。缺牙巴两兄弟，哥瘫痪了，侄子在重大上大学，都要靠他。不多吃点，扁担挑不动。

酒醉聪明人，四个棒棒当中，又数谢歪嘴最聪明。

歪嘴喜欢烂酒[4]，当棒棒挣了两个钱，有事无事就买酒喝。歪嘴老家是四川邻水的，老婆因讨厌他烂酒跟别的男人跑了。没酒，谢歪嘴吃饭没胃口。

"呵呵！喝酒！我看他今晚就喝不成了！"唐神仙放下手中舀蛋炒饭的勺子，喝了一口酸汤。

"下午我在车库出口看见歪嘴倒在地上睡着了，棒棒当枕头。一个空钱包被撂得多远。一个烂手机却没人要！"唐神仙一口饭、

---

[1] 火铲：本为农家的一种生活用品，此处为骂人的话。

[2] 切：方言，去的意思。

[3] 吃得：方言，指胃口好，食量大。

[4] 烂酒：方言，指喝酒。

一口汤，不紧不慢地把下午看到的情况说了一遍。

"该背时[1]！"王四妹接嘴过来。

"五百元钱哟！嘟个聪明的人！你睡瞌睡[2]嘛，把钱包藏起来嘛！"周扁担补充道。歪嘴协助警察抓到一个惯偷，上午派出所奖励了他五百元钱。中午一高兴，就喝醉了。

"喝醉了，嘟个晓得。你喝醉了，你晓得？"唐神仙顶了一句。

"来！过来喝一口！"周扁担把酒瓶子向歪嘴扬了扬。"还有几口！看嘛，还摇得响！"周扁担又将瓶子摇了摇。

"不喝！我才不要！"歪嘴偷偷瞟了酒瓶子两眼，有些讪讪地回答。歪嘴推开了盘子，点燃了一根烟。

"吃不完就莫舀嘟个多！"看见谢歪嘴不吃了，王四妹又开骂了！

"我也不是不给钱！就六元钱嘛！"歪嘴开始摸钱。

他翻了裤子左边包，又翻右边，最后从上衣口袋里摸出钱包，拿出一张五十元的，压在了桌上。歪嘴穿一件蓝色小西服，皱巴巴的。四个棒棒中，也数他最懒。

"臭求得很[3]！"王四妹像打苍蝇一样，用手拂了拂，就把钱扯过来，看了看真假！"你好久还是洗个澡嘛！"王四妹讨厌地

---

[1] 该背时：方言，指某人的恶劣行为遭到报应，在被众人谴责时使用。

[2] 睡瞌睡：方言，指睡觉。

[3] 臭求得很：方言，指很臭。

228

说道。

"嘿嘿！你给我洗嘛！"歪嘴吐了一口烟圈。

"癫犯人！[1]"王四妹把找回的四十四元甩在了桌子上。王四妹蛋炒饭对外收十二元一个人，添饭另算。但对棒棒，六元钱一个人，管饱。

"把你的蹄子老[2]下去！"王四妹用手中的抹布"啪"的一下扇在歪嘴的裤脚上。谢歪嘴立即把搁在长条凳上的脚移开。王四妹动作麻利，三下两下，就把谢歪嘴面前的碗筷收拾干净。

"神仙，你婆娘呢？"谢歪嘴点上第二支烟，王四妹一走开，他双脚又翘了上来。

"走了！"唐神仙用勺子把盘子周围的饭粒往盘子中心拢了拢，饭粒形成一个小山堆，一盘蛋炒饭已经剩下不到三分之一。四个棒棒当中，唐神仙吃饭最慢。

"顿顿给别个[3]下面条吃，二两肉都舍不得割，别个不爬起来走，才怪！"缺牙巴终于开口了。两盘蛋炒饭已经扫光，开始进攻第三盘。

前几天，唐神仙在路边领回一个疯女人。

四个棒棒住在对面巷子里，租的一套一室一厅。最初是周扁

---

[1] 癫犯人：方言，骂人的话，疯子。

[2] 老：方言，放的意思。

[3] 别个：方言，指别人。

担跟房东租的，二百八十元钱一个月。然后缺牙巴、唐神仙、谢歪嘴都来了。周扁担和缺牙巴住一间屋，各搭一间铺。谢歪嘴一身臭，没人和他一起，住客厅。唐神仙一个人住阳台。安了一台电磁炉，唐神仙吃素，有时会熬点稀饭。

"龟儿子周扁担，你免费住了，还倒得二十元！"谢歪嘴这样骂周扁担。听到歪嘴这样说，周扁担就会狡辩道："水和电呢，每个月我还是要帮你们缴几十元！"

每个月谢歪嘴缴一百元给周扁担，唐神仙缴一百二十元。当初讲价时，唐神仙只给一百元，周扁担说神仙既要煮饭，还要洗脚，多给十元钱。缺牙巴是周扁担铜梁老乡，给八十元。

"说啥子哟！我还不是给她买了一双布鞋！况且，我也不吃肉！"听见缺牙巴那样说，唐神仙咳嗽了一下，用手习惯性地抹了一下嘴巴，辩解道。

"四元钱！"周扁担用左手伸出四根手指，甩了甩！"你以为一双布鞋就把婆娘讨到屋头了！做梦差不多！"周扁担撇了撇嘴，讥讽道。然后仰起脖子，瓶底朝天，把最后一滴酒倒进了口中，咂巴了两下嘴。

一位痴呆老人坐错了车，忘了回家的路，刚好周扁担曾帮人担东西，去过老人小区，认识他，就把老人送了回去。一下午没挣到钱，周扁担就舍不得买第二个"江小白"了。

"神仙划得着哟！四元钱娶了一个老婆！"谢歪嘴羡慕道。

"你也切捡一个回去嘛！"收钱的王四妹插嘴道。

"我捡不到！没得神仙那种桃花运！"歪嘴把烟灰用手指弹了两下。

"听说是内江的，那个疯女人？"缺牙巴征求唐神仙的意见，拿眼看了看神仙。缺牙巴牙齿并不缺，倒是舌头有点大，说话不好辨别。

"奉节的！"唐神仙回了一句。

"吃快点，老娘今晚要上街！"王四妹开始催了。

"慌啥子？催工不催食！"唐神仙看也没看王四妹一眼，只顾低着头往嘴里刨着蛋炒饭。

"你们以为嘟个撇脱[1]！嘟个冷的天，要不是我把她领回去，冻都冻死了！你们晓得不，她都好几天没吃饭了！男人在城头打工，来找，找到了，结果男人另外裹[2]了一个女人，不要她了，气不过，就气疯了！"唐神仙来劲儿了，声音明显大多了。

"真的是疯子啊？"周扁担酒足饭饱，站了起来。

"疯啥子疯嘛？我跟她说，就算天塌下来，还是要活下去。缓过那阵子，就想通了！"唐神仙把最后一小撮蛋炒饭刨进嘴里。"我买了车票，给了她五百元钱，叫她回去好好过日子！"点上烟，唐神仙面前的空盘子被王四妹端走了。

"我看那个女人打扮一下，还有些乖！"缺牙巴说。

---

[1] 撇脱：方言，方便的意思。
[2] 裹：方言，耍、找的意思。

　　"硬是神仙遇到疯子，绝配啊！走！睡瞌睡去了！"谢歪嘴一下坐起来，把烟掐灭了，往面馆门口走去。

　　"滚了，莫影响娃儿做作业！老娘要出门了！"王四妹已经把灶台收拾妥当。解下了围裙，在手中抖了几下。

　　"二娃，各人[1]好生做作业！锅头蛋炒饭焖起的！"王四妹向里屋吼了一声，拍了几下肩膀，风风火火出了小面馆。后面四个老男人也懒洋洋地一前一后，往对面巷口走去……

　　（本文发表于2019年5月9日《重庆晚报》縻建国《追梦城市》专栏）

---

[1] 各人：方言，指自己。

第三章

沧海一粟

巴山明珠新北碚

科技兴碚启航，桅杆露出水面。

——11月10日跟随重庆知名作家看北碚手记

初识北碚

"问君归期未有期，巴山夜雨涨秋池，何当共剪西窗烛，却话巴山夜雨时。"李商隐的这首《巴山夜雨》早年就能背得滚瓜烂熟，但诗句里的"巴山"，最初一直以为是川东地区大巴山，没想到却是特指缙云山。山脚下一座城，一条江。江像一条腰带，绕城而去。那江，叫嘉陵江；那城，叫北碚。不过，这些都是后来的事情了。

记得小时候母亲去世时，叫人去喊在重庆卖土瓢根儿[1]的二哥。二哥那阵子在北碚一带背瓢根儿卖。就是吃饭的那种小瓢根儿，几分钱一根，用背篼背

---

[1] 瓢根儿：方言，指勺子。

起到处赶乡场。那时候，我对北碚还没有概念，只听大人们说北
碚有一座山（当然那时还不知道叫缙云山），要爬几天几夜。从此，
我对北碚的印象就是要爬山。老家到处是山，山脚下的村庄都是
破破烂烂的。由此联想，北碚也好不到哪里去。

很多年后，千转百回，我竟然来到了重庆创业、打拼。慢慢地，
对重庆有了感情，有了一定的了解。但因忙于生活，也很少去北碚。

我们一家五个兄弟、一个姐姐，一共六姊妹，在我们这一代中，
除了姐姐有一个叫一兰的女儿外，其他全是儿子，因此，我对这
个外侄女就特别疼爱。也是姻缘巧合，外侄女一兰就刚好嫁到了
北碚，于是就有了更多的机会去她家，但也没有仔细看过北碚、
念过北碚、想过北碚。对于北碚的概念还是停在缙云山、北温泉
和梁实秋的雅舍小屋，此外，北碚还住着我的外侄女。如此而已。
只不过，小时候对于北碚在一座大山下，山下和老家一样，是破
破烂烂的村庄这个观念没有了。

这就是我对北碚最初的看法。初识北碚，北碚就是一座山，
一条江，一座城。

再识北碚

外侄女的工作是卖手机。有一次我手机摔烂了，要换屏，一兰
说他们那里能够换，二十元钱，同样的屏在渝中区换，却要八百元，
我就驱车去了。在等修手机的当头上，我对北碚有了一个看法：

我看到了北碚的梧桐。因一兰的家在北碚山脚下，又由于每次去都在晚上，所以没有注意路边的梧桐。

是深冬的时候，下着小雨，有些冷。两排梧桐很整齐，我穿着一件大衣，慢慢地走着。车子不多，零星地滑过。梧桐叶飘落下来，像一只只小帆船，飘落在大海里。我一下子喜欢上了北碚，对北碚有了一种甚至超过血缘关系的爱恋。表面上看来，我是一个商人，但很多时候，骨子里，我还是有那么一点儿文人墨客情伤怀。

我去过很多地方，很多城市，对梧桐有一种特殊的情感。那一排排上了年岁的梧桐树，我想，作为北碚人肯定是看够了的。我能够想象出来，冬季它们的飘零，春天它们发出嫩嫩的浅黄的小芽。那些小芽点缀在枝头上、枯干上。它们的生命很小，很脆弱，但慢慢地，过了春，到了夏，它们竟然蓬勃一片，密密集集，款款展开，阳光从缝隙里透露出来，洒在地上，斑斑驳驳，阴凉一片。冲着那一片阴凉，我心里面就想，北碚人真有福分。酷热的夏天，可以在梧桐树下，摆茶碗，搓麻将，摇蒲扇；到了冬季，又可欣赏梧桐叶的翩翩起舞，而这个起舞，虽然有些落叶归根的壮烈，但很美。后来，又了解到，北碚的梧桐树竟然是有来历的，它与实业家卢作孚有关。

现在看来，卢作孚也是一个商人，和我一样，名分上的商人，虽我不是什么实业家，但我们骨子里的浪漫倒是相同的。我们都有兼怀天下的心，只不过，卢作孚做到了，我一介草民却不能做到。

否则，他怎么会引入这浪漫的梧桐呢？那一排排的梧桐树，不仅是一道亮丽的风景，更是属于北碚特殊的符号。它不但是北碚的瑰宝，更是北碚几代人的时光记忆，因为那梧桐树已经有七十年历史了，近我两倍的年岁。而如今，北碚的梧桐树已经成了北碚非物质文化遗产的一部分，和金刀峡、北温泉等一样，让北碚享有"嘉陵江畔的明珠""重庆后花园"等美誉……

正当我还沉浸在北碚有些柔软的人文情怀里，跟随重庆作家看北碚的一次采风活动把我打蒙了，让我有如醍醐灌顶，大开眼界！

今看北碚

11月10日，驱车一路向北，有幸跟随"重庆知名作家看北碚采风团"，前往北碚进行了一次深刻感受。这一天下来，北碚像一幅画卷，在我们面前徐徐展开，完全颠覆了我对北碚的看法。我为自己的鼠目寸光、孤陋寡闻而羞愧，像山脚下的一支狗尾巴草，看不到大山的深厚。

在近十年快速、厚实的发展中，北碚已不再是一颗被缙云山的雾覆盖了的明珠，它不仅人文荟萃，而且经济和科技已经作为其发展的主体。科技兴碚，未来的北碚必将是一个科技文化名城。在文化的层面上，北碚将烙上深深的科技印痕。由于时间紧张，我们重点参观了歇马隧道和水土高新园区。

歇马隧道处女行

一路向北，出重庆、进四川，上北方，进出都要穿过北碚隧道。

随着城市的发展，北碚隧道已经无法满足车辆的运行需求了，就在当天下午返程过程中，恰遇周末，进城和出城大军浩浩荡荡，我回来整整开了两个小时。目前，北碚隧道一天的车流量为2.5万辆，平均为7万辆，早晚高峰期时段为11万辆左右。随着车流量增加，年事故达到1.8万多起，而作为进出北碚的咽喉路段，北碚隧道就有800多起，平均两天一起。这时候，我们不禁要问：还有什么办法可以缓解这个交通压力，分流一下，让进出北碚更加快捷、方便呢？记得早年间，社会上流行着一句顺口溜：要致富，先修路。在今天，我们有幸体验了另一条隧道——歇马隧道，并完成了它的处女之行！

刚到中梁山下，我们看见鬼斧神工般挖出的一对大眼睛。这是一双未来之眼。里面有神秘、有期待，还有惊喜；透过这双眼，望出去，更能看见未来的繁华、厚重。经北碚区建委领导介绍，这就是歇马隧道。我们的车子缓缓驶进隧道，由于还没装饰，没安装灯光、指示牌等，随着车子匀速前进，我竟然有一些不真实的感觉，像进入了一座时空隧道，让我的思绪飞扬起来。

歇马隧道作为重庆市主城区重点控制性工程，它轻松、潇洒地穿越中梁山而来，是主城区开工建设的第17座隧道，也是北碚区最为复杂的自建基础设施工程。隧道位于渝武高速北碚隧道南侧约4千米处，东起蔡家岗镇，有些奢侈、豪华、高调地穿城而过，最后连接绕城公路协睦立交；西至歇马镇，连接歇马立交，通过歇马立交上渝遂高速，向川西坝子呼啸而去。

听北碚区建委领导讲起，歇马隧道设计为分离式双洞、双向六车道，左洞长4.187千米、右洞长4.15千米，设计时速80千米/小时。与现在拥堵的北碚隧道相比，歇马隧道设计能力在高峰期可以通过6万辆车，而且其路面宽度按照物流道路设计，比一般隧道宽50厘米，可以让两辆大车、一辆小车同时通过。车辆从主城经过北碚进出，将起到强大的分流作用。一旦通车，北碚隧道的拥堵的历史将被改写。

处于整个北碚交通"五横六纵一环线"的主干路网上的歇马隧道，应运而生，注定了它未来不可低估的社会地位和经济价值，我们感受到歇马隧道不是一条一般意义上的隧道！

歇马隧道，它将起到交通引领带动、促进区域经济腾飞的作用。从表面上看，它是主城东部新城连接西部新城的一个交通大动脉，其实，它更是一条华丽的黄金大道。它串通了东西部的沿线城市，上至水土、礼嘉，下至空港新城、龙兴这一带都将被串联起来。其实，从经济角度看，它是一个交通的立体骨架，在这个骨架上旋转，将四面八方无缝连接。

而这个连接，不仅仅是空间的，还会跨越时间。我们都知道，作为一个投资近20亿的项目，由它衍生出来的价值远远不止20亿，它至少带动3倍以上更多的产业和行业的发展。比如沿线的土地升值，资源共享，资源聚集等。蔡家大桥在通车以前，当片区的房价为4000多元一平方米，大桥通了以后，已翻倍成8000多元。像在西大两江实验学校的嘉阅湾，其房价已经飙升至1.5万元到1.6万元一平方米了，甚至超过了渝中区、南岸区的一些房价。毋庸置疑，随着歇马隧道的通车，其周边的房价、地块价值将很快被带动起来，并涨得风生水起。

如果说歇马隧道的纵横延伸，让我们看到了直接的经济效益，那么作为两江新区的水土高新产业园，则充分向我们展示了北碚的科技魅力。科技兴碚，已不是传说，其巨大的经济价值和社会效应已经显山露水。

科技兴碚看水土

两江新区是重庆市下辖的副省级新区、国家级新区，也是中国内陆第一个国家级开发开放新区，同时是继上海浦东新区、天津滨海新区后，由国务院直接批复的第三个国家级开发开放新区。两江新区因位于长江以北、嘉陵江以东而得名。目前，国家对两江新区的政策叠加优势突出，即：西部大开发优惠政策，统筹城乡综合配套改革先行、先试政策以及比照浦东新区和滨海新区的开发、开放政策。

水土作为两江新区的核心区，通过近七年的发展，让我们采风团不得不刮目相看！

水土古有"白天千人躬首，夜晚万盏明灯"之称，足见其繁华兴旺。曾经繁华的水土于20世纪70年代沉寂，在今天整体被纳入国家第三个副部级新区——重庆两江新区后，随着"水土高新技术产业园"的成立，一大批国家级、世界500强企业落户水土，水土迎来了快速发展的黄金时期。

据园区领导介绍，水土高新技术产业园区是两江新区工业开发区的三大园区之一，行政辖区范围面积为114平方千米，包含水土、复兴两个镇，是两江新区打造万亿级先进制造业基地的重要组成部分。重点围绕"两高三心"——高新技术产业园、高端人群居住区和数据处理中心、电子信息软件研发中心、医药外包服务中心的产业定位，发展数据处理（云计算）、电子信息、生物医药、机器人产业、软件研发及创意等"5+X"产业。目前，已成功引进京东方、中国电信、中国移动、中国联通、新加坡太平洋电信、华能集团、上海超硅、莱宝高科、海扶医疗、中建集团（西部生命科学园）、北大方正等高新技术企业，中国科学院重庆分院也入驻水土高新园区。

站在水土园区观景台上，视野开阔，对面龙洞山黛黑、厚重，背后华蓥山巍峨、绵延，竹溪河幽幽纵贯南北而过，整个园区尽收眼底，繁华渐起。不禁让我们感叹连连，曾经的荒山野岭，如今如海市蜃楼般矗立眼前，并告诉我们：这不是梦！

一路向北，缙云山下的这颗明珠光芒已经渐渐显现，拨云见日，以浓郁的文化氛围、著名的风景名胜、秀丽的花园城区而名扬四方的北碚正凭借两江新区的利好，打出蔡家组团和水土组团两个科技组合拳，从而与北碚天然的青黛山水、深厚的人文底蕴相得益彰，文化与科技两套马车并驾齐驱，演绎出北碚这座城市在新时代的发展史，展现出新北碚、大北碚的风采。桅杆露出水面，科技兴碚已扬帆起航，博浪远望，后来一定居上！

——我们拭目以待！

（本文发表于2018年2月9日《重庆晚报》）

较量

——时代楷模杨雪峰的故事

听说要巡查毒驾，杨雪峰非常清楚这其中的危险性。吸食毒品，存在严重的安全驾驶隐患，是机动车驾驶员上路前绝对禁止的行为。驾驶员在吸食毒品后，会产生极端亢奋甚至妄想、幻觉等症状。因此，交巡警在查毒驾时不仅难度大，而且对人身危险也大。近年来，因吸毒驾驶员冲击关卡，暴力抗法，造成交巡警伤亡的案例屡见不鲜，网上、媒体到处都能见到这些方面的报道。

身为警察，杨雪峰明白自己的职责在哪里。无数次杨雪峰都想起当年在警校、换装时，在党旗下庄严宣誓的情景：对党忠诚，服务人民，执法公正，纪律严明！这是一个警察最基本的信仰，这个信仰已经融入他的血液、深入他的骨髓。

"同志们，今天（6月26日），是国际禁毒日，按照上级统一部署，交巡警大队将开展一次集中查处毒驾专项行动。大家一定要提高警惕，在不能让任何一个违法犯罪者漏网的同时，也要保护好自身安全！"

根据出发前的一次例行宣讲，杨雪峰对着办公室的小黑板，进行了今天任务的分工和简单动员，然后手一挥，喊声"出发"，带上几个队员钻进车，驶出了交巡警大队……

2012年6月的重庆，酷热比往年来得更早一些。

从4月初到现在，天天穿着短袖的杨雪峰已经呈现出标准的交警式"三截状"：一年四季戴着白手套执法，两只手是白色的；从手腕到手肘的地方，是黑色的；颈子呢，和手臂一样，也已经完全晒成了黝黑色。所以同事们都经常笑着说，一上大街，看见"三截状"，用不着猜，就知道对方是交警。

刚刚设卡、布控不到半个小时，他们几个正在比画着"三截状"的长短、深浅，这时，突然从前方歪歪斜斜驶来一辆小轿车。

"杨队，你看前面那辆车，好像是喝醉酒了！"有队员一指。

"拦下！"杨雪峰二话不说，果断下令，自己随即赶上前去，拦停了该车。

车窗玻璃缓缓摇了下来，杨雪峰一看，竟然是一个二十六七岁的小伙子。这么年轻，不珍惜自己的生命，喝醉了还上公路，胆子真大。

"请出示你的驾照！"杨雪峰敬了一个礼。对方瞟了杨雪峰一眼，慢腾腾地递出了驾照。一看驾照，刚满二十五岁，1987年5月出生，又看了看照片，再一看坐在驾驶室的小伙子，眼睛充血，迷茫；而一张脸却苍白，毫无血色，但身上却没有酒气。

"下车，请接受例行检查！"此人有吸毒的可能！杨雪峰迅速做出判断，并命令对方下车接受检查。

驾驶员顺从地下了车。同事们从前座到后排慢慢检查，没有发现什么。但当他们要求驾驶员打开后备厢时，驾驶员却开始磨磨蹭蹭，有些不情愿了。在杨雪峰的强烈要求下，最终还是打开了：一个紫色的男士包像蔫了的茄子，躺在空荡荡的后备厢，包的口子有些夸张地敞开着，像刚刚才打开一样，拉链还没来得及拉上，两个小袋子裸露在外面，很打眼。

"这是什么？"杨雪峰提起袋子，问道。

"是味精。"回答利索，脱口而出。

"味精？"杨雪峰表示了怀疑。

"杨队，还有神仙丸！"旁边同事扬起手中的另一个袋子，大声向杨雪峰说道。

"还有冰毒！杨队……"

就在同事们查看清点的时候，驾驶员迅速地拨了一个电话，捂住嘴巴，咕噜了几句，然后扭转身，不再搭理杨雪峰的询问，且显得颇为傲慢。

"嘎——嘎——"不到一支烟工夫，几辆轿车从远处疾驰而来，随着连续刺耳的紧急刹车声，车停了下来。几个彪形大汉手持棍棒杀气腾腾地围过来，将杨雪峰他们团团堵在中间。

看见他们个个手里都拿着棍棒，杨雪峰意识到，今天遇上亡命之徒了，情况十分危急。

从警十五年来，如此嚣张地围攻警察，杨雪峰还是第一次遇到。

"不能慌！"杨雪峰在心里提醒自己。

"你们想干啥子，要袭警吗？"杨雪峰毫不退缩，正气凛然，放开他的大嗓门，厉声吼道。

"放人！"领头的一个汉子长得五大三粗，个子足有一米八几，整整高出了杨雪峰一个脑袋。他右手提起棍棒，在左手掌里敲了敲，冷冷地乜斜着杨雪峰。

"不放了我们老板，我们哥几个就给你'放血'！"旁边的一个三角眼将棍子在地上"梆梆"地跺了几下，阴阳怪气地附和。

"你们听好！如果胆敢暴力袭警，你们将承担严重的法律后果！"看见这个阵仗，杨雪峰感到自己的血脉开始偾张，他并没有被吓到，挺直腰板，反而提高了声音，怒吼道。

看见杨雪峰毫无怯意，义正词严，不知是被杨雪峰的气势震住了，还是在暗中权衡利弊，领头的几个面面相觑。

空气在刹那间凝固了！

"实话告诉你们，今天是国际禁毒日，整个重庆的各个关卡都在查缉毒驾！就算你们从这里逃脱了，也休想逃出下一个关卡！"杨雪峰抓住机会，乘胜追击！

"劝你们赶紧收手，接受处罚。五分钟之内，我们的增援部队就将赶到！"看看手握凶器的几个大汉，再看看身边的同事，如果硬拼，今天根本不是他们对手，在这个非常危急的时刻，杨雪峰冷静地评估了眼前的形势，打起了心理战。

那年轻人一听，一下瘫软了，抱着头，蹲了下去。

看见自己的"老板"都尿了，要想从这群警察手里抢人已不大可能了，领头的大汉一咬牙，将手头的棍子一扔，指着杨雪峰，吼道："算你有种，这次就饶了你，我们走！"另外几个看了看，也都钻进车，一溜烟跑了。

"爱惜生命，远离毒品吧。"看见蹲在地上害怕得发抖的驾驶员，杨雪峰也把分贝降了下来。

随后，毒驾的驾驶员被带回大队按程序接受处理。

事后，回忆起那惊险的一幕，有同事说："我的后背都汗湿了！要不是杨队，不晓得情况会怎样呢！"

杨雪峰淡淡一笑："其实，我也不是一点儿不紧张。但越是遇到紧急情况，我们就越是要保持冷静。要相信，邪不压正！"

（本文发表于 2018 年 10 月 19 日《重庆法制报》）

也谈爱国

习近平总书记在《在文艺工作座谈会上的讲话》中的"第四个问题"中谈道："在社会主义核心价值观中，最深层、最根本、最永恒的是爱国主义。"作为一个文字写作者，我也谈谈对于爱国的肤浅看法。

有人把爱国等同于抵制某国的商品、货物，比如抵制日货。我认为，这个观点有失偏颇。抵制日货就爱国，不抵制日货就不爱国，这是一个悖论。当真抵制日货就爱国，那为何政府不做？政府要做，很简单。要么海关直接就卡了，要么就终止贸易协议。不说政治，单说经济，就永远不可能，因为现在经济是双边和多边经济。除非发生战争，则另当别论。中国是泱泱大国，不进口，估计很多工业就无法运转。

我有一个朋友在天然气行业工作，他谈到重庆的天然气中有些脱硫设备就是从日本进口的，如果抵制日货，重庆天然气的使用就会受到影响。再比如，我们现在使用的第二代身份证，由于中国相关技术能力尚不具备，身份证的制造也有日本设备的参与。电脑、电视、照相机、摄像等元器件就更不用说了。

而且，师夷长技以制夷，用别人的好东西来提高自己也没有过错。"没有枪，没有炮，敌人给我们造。"《游击队歌》里面也这样唱到。在如今全球贸易一体化的年代，你中有我、我中有你，谁也不能置身事外、独善其身。单纯地抵制某国产品已经是不现实的事情了。像"一带一路"战略，从范围来看，涵盖亚太、欧亚、中东、非洲地区等，包括65个国家，总人口超过44亿，占全世界人口的63%，经济总量超过20万亿美元，占全球经济总量的30%。如今，中国制造已经风靡世界，日本、美国乃至世界很多国家，无处不见"Made in China"的影子。

另外，盲目抵制日货，还将破坏中国来之不易的外商投资环境，吓跑为中国贡献税收和就业岗位的日籍投商。问题还在于，盲目抵制日货，一旦造成中国的日独资或中日合资企业关门大吉，将导致日企中的国人失业，可谓得不偿失。

至于，有的人做出砸日货的事情则更不理智了。爱国是对的，基于个人对日本右翼势力歪曲侵略历史等的义愤，而不选择日货也是公民的自由，但也要理性。更不能以爱国的名义绑架别人，不能超出法律允许的限度，否则既非合格公民，更要为自己的行为买单并承担相应的法律责任。

也有人把爱国和一些贪官联系起来。因为某些官员有腐败问题，就奢谈爱国。这让我想到老家。老家很偏远，很贫穷，我们就不爱了吗？但我依然爱它。我爱老家的一花一草，爱老家的白云、春夏秋冬，爱老家农民的质朴，爱老家那种甚至有点可爱的落后。虽然，曾经老家的个别村干部也有些小腐败，但这并不影响我深深地爱着那片故土。"我们是中国人，我们爱自己的祖国。"小学语文课本里《小英雄雨来》中的这句话，相信已经深深地铭记在很多人的心中。我们站立的这片土地，养育了我们，凝聚了我们深沉的爱。

爱国不是空喊口号，做好我们自己才是最好的爱国。正如有人说，如果你是学生，你就好好上学；你是工人，就好好坚守自己的工作岗位；你是商人，就好好经商；你是教师，就好好教书育人；你是医生，就好好救死扶伤；你是政府官员，就清正廉明造福一方。

再上升到一个道德的高度，比如在公共场合，我们就自觉地遵守公共秩序。比如不随手扔垃圾，不随地吐痰，不大声说话，多使用文明用语；比如开车礼让行人，不急按喇叭，对面来车不开远光灯；比如任何场合都遵守秩序排队办事；比如上下楼梯、电梯靠右边，尊老爱幼，友好微笑；比如在网络发达的今天，注意辨别，不造谣、不信谣、不传谣，等等，这些行为就是最好的爱国。

具体到我们写作者来说，什么又是爱国呢？按照习总书记的话说，就是要写出具有家国情怀的作品，要能感召中华儿女团结奋斗，要把追求真善美当作文艺的永恒价值。而对于我自己来说，我认为就是宁静地写，不为功利而写。特别是国家现阶段把扶贫工作作为重点，那么作为一个写作者，更要有爱心地写，要把笔伸向社会的底层，去关注他们，帮助他们。我很庆幸自己在这方面做出了一定的努力。去年年底，我完成的一个长篇《忧伤的山城》以及今年上半年完成的一个中篇《抛弃》，还有今年年初发表在《重庆日报》农村报的短篇小说《王白石》《一架钢琴》等都是围绕留守儿童题材展开而创作的作品。在城市化浩浩荡荡、奔流不息的大潮下，那些大山里面父母都进城打工的孩子们，他们懵懵懂懂也跟着进入了大城市，他们将遭遇怎样的困惑和经历？他们如何在大城市里成长并发生裂变？同时，我发动我周围的人，建立了一个爱心助学会，目前这个爱心助学会共有400多位爱心人士参加，资助了40多个贫困孩子，帮助他们实现梦想。

小时候，邻居有一家被别人欺负了。我看见他的母亲噙着泪对孩子说："孩子，好好学习，等你长大了，有能力，有出息了，就没有谁来欺负我们家了。"俗话说，君子报仇，十年不晚。某些仇不是不报，只是时候未到。"苦心人、天不负，卧薪尝胆，三千越甲可吞吴。"等到祖国强大了，一切外寇都是纸老虎，不堪一击。我们期待祖国强大的那一天早日到来，我们坚信，那一天终究会到来的。那个时候，就是我们扬眉吐气之时！

很喜欢这样一句话：如果说，每个人的成长都逃不开他的背景，那么当下的中国，无可比拟的，就是你最牛的背景……你所站立的地方，正是你的中国；你怎么样，中国便怎么样；你是什么，中国便是什么；你有光明，中国便不黑暗。

（本文发表于2017年8月18日《环球游报》）

奉节脐橙香

　　前段时间，有幸去了奉节。这是我第一次去奉节。一提到奉节，就会让人想到脐橙。说实在的，我对脐橙并没有多大兴趣，一个是冬天，冰冷，我胃弱，平常就不大喜欢吃冷食；另一个是脐橙带皮，需要剥皮或者是划开才能吃，也嫌麻烦。在我的印象中，有的脐橙心内还有骨粒，又是剥皮，又是米粒，这样两头都要丢掉的东西，我也不是很看好。

　　奉节的气温要比市内低几度，沿着乡村公路，一路弯弯曲曲，左边是山，右边是江，江随山绕，路随山转，车子随着江边沿着上游走，山显得贫瘠，没有老家大巴山绿水青山的景致。倒是河床很宽，满当当一江水呈现出另一番风景，给平静的内心增添了一份喜悦。

　　随着车子逐渐往大山深入，零星的村落也慢慢映入视野。沿途，农户家的屋檐前后、路边土坡上，见不到一畦菜地、一点儿庄稼的痕迹，倒是一些脐橙树，慢慢映入眼帘。一些果子悬挂在树枝上，几乎伸手就能摘到。我心里就纳闷了，怎么不种庄稼呢？农民们吃什么呢？路上人车来往，怎么没人摘呢？是民风淳朴，还是这果子是苦的呢？

小时候，语文老师讲过"竹林七贤"中的王戎识李的故事。看见路边有株李子树，结了很多李子，枝条都被压弯了。小朋友都争先恐后地跑去摘，王戎却无动于衷。大家问他为什么不去摘李子，王戎回答说："这树长在路边，还有这么多李子，这一定是苦李子。"其他小孩子摘来一尝，果然是这样。过了一个村是这样，过了另一个村还是这样，想起王戎的故事，在车里的我就断定，这路边的果子一定是苦的，否则早就被摘光了。在我们小区里面，有一株桃子树，当它还是青涩的时候，连树枝最尖上的也被打落了。

车终于到了一个地方，停车下来，看见院坝里坐了一大堆人。院坝中间摆了一张小桌子，几个人围着热火朝天地打扑克，有的人在看，有的人在悠闲地晒着太阳。阳光很好，日子松散。我就纳闷，这么好的阳光，怎么不去种庄稼呢？也不是过年过节。如果过年过节，这样的好时光，大家耍一下，走走人户，还有说头。这么好的时光算是辜负了。基于礼貌，我们又不好意思问。听说库区的人，都是从各个地方搬迁来的，政府也会扶持，是不是他们都因享受到了政府的补贴而好吃懒做呢？想起老家的父老乡亲们，我心里面就有些不平衡了。

因为有了这样的想法，我对他们也不是那么热情了，甚至他们端来凳子，拿出脐橙，划开，叫我们吃，开始我还一直客气着。

我们开始还没有注意到，这家的女主人竟然是一个残疾人。双腿很细小，像很多得了小儿麻痹症的人一样，有些萎缩，站立不起来，始终都蹲着。当我发现她的双脚有些不便的时候，出于好奇心，我想问问她的双脚是怎样的，但还是忍住了，没有问。她蹲在地上，用双手稳住双脚，在地上挪来挪去，给我们端来板凳，递来脐橙，非要叫我们吃，而且一直都是笑脸盈盈。

站在公路边，我仔细观察了她家的房子。地势很好，对面朝向长江，后面是山，真正背山面水。修得也好。小青瓦，白墙，一共三层楼。三楼出来，靠公路边，很方便。整个房子大门在二楼上。大门外，是一个小村落，由于地势很好，一眼望出，对面连绵起伏的大山，山下宁静宽泛的长江以及整个村落，都尽收眼底。村落里全是安安静静的青瓦房，户与户之间，全是脐橙林。我们一问，才知道这里叫三坨村，专门种植脐橙。农民们也靠脐橙为生，种植脐橙，就不再种庄稼了。而这个时间还不是摘脐橙最好的时间，需要等到上霜之后，才是大忙。那个时间，也是脐橙最好吃的时候。我突然明白自己原来看见他们玩扑克、晒太阳是误解了他们，我没有真正了解他们背后的辛劳。农民们靠山吃山，哪里有随便耍的道理。而且，这一片地区的居民，都是从水上迁居到旱地上来的，以前他们都在水上，依靠一条船，打鱼为生，风吹雨打，吃尽了人间的辛苦。他们现在的闲，也是养精蓄锐，等到采摘脐橙的季节一来，就大干起来。

这户人家也属于库区移民，从云阳搬迁过来的。听女主人讲起，当年买这套房子花了七万元，房主还额外送了一百多棵脐橙树。有了房子，就算安了家；关键是有了树子，才算是立业了。这树子就相当于"摇钱树"了，虽然每年施肥，剪枝，学技术，管理树枝像管理儿女一样，会花费很多心血，但上岸后，还是比以前在水上打鱼为生的日子幸福多了。

在和她聊天时，我又仔细观察了她家里面的环境，发现里面干干净净，收拾得规规矩矩。和以前一般的农村都不一样，家里面电脑、空调、冰箱、洗衣机、电视一应齐全。记得我们老家的农村，很多家里面都是塞满了背篼、箩筐，农具堆在屋里面到处都是，而在这里，根本就看不出是农村家庭。我笑着赞叹道："你们现在的生活与城里没有什么区别。环境也很好，空气清新。"她笑着连连回答："是的，是的，这跟国家的政策也有关系。现在国家政策好，对我们库区人民在脐橙树枝、肥料、管理、栽培技术以及果子后期销售等方面，扶植力度都很大。如今有两个女儿，都成人了。"她边说边指了指旁边嘻嘻哈哈的两个女孩。她们在欢快地跑来跑去，是她的外孙女。看见她幸福满满地向我们讲起，满屋都是人间温暖、人情烟火。

后来我也带了一箱脐橙回家，划开一吃，水分充足，余味清香，硬是好吃。我一下子对脐橙有了一种好感。由于留了电话，于是，又买了几箱送朋友们，他们都赞叹不已，连说好吃，还要买。而在和那些老乡们的电话交谈中，我竟然喜欢上了他们的声音。买果子时，他们告诉我，对着阳光的好吃，而且都是给我们摘的大果子，至于斤两，多点少点，不计较。果子不怕放，在一二月份，打霜之后，是最好吃的；买的时候，不要装得太多，在运输过程中，容易损坏，一些细节都交代得很清楚。那种淳朴的民风一下子改变了我的看法，我也明白了路边脐橙没有人摘的原因。他们虽是库区人，来自不同地方，但相互尊重，民风淳朴，各自为安。

奉节这个地方，古时候叫夔州，唐永泰年间，杜甫曾在夔州当橙官，有诗云："园柑长成时，三寸如黄金。"脐橙很美，肚子里全是好货。更关键的是，厚重的大山、灵气的长江水，不仅种植出了这样好的果子，更孕育了大山一样厚重、长江一样开怀的果农。如今，随着网络的发达，果皮中厚、脆而易剥，肉质细嫩化渣、无核少络，酸甜适度，汁多爽口的奉节脐橙一路过瞿塘峡，穿巫峡，出西陵，已经销售到了全国各地。

那天下午，当车慢慢驶出大山，望着山坡上一排排整齐的脐橙树，上面挂着金灿灿的果子，在黄昏的余晖中，那些果子像一个个黄金做的金娃娃，显得更加惹人喜爱。同时，那位残疾女主人叫我们去吃果子的声音还在耳畔回荡，而大山也显得格外开阔，长江水流淌得更加欢畅。

奉节脐橙香，奉节人，更美！

（本文发表于2018年1月29日《重庆纪实》杂志、《重庆日报》）

吟唱在飞雪中的歌者

这是一场罕见的大雪。

在我的生命里，以前没有见过，以后或许也没有。

——题记

（一）

17日早晨，做了早操，很冷，有雾。做早操时，同学们都懒得将手拖出裤袋。广播喇叭被冻小了似的，显得有气无力。风，呼啦啦地刮着，几乎要削掉冻得红红的耳朵和鼻子。天亮得较迟，蒙蒙的，队列间的同学，相互都看不清对方的面孔。操散之后，风变得更狂野，定是在发泄着什么，又似被一股魔力主宰了，被肆意摔打、蹂躏着。

啃过两个冰冷、干瘪的馒头，依旧瑟缩着脑袋，将手插在裤袋里向教学楼走去。人是很惧怕这个季节的，待在被窝里该多好！路径两旁的梧桐光光的，枯枝虬而干裂，在一种对世道的饱经风霜中隐藏着一层对之的倦怠和深沉，抑或是忧患？它已看透了这个世道？但这时，它又分明对之怀着一种惊疑，惊疑什么厄运将至？高高的电线杆愣愣地立着，它也从一种长天与黑夜的窥视中，探到了一点儿什么？看不透前方，视线极处一派朦胧，但在那朦胧中却隐隐约约地透出一种惊惧和颤抖。

就在这阵头上，小雨来了，冷冷的如冰凌儿刺进脖子。转眼间，地面湿漉漉的，房屋上开始呈现出一种金亮；远山、村庄、树木，渐次分明，逐渐显出依稀轮廓和剪影。忽地，有人发现，在那斜斜冬雨飘飞中渗入了一种什么东西，使空中斜雨显得那样轻柔、那般繁密。

"哦，是雪！"有人惊叫起来。

于是，这个世界在这一惊叫的刹那间沸腾了！这一惊叫，如为求雨而祈祷了半个世纪的人们，终于发现了天上掉下来一滴雨点；如哥伦布发现了新大陆；如在浩瀚荒漠中跋涉的人们终于发现了一片芳草萋萋的绿洲；如平地一声惊雷，轰炸开去；又犹如一石击破水中，千层浪涌。

一阵激动之后，怀着一颗虔诚的心，跪倒在那雨夹雪的天地里，高擎着双手，用一种最严肃圣洁的礼仪迎接远方使者的到来！

雪花，她来自那神奇而遥远的天国！飘飘然，降落在这喧嚣的尘世，她带来了什么？她为何而来？她化作仙魂一缕，乘着一缕仙风，装扮成一片六棱形美丽晶莹雪花飘飘而来，这世上的人儿被她的气质慑服，他们虔诚地跪下，擎在头顶上的双手纹丝不动，手中接满冰清玉洁的小生灵，像擎着一个伟大、艰难的生命航标！又似擎着生命之光，在灿烂阳光的辉照下，闪烁出万般金光，而万物生灵都被包裹在这圣光之下。

随着时间的推移，那空中斜织的阵容逐渐加大，慢慢地，空中竟然见不着半点空隙了。雪花，像千万密集飞针，投奔大地而来；像梭子织着白绸，徐徐不止……

匆匆，匆匆！那圣境中跳跃的精灵儿，是如此的晶莹剔透。一触及地面，那圣洁的精灵就瞬息消失，她化作了什么？难道那空灵灵的圣境中流淌的暗香，就是她全部生命的化身？我几乎要穿行于那千军万马般强大的阵容中，去悲吟一曲给她的生命挽歌：这喧嚣世道充满的是痛苦是非难？是残杀愚昧？是欲望刺激？是强夺是战争？难道上帝赋予她一种莫大的神力，前来平息前来拯救？然而，在瞬息间，为何她又是香魂一缕，随风散了呢？

隐隐中，整个大地透射出一种令人心醉的清凉，而在清凉中又渗入了一种幽幽的暗香。暗香就在那清凉中，流淌、溢飘，随风行至南北东西。

（二）

是雪，雪来了。

愈下愈大，逐成鹅毛，漫天飞舞。瞬间，它又受了风的支配，在空荡荡的空中随风恣意行奔。似乎想用尽全力，一如决堤的河水吞没世上的一切。房屋默默承受着,内心在咀嚼一份苍凉还是一份欢悦?千头柏、枯树都在低低哀吟,在发泄着一种愤懑还是一种对之的无奈?从那惊疑不定的摇摆中,我分明看到了一份颤抖。慢慢地,空中就剩鹅毛在飘,如一巨人用他的巨掌由天而来撒着大把大把的食盐。雨,逃之夭夭;风也将脚跟驻在了墙角,在角落里打着转,呜呜地哭。他和雨退出了舞台,唱戏的角儿不再是他们了。

那清凉,那暗香,流淌着,流淌着,如一泓流淌的清泉……

下午,地上、房屋上已经积了不少的雪,大地慢慢被雪覆盖了。山峦、村庄、田野、枯树都渐渐褪去原有的形状。影影绰绰,影影绰绰,在影影绰绰中似乎又将一切给丑化了。这一堆,那一堆;这缺一块,那缺一块,半掩半露,在枯黄与雪白的陪衬下显得单调、空洞,甚至失去了生命。颜色深浅不同,又似经过妙手精心设计了一般,成一幅伤画,静寞在这个世界里。渐渐地,喧嚣之声隐遁而去,或许万物都给赤化了,或许一切都渗入了那白净之中,内心涤存的只有虚无和空静。

黄昏时分,雪更大了。天空灰暗,似乎从那苍茫之中能听见白雪踽踽独行的声音,飘飘然,降落在地上,一层覆盖一层,层层叠叠,前赴后继,一颗生命又一颗生命似乎在进行一种壮举?明知赴上去之后会化为乌有,但她们仍然那样执迷不悟,那样痴心决绝!

不见了视野极处的景色,水塔已成雪塔,孤孤地、默默承受着白雪的光临。这白雪与水塔如天各一方的恋人，如今终于相会，来了结他们那份相思、相盼的凄苦、缠绵。

走在漫天飞舞的雪地，那种踽踽独行的声音更为分明、更为刺耳，直抵灵魂的深处。像来自天堂般，那声音如微风拂过松涛，如月光流淌在水面，如情人在细雨里亲吻，如蜜蜂在嗡嗡采蜜，如婴儿在嘟嘟吮吸母亲的乳汁——如一对恋人在极致时，发出痛苦而欢悦、销魂的呻吟。那声音，微妙而形象贴切，似乎伸手就可以抓到，如身边茶几上冒着热气的一杯龙井，如墙上静静滴答的钟表，如书桌上的一方砚台。

雪，飘着，急速而从容，伴着那流淌的清凉、那溢飘的暗香，叩响雪夜宁静的门扉……

（三）

第二日，清晨。

大地穿上了银装。千头柏伪装成一个个白色的千头人，立在那儿，显得精神十足；梧桐光光的枝干，它的丑陋及干裂的身躯，被一层厚绒绒的泡沫包裹住，像一位圣诞老人从雪天而来；电线格外粗实，让人感觉那不是电线，而是漂白了的横挂在空中拉直的大肠。水塔格外高耸，露出一派尊容；房屋粉雕玉饰，红砖碧瓦被玉石琉璃取代，显得富丽堂皇，但又格外低矮。大地一片净白，村庄、山峦、天空格外湛亮、清新。哦，世界一切之喧哗、之不幸、之非难都退至了遥远的世界——这是白衣使者的杰作！我被一种强大的魅力吸引、折服，心胸也随之开阔起来，空中流淌的那股清凉，沁人心脾，芳醇无比！

雪，依旧匆匆。

她越过千山万水的阻隔，历经浩瀚烟波，如约而至。心中的愤懑、仇苦至此得以彻底宣泄，一如脱缰野马，一发不可收。她尽情地释放，如痴如醉，忘情于自己创造的这个空灵而圣洁的境地；她不知黑夜白昼，不知天宇轮回，只履行着一种生命所赋予她的使命。

上午，狂风刮起。

在这一阵子，在那狂风卷飞雪的乱舞中，我彻底被震撼了：我窥视到了白雪的粗暴、残忍和一种不可抗拒的力量。在这残酷的现实面前，我不得不改变以前认为亘古不变的观念，雪并不温柔如多情的少女！

在刹那间，我大彻大悟，人生并不永恒。所谓永恒只不过是一种借口，一种牵强而虚假的面具！世事多变幻，恍若一念间。我几乎动摇了我的人生信念：在冥冥之中，我把爬格子当作我生命的唯一，我人生的历程将为之刻上一种刻骨铭心的信念，我将为之付出我的生命的全部，然而，在这现实面前，我低头了。我开始怀疑我以往的抉择，我认为那是不是一种幼稚或近似荒唐的承诺？

我再向前推去：人们常言爱情永恒，其实并不永恒。人逃不脱世俗的制约，美妙十足的爱情只是一种口头相许的言辞，当真及于现实却显得如此脆弱苍白而不堪一击。所谓的海枯石烂、地老天荒，也只是一时的浪漫，并不是也绝不能称之为永恒。

在这喧嚣尘埃四起的世界，永恒是不存在的，日出与日落也在潮汐之间进行变换，潮起潮落也只是一个回合，万事也许在翻云覆雨刹那间成另一面孔、另一形象。爱情是宴席上的一道菜，肚子饿了，伸出手中的筷子可以顺口就吞下肚子，也可以慢慢品尝其味，席后对之永生不忘只是一时的兴致。或者爱情只是人生的一个驿站，到了，就停下来居住，然后再重新起程，去迎接诸如婚姻、死亡等另一个驿站。在选择驿站时，我们并没有打算永恒，我们只知道那是一个驿站，停于此站是永恒抑或是刹那，成为我们心中追求的主题，心中追求的主题也在一种追求中变幻着，如舞池中央变换角度闪烁的霓虹灯。

而在此时此地，将雪喻成涛又是何等的贴切形象生动！在那狂风乱舞中，我听到大地痛苦地呻吟，听到了来自天地间使人发毛的颤音，山林在震撼，万物在悲号，似乎这世界在遭受着一场非难！风雪相击中溅起层层烟雾，如火山爆发。在那风与雪的搏击中，我看到了一种力量，看到了一种生与死的挑战。暗香随之而散，取而代之的只是令人窒息的紧张，似乎在那紧张中又有一种浑浊如山洪来临时的状态……

（四）

撑一把红伞走进雪天里，走进如战场斗起而空灵的世界，雪击面顿觉一派清辉。四周空阔，行人匆匆。公路上被车碾出的阵阵痕迹如生命之线划过，万物早已失去原型。

静静地踏着厚实的雪，似踩着满地的落松，酥脆而略微光滑，那种感觉如渴了时吮吸了一条农村妇女做的凉粉，淡而清冷，不含半点儿咸与涩味儿，但又不尽于此。静静地走，挪动着脚步，提起再踩下去，一步一个脚印，回头处，了无痕迹，如对已过人生的审视，回首也为一片空白。来时的路，依旧，雪泥鸿爪已成烟云一片，降临的只是下一个脚印的深浅。即过之，则属死神。

手中的伞逐渐沉重，手冰凉，似乎已麻木在一片冷空气中，换手方体验到伞的更加沉重，如举一片硕大的荷叶。重心凝成一点，擎在五指中，怕雪滑落下来，其实它早已凝聚，冻结成一弓形。鞋上沾满了雪粒，如食盐点点。

四周静静的，我的思绪在慢慢地飘动，从雪起到雪止，似乎经历了一种历程，如人的一生。这种历程，是伟大还是渺小，是辉煌壮举还是平淡无奇，似乎没有深究的必要。我脑子一片空白，平淡而清静。人的一生有灾难痛苦，也有欢乐幸福，但在这二者之间，孰重孰轻，孰多孰少，谁能叙清？正是为了寻求后者，人们才历经万苦甚至灾难重重去承受前者。再甚至，有人或更多的人，将自己一生都付之于前者。弥留于人生的，也是一抹沉重的遗憾，一抹无法挽回的沧桑和对芸芸世道的无法理喻。或许，这从少年到青年到老年到最后命丧黄泉的历程，会如车轮般在岁月长河中轮回，机械地旋转、旋转，如重复无终结的古戏，一如飞雪飘飘来，最后化作一缕残水，蒸发后又成雪，一冬一冬这样轮回……在人生与雪变的历程中，隐藏着一种什么精华？是艰辛是悲壮——多么让人难以理解。

雪，仍在飞舞。远山隐退了，万物已经倦怠，渐渐沉入了梦乡，任雪匆匆而来。静，雪的狂舞已成一方空白，心中涌动的激潮也已化作一枚初至的六棱雪花，在落地之前就无声息地化作一缕仙风……

雪，依旧在飘，没有休止。那种清凉、那种暗香也慢慢升起来了，如一曲缓缓而起的音乐……

267

吟唱在冬季的孤独者

（一）

冬季越来越深了。

落光了叶的梧桐枝枝丫丫千疮百孔，如一张破渔网，就那么单调地裸露在冬季灰蒙的天空里，没有任何风景抑或画面的陪衬。水泥路径光洁而润湿、冰冷而泛着寒光，梧桐叶飘落在上面，厚厚的，从这头一直铺到那头，如一张地毯，铺向结婚的教堂，但无鲜花，无颂歌，无祝福，无美丽贤惠的新娘和英俊潇洒的新郎，唯冬风轻轻卷起一二梧桐叶，声音微弱而传得远远地，似一位盼夫归来的妇人在低低地倾诉，对着漆黑的夜……

双手插在裤袋里，挪动着踩着厚厚梧桐叶的脚步，眯缝着眼就那么打量着这个季节。一对鸽子打着响哨飞过去，在空中翻飞的动作漂亮而潇洒，然后又画出一段优美的弧线，不安的思绪被挑逗着，很想走出这个季节，但又觉空空落落的，寻不到一条可以返回的路，于是原本迟疑的心不再骚动……

风去了又来，额前的发捋了又乱，乱了又捋。风的来去间在寻找什么，否则它是不安心的。正如自己来到了这个季节应该留下点什么一样。到底是什么呢，赤条条地来，又赤条条地去？

冬季是越来越深了，心中的郁积更加深沉。

（二）

这冬雨比春雨来得更为缠绵、更为凄凉。

走在蒙蒙细雨的世界里，身上一片润湿，心田也一片润湿。

是一个冬天的早晨。

路径光光的，路旁的千头云杉树高高立着，孤独地似守卫边疆的哨兵；纵横交错的电线越过视野里，如一些横飘不断的冬雨，成一个永恒。

冬雨很轻，斜斜地飘。"自在飞花轻似梦，无边丝雨细如愁"，冷冷的雨滴打在脸上，湿了眼帘亦湿了思绪……是下了一夜冬雨。雨击玻璃窗的声音就那么分明、那么执着、那么不近人情地撞入耳膜，冲击着不安的灵魂。念起先人们的诗："君问归期未有期，巴山夜雨涨秋池。何当共剪西窗烛，却话巴山夜雨时。"于是，心中有了诗人一样的情怀，也有了诗人一样的惦念。惦念远方的故土、远方的友人，披着风尘越过雨季毫无防范地走入我不眠的梦中，走入吟唱在冬季孤独者的心里……数月来，提笔书写哪怕是半个问候的字也是那般乏力，是累了倦了还是穿不透这浓浓冬雨的封锁？

晨风轻起，清清凉凉送入灵魂深处，但瞬间即逝抓摸不住。视野极处，路灯寥落而灰蒙，冷冷地发着淡淡的光，是在信诺着什么？为了谁？皮鞋撞击地面发出咔嚓咔嚓的声音，清脆而又干净利落。扩散开去，消失在这冬雨的浅唱低吟里……

（三）

是一个难得的大晴天。

这冬季的太阳光是慷慨的，如若不出去走走，定然辜负了它。风，清清朗朗的，枯干的小草跳跃着，欢呼着这阳光的到来。少男少女们聚集在阳光下，欢笑着，似乎被冻结了一个冬季的所有情感都在这阳光下尽情舒展。他们尽情地宣泄着。遗憾的是，这阳光不能揣在衣兜里保存，否则，在第二个冬季到来时将之放飞出来，如放飞心中的信念，多好！

登上高楼，冬景则更为分明地赤裸在面前，远山苍茫迷蒙，似沉睡的老人，如刚刚出浴的少女，静默着，用一双眼盯着这个季节。雾，淡薄清灵如飘飞的轻纱；云，轻盈灵动如游弋的羊群，徐徐而来，慢慢而去。云，洒脱而浪漫，它自由飘荡，东去西来无影无踪，好不气派！云雾相拥的山逶迤绵亘起伏。山云雾组合的世界，那定然是一个仙境，想幻化成一片云，挣脱这大地的束缚、这季节的愁苦，去那仙境游走……

其实，这阳光是捉摸不透的，它如一个梦，来得突然也去得神奇。冬季不是阳光的季节，它是季节的过客，匆匆而来再匆匆而去。正如生活中的美丽，在刹那间出现，又在瞬间消失……于是，阳光在心中渐渐淡去，唯这高楼上的不胜寒在向心中袭来……

（四）

夜，是宁静的。

远远的路灯幽幽地泛着白光，建筑群隐没在夜的黑色里。有风在轻轻地吹，零星一两声遥遥地传来，打破了这夜的宁静。

在这种情形下出去走走，心倍觉恬适。有伴无伴显得那样无关紧要，一个人的时候思绪又奔又驰，可停可驻，白日里要急于做的，这时候都可以不做了。走在这夜的静寂的路上，倒觉自己是一个自由的人。

夜色显得深邃如深沉的大海；抬起头仔细窥视亦发现不了它的真容。白天里的云、雾似乎都因了自己而散去了，隐匿了；远方灯火辉煌处，是一座现代化的都市，狂的都在尽情地狂，醉的亦在尽情地醉，它正以它的力量奔腾着，而此时它亦歇息了，如退却的潮水显得那样驯服低矮而缥缈，如童年萤火虫不停闪动的乡村，缥缈中又隐含一种梦幻，忽远忽远而又那般贴近……忽然音乐声伴着清风传来，轻轻地拍击耳膜，乐声凄婉而悠长，轻轻如水浪拍岸，淡淡地流露出一缕缕对这季节怎样亦无法挥抹掉的怅惘，于是心亦因为这乐声飘浮起来。

夜是宁静的、温馨的，风与夜色一动一静配合得那般默契，构成了这夜宁静的世界。但似乎正是那宁静与温馨在孕育着一种苦痛、不安，甚至冲动……

（五）

风，冷的，有点似刀刮一样。走在户外，手插在裤袋之外，还得紧紧套在身上的衣服。有点儿惧怕这个季节了。

乡村沉静在一片冬季的黄昏里。炊烟淡淡，乡村漠漠显得低矮，稀稀。远山迷蒙而不失一种黛黑，青山依旧在，几度夕阳红。季节来了又去了，梧桐叶枯又叶落，为何那远山依旧，依旧绵亘，依旧保持着它四季不变永恒的真容？

小径上铺满枯草，小草们都已去了，告别了秋，告别了冬。唯几株叫不出名的蒿草在这黄昏的冬风里轻轻摇曳，是在为它们的同伴唱挽歌，还是在为这个季节祈祷？几只倦雁排成规整的"人"字，款款西去，它们归巢了。处在这川西荡荡的八千里平原上，不见川东故土的夕阳壮景，残阳西去，天边如涂满的血，悬崖断壁显得苍茫而悲壮，残阳在孩提的记忆里就坠在山崖的那边。太阳落山了，故土的乡村显得特别静谧，邻村妇人呼儿的声音远远地传来，儿应母声亦远远传回，好清晰……故土是有水田的，水田就是冬田，静静的如一面硕大的镜子，铺在天幕之下，几只不想归巢的白鹭在水田里走来走去，寻找着食物，或"嘎"的一声，展开翅膀腾起，从这田飞到那田，一圈圈涟漪急速扩散。

是冬季了，黄昏特别的短，一个来回，傍晚就越过黄昏来了。零星几声犬吠打破了乡村的寂静，公路上的汽车喇叭声传来，显示着忙碌的仍然在忙碌，为了生活，为了这辈子有一个好好的活法……风，似乎更来劲了，额前的发润湿了，在寥落的家灯点燃时，踱着步子返回属于自己栖息的地方……

（六）

日子如蒙蒙的天，灰色一片，怎么亦发现不了一点儿新奇。

脑子里在折腾着什么，但究竟是什么，却弄不明白。当真想起它来，脑子却是一片混沌。

来这所学校已有三个多年头了，三个多年头一千多个日子就这么不觉间如流水般匆匆地去了。呆呆地睁着茫然的双眼看着自己的青春在眼前溜走。雁儿飞过，留下哨声；白云流过，留下踪迹；唯自己的青春流走了，不留下半点儿声响、半点儿痕迹啊。逝者如斯，匆忙间自己竟未抓住哪怕是一丁点儿的东西。三个多年头来，也算是白白走了这一趟，这真是太不公平了呀！

日子平淡如一杯冰凉的白开水，也曾试着加以调味，终因心之疲惫而成南柯一梦了。也曾死心塌地地爱过，也曾彻骨痛心地恨过、咬牙切齿地恨过，自己似乎经历了一种大难、经历了一种伟大的过程。但这些都去了，去得那么遥远、那么淡漠。或许是心真的太疲惫了。冥冥中就随缘，信命罢了。只求平平静静地过活，唯恐繁杂不安的世界来困扰自己，曾怀疑歌星们无病呻吟唱"平平淡淡，从从容容才是真"，如今也开始信诺于它了，正是三十年河东，三十年河西。以前的自己去了哪儿，现今自己又为谁？生前为何物，死后又将变为何物？

日子就如翻日历般，一页去了，又来了相同的一页，无奈中亦只为收起"少年不识愁滋味，为赋新辞强说愁"的心境，耷拉着脑袋，走进另一页……

（七）

是一个深冬的早晨。

一切依旧，人们按着往日的规律运行着，并不见什么奇特。车子如流水，在宽阔的公路上穿行着；风清凉清凉的，被人们哈出的寒气中和着，显示着这寒冬还有温暖存在。不见了天空，不见了大地，冥冥中似乎都各自在奔忙着自己心中拟定的那个目标。远山含烟，雾霭蒸腾，又恍若仙境。都市中建筑群依旧，静静地守候着这寒冬的早晨，守候着这个漫长的冬季。

这似乎是一幅静默的素描画，没有色彩，没有陪衬，单调而平泛。但似乎就在那单调而平泛中孕育着一种什么?

是的,在孕育着什么——那是一个新生活的诞生,那是希望之光的闪耀,那是这寒冬全部精力的凝聚。这漫长的冬季如此沉默、如此容忍,都是在孕育这颗伟大而圣洁、新诞生的动人的生灵——那东方的太阳!

慢慢地,慢慢地从那遥远的东方升起。它突破这严冬浓雾的封锁,它越过层层风雪的阻隔,来了,来得那样艰难那样沉重,它是突破了无穷个世纪无穷个岁月!它以一种伟大的姿态出现在这冬季的人们面前,人们惊呆了!刹那间,世界似乎变了样;寒雾慢慢淡去,天空渐渐显露出其蔚蓝的真容,高远而清朗,有如羊群的祥云在飘;远山轮廓渐晰依旧黛黑而逶迤,显示出绵缠而磅礴之势;建筑群泛着白光,辉煌一片,不知名的鸟儿展开翅膀在自由飞翔。人们依旧匆匆,但在那匆匆间分明有了一份鲜活,有了一份这冬季里难得的欢乐和喜悦……

那生灵,那冬日升起的如丹纯美的太阳是人类的希望之星,是芸芸众生在这漫漫季节里共同托起的一个梦……

(八)

百无聊赖时,就在这个季节里读远方友人的来信。

那是深秋的片片枫叶,积淀着沉沉的思念;那是晴空翻飞的成群鸽子,托着昔日一起的欢乐;那是南去的大雁,带去山中深深的惦念、默默的祝福，是江南暮冬的寒雨，湿了眉梢，湿了心头。淡淡的日子里，泡杯清茶，轻轻地翻念着、翻念着……

惦念的季节，心中有一片温馨、一片暖流，一如涓涓春水一般欢快，如山间小鸟儿一般轻灵。湖畔杨柳轻摆，风在向杨柳絮语；鸟儿在空中飞翔，云儿在和鸟儿对话；鱼儿在水中畅游，和清水嬉戏，齐齐的步子慢慢地挪过那湖畔的清凉的石板，是无比地和谐。脚边的小草也在点头致意、摇头欢呼呢，然而在这惦念的季节，心亦好疼好疼，清秀隽丽的文字里，读到远方友人的笑脸，读到远方友人满目的忧伤，远远的地方也是浓雾，紧锁，封冻了友人的思绪，封冻了远方人儿那颗稚嫩纯洁的心？

空中雁群飞过阵阵，为何不见那相约的归期；手已僵冷，茶已凉，沉沉的信笺滑落，逝在这冬风里。季节已残，落叶萧萧下，寒雨阵阵起，不见昔日欢颜，却失昨日心境，独居空室，凝望这季节，独独然，了行于何方？终于，那么残忍地走出那间空室，走出那片自苦的心灵，让自己的灵魂沉吟在这个萧萧的冬季里，让自己瘦瘦的清影在这个季节里徘徊……

百无聊赖时，就翻阅远方友人的来信。咀嚼那如风而逝的往事，如咀嚼一枚苦涩的青果。心中的隐痛亦在慢慢淡去，淡化成一抹莫名的怅然。于是在心中喃喃：朋友，远方的朋友，有空来坐坐！这是一个好长、好长，好冷、好冷的季节呀！叫远方的雁儿托去我的喃喃……

（九）

发觉自己在追寻着什么？

早晨起床铃刚敲响，揉揉惺忪的双眼，极不情愿地边穿衣边叠被子，期望又是一个下雨天，下雨天就可以不随人流上操场，不做早操。但就在这时，那讨厌的广播响了，于是条件反射般地走向操场。操场上已是人海了，踱到自己的位置上，那已是站了许多次的位置了，踢腿，伸腰，模模糊糊就过去了，于是随人流上食堂、上开水房、上教室，于是这般一天就开始了……

教学楼的梯子老是那个样子，十二级。好期望那水泥梯子永无穷尽，一级、二级、三级……就这样下去，左脚抬了，又换上右脚，再想抬上左脚，梯子却没了，十二级，在脑瓜子里显得那么茫远，心里有点儿不甘，十二级就那么不经一踏一量就完了。上课了，老师依旧无休止地讲，窗外有落叶在飘，有鸽子在飞；天空是雾蒙蒙的，对面楼顶上的电视天线已弯了腰，是在向谁鞠躬呢？好想天线杆直起来。想窗外有一架飞机在等着自己就好了。今生为何没做一只鸽子呢？

中午端着碗在如潮如海的食堂人流里来来去去，像是在寻求着什么，到底是什么呢？停下步子来，看来看去，想发现一点儿什么，但究竟是什么呢？眼前的芸芸众生显得那样迷茫、那样陌生，自己是在找谁呢？

下午收发室门口人潮涌动，自己不知怎么的也挤在那里面了，别人都在等信，都在读信，自己空手去，空手回，但又有点儿不甘心，应该有什么来到身边。一天就这么蒙蒙地去了，从教学楼通向食堂再通向宿舍的水泥路径是那样的永恒，自己的步子来来去去在它上面踱着，头上是一片天空，脚下度量着是为了什么，偏偏走这样一条水泥路径呢？

发觉自己在寻求着什么，在这平平淡淡的日子里，但究竟是什么呢？是一个梦，还是那永远也寻求不到的东西呢？

（十）

清晨，当天幕还未拉开时，操场上已一片沸腾。

风，呜呜地吹，很惧怕这个季节的风，将脖子瑟缩着，衣领子卷得高高的，生怕这风灌进了脖子。手插在裤袋里，挪动着步子，跑操的人流，擦肩而过，他们一喘一息的呼吸声冲入自己的耳膜，步子一、二、一，节奏明快，铿锵有力。广播里的进行曲激越响亮，扩散在这静静而宽阔的操场上，撞击着自己不安的灵魂。这操场是一个艰难无穷的环，自己是不能攀上这个环了，那是勇敢者攀登跋涉的环。沧海桑田，世事更迁，星移物换，自己随着时光匆匆地流走，倒是彻底变了。昔日的每个清晨，这个无穷的环就那么不堪一击地败在自己的脚下，昔日的清晨于自己是热烈而狂放的，如今自己是无法走出这个长长的无止境无缺口的环了，它在自己的脑子里已变幻成融世间百态于一体的魔圈,自己无论如何也挣脱不了它的束缚、它对自己强大的制约。

一轮圆月垂在西斜天空,清淡无比,微微透出一股寒气,令人无法接近,她——如一位冷美人,那么孤傲地立在那里,以她的冷美绝伦目睹这个世界。她是在企盼着什么,是在等待着什么?一颗陪月星伴在她的身旁,执着而清丽,他以他的气质征服这骚动不安的灵魂,平息这穿破黎明而来的苦难和折磨?

进行曲依旧激昂四越,人流涌过,自己依旧踌躇独行,孤独地吟唱这萧萧冬季⋯⋯

作者自白:这是一个了不得的季节。

我是在吟唱这个季节,同时,我也在苦苦吟唱这个季节中的自己。我不知道自己生前为何物,生后又将为何物,我借这文字来慰藉痛苦不安的灵魂⋯⋯

我相信是有人能读懂它们的!

回头，不回头

（一）

儿子说，和王洋分手那天，快进地铁口时，王洋回头看了看他。王洋是儿子的好朋友，考上了清华。那天是王洋的生日，他们聚了一下。第二天王洋就要去北京上学，儿子也将去香港求学，从此他们两个就要分开了。王洋的那一回头，有些伤感。儿子又轻轻地说。儿子也有些伤感，作为父亲的我，能够体会到他们那份纯洁的同学深情。我相信，王洋的那一回头，永远地刻在了儿子的脑海。而随着岁月的流逝，他们的那份感情，也会越加深厚。

（二）

前几天，和老家一位远房大嫂参加一位亲戚的婚礼。大嫂有一儿一女两个孩子，哥哥在当兵，妹妹今年考上了湖南大学。因正是开学季节，在酒席上，话题自然就谈到了孩子身上。她说，是当兵的哥哥去送的妹妹。哥哥把妹妹送到学校后，帮助妹妹买了衣物、床被等生活用品，最后带着妹妹去四川饭馆吃了一顿川菜，就回成都部队了。哥哥走时，没有回头！

"女儿从小到大，还没有出过远门。我现在还能想象当初儿子走时，女儿的那份伤心。"说到这里，大嫂已是眼泪哗哗。其实，母女连心，兄妹相惜。在妹妹哭得稀里哗啦时，哥哥的不回头，既是给妹妹一种勇气，也是不愿让妹妹看见他自己脆弱的一面。他们都已离开父母的怀抱，不回头，彼此道一声珍重，以后的路，就靠他们自己去走！

（三）

这也让我想起了我和妻子送儿子去香港上学，我们离开的情形。根据学校安排，那天上午我们要参加家长会，他们新生要去办理香港身份证。因有一段同路，我们一起穿过校园，儿子最后和一群来自各地的同学乘着扶梯上了三楼，我们家长则直接去了二楼电梯对面的会议室。两个多小时的会议结束后，我们出来，对面扶梯映入眼帘。我突然意识到，儿子刚刚就在电梯上和我们分手了。当时，儿子没有回头。

我和妻子拖着一个行李箱，站在人群中，怔怔地望着那缓缓上行的扶梯，觉得很突然，一阵忧伤袭上心头。十八年来，儿子都在我们身边，没有离开过我们。从内地重庆来香港，虽然并没有多远，但总感觉是远渡重洋，就这样告别了，心有些不甘。我们还在期待，期待扶梯上儿子的那一回头。环顾四周，我从每个家长的眼中也读到了和我们一样的心境——真是不舍啊！

有人说，亲子关系不是恒久的占有，而是生命中一场深厚的缘分，我们既不能使孩子感到童年贫瘠，又不能让孩子觉得成年窒息。做父母，是一场胸怀和智慧的远行。在这场远行中，我们不得不收回我们注视的目光，虽然有些无奈。不管我们能不能离开孩子，孩子都在成长，他们已经在渐渐走远，不会回头。

（四）

记得那年我考上省城的学校，背上背包离开家乡去和家住县城的同桌的"她"告别。当时她妈妈在一楼，她在楼上。听见她妈妈喊有人找，她急匆匆地跑下楼来，由于冲得太快，她抓住扶梯的手几乎就要滑落而差点跌倒。那手，我是多么心痛的熟悉！看见是我，马上转身，冲上楼。无论她妈妈怎么喊，她赌气一般，就是不下来。我站在她家门口，尴尬地等待着。看她没有要出来的意思，我和她妈妈打了一个招呼，决绝地走了。我还没走几步，突然，她又跑了出来，并大声地叫我。我站住了。我也赌气一般，没有回头。我感觉到她一定倚在门柱上，望着我。曾经无数次去她的家,我都看见她以那样的姿势,幸福地等我。那份蒙眬美好的情感,也因为少年的不回头,而永远留在了各自的内心深处。

很多年后,当我们各自都为人妻为人夫、为人母为人父,平淡地谈及那次的不回头时,都觉得,生命中,特别是在爱情来临时,回头和不回头,也是一种缘分、一种注定。

(五)

也就是从那天分别之后,故乡成了回不去的故乡,成了梦中的乡愁。我一直努力地朝前走去,没有回头!

二十多年前,我从成都辞去了一家外资企业的工作,来到刚刚直辖不久的山城。当时除了勇气之外,更多的是难舍。十年寒窗,终于苦读出来,而要抛弃让同龄人羡慕的一个铁饭碗,是何等的艰难。而且那段时间,我的事业正处于上升时期。在那段纠结的日子,我几乎是不吃不喝。

"孩儿立志出乡关,学不成名誓不还。埋骨何须桑梓地,人生无处不青山。"我明白,开弓没有回头箭,一旦出来,就不能回头。

(六)

如今人到中年,如一枚鹅卵石,河水汤汤,冲刷了轮廓和锋芒。回头否?不回头否?均在一念间。但不论怎样,留存在心中的那同学情、那亲情、那少年恋情和为事业拼打的激情，倒让我时时回头。

　　窗外，阳光温润，岁月静好……

　　　　　　　　　　（本文发表于2018年11月9日《企业家日报》）

朋友的问候

这两天重庆进入了高温，一些外地朋友都发来关心的信息，有的已经好多年没有联系了。看了他们的信息，内心竟然升起几许感动。

小时候，没上学前，经常和院子里的几个伙伴玩。上学了，我们的伙伴开始有了外村的孩子。这个时候，同村那些原本看似和我们穿着连裆裤的老庚[1]也开始疏远了。即使放学、假期等偶尔遇见了，我们最多只打一个招呼。很多时候，我们甚至连招呼也懒得打了。同时，我们的视野和好奇心也在发生转变。我们不仅仅局限于玩耍了，我们和外村的孩子开始了一种思想上的探讨、交流。而这些变化都是悄悄地，当时的我们都不清楚。等很多年后，我们才发现这个变化是因为我们所处的环境改变了。

后来，我们埋头苦读，走进了大城市，随着地

---

[1] 老庚：即老同、同庚，一般指同年生的但不一定同月同日出生而结交的朋友。

域的改变，那些属于我们故乡的玩伴、朋友越来越少。取而代之的是更大地方的、别的大城市的孩子，我们的眼界更加开阔了。曾经和自己彻夜长谈、同床共枕的朋友呢？通信、联络、见面的时间和次数都在减少，关系变得淡薄。

再后来，蹚入社会这条大河，我们的圈子又在发生微妙的变化。这个时候，我们为生活奔波，为事业打拼，最后找到我们人生的方向，进入各种领域，比如商场、职场，等等，又都各自为人夫、为人妻，为人父母，再加上很多的身不由己，我们和朋友，甚至和兄弟姊妹等的关系都在发生一系列的变化。若干年后，当我们真正打拼出一片天地时，幕然回首，我们所交往的对象又完全变了。这个时候，我们才真正意识到，这个变化，一直在伴随着我们。在这个变化过程中，我们在失去了很多的同时，也交往了一些朋友。但这个失去和得到都是不由我们把控的。

时间很残酷、无情，也很公正、公平，大浪淘沙般，冲刷掉那些不能留在我们生命里的。铅华洗尽，那些驻留下来的终究留了下来。当我们进入不惑之年，我们依然能够想起儿时那个和自己一起攀爬黄桷树的男孩，那个一起踢毽子的马尾辫女孩，依然能够想起中学时代那些纯情的同桌、那些蒙眬的诗歌，但这些都远去了。

生命匆匆，像午后阳光，来了又走，走了又来，我们都是过客。停歇在我们生命中的、我们心中的，让我们感动的，越来越少，也越来越经典，越来越重要。所以，那些留在我们生命中的朋友，联不联系，都不重要。人生一辈子，相遇一场，只求各自安好。这一路走来，一路走去，感谢生命中有你、有我。时光如水，生命如沙，你若安好，便是晴天……

（本文发表于2017年7月24日《重庆晚报》）

咫尺与天涯

"咫尺与天涯",这两个词讲起来很有说头。

咫尺,一拃[1]长;天涯,指遥远。如果去掉中间的"与"字,"咫尺天涯"则是一个成语,比喻距离虽近,但很难相见,像在天边一样。

这使我想到了一棵树上的两朵花儿。

一到春天,它们都会如期灿烂开放。风儿来了,它们享受风儿的抚慰;蝶儿来了,它们享受蝶儿的亲吻;阳光明媚的日子,它们沐浴在阳光的慷慨之中。它们就那样平静地度过日日夜夜,然而,直到生命结束,或许它们都没能看过对方一眼。那绽开在上面的,永远也发现不了下面还有一朵与自己共命运的花,下面的花儿呢?也不知道自己的同伴就在上面——它们虽近在咫尺,却远在天涯。

有时候,万物之灵的人,也会遇到这样的情形。

上大学时,班上有一对相恋的情侣,男生姓周、

---

[1] 拃:指拇指和食指抻开之间的距离。

女生姓黄，初时他们都很欣赏对方，上课进教室、放学到食堂、黄昏压公路，十指相扣，如胶似漆，谁也离不开谁，羡煞周围的同学。但慢慢地，他们都发现了对方身上的一些缺点，一些和自己不能相容的习惯，继而产生了一种距离，最后分开了。虽每天还会在一个教室里上课，甚至一个坐前排，一个坐后排，但因分手了，彼此眼中都没了对方，那种冷漠，那种心的距离，却似天涯。

俗话说："十年修得同船渡，百年修得共枕眠。"有些夫妻，感情不好，一言不合，三天一小吵，五天一大吵，同在屋檐下，同睡一张床，貌合神离，同床异梦。

现在的手机，也把面对面的两个人，拒在千里之外。候车室、汽车上、轻轨里、办公室，甚至客厅、卧室，人们都勾着头，玩着手机，虽是头碰头、面对面，世界虽小，心却遥远。

正如，从一棵树走向另一棵树，是贴近的、容易的，它们只有咫尺之长；从一颗心走向另一颗心，却是不易的、遥远的，即使日日相见，也恍若天涯。

如若把"咫尺天涯"颠倒一下，则是"天涯咫尺"，那么，我们又可以这样理解了：距离虽远，但心是相通的，就像在身边一样。

我有两个好友，一个姓罗，一个姓唐。唐远在奔放热情的广州，罗却在冰封洁白的哈尔滨。在我的介绍之下，他们相恋了。两人虽各在天涯，却用他们的爱、他们的真诚构筑起了一座心灵相通的天桥。当他们思念对方时，两颗心就会走到天桥上相会，他们的心灵是何等贴近哟。在给我的微信中，罗这样倾诉道："我虽在遥远的北国，但我却分明感受到了他的关怀、他的朝气和他跳动的脉搏啊！"而唐呢，则如此说："我虽在遥远的南国，但我却能真切地感受到她的温柔、她的呼吸和她那冰清玉洁的气质呢！"

说咫尺，也咫尺；说天涯，也天涯。就像现在的QQ群、微信群，在一个群里的群友，虽未曾谋面，都各在不同城市或同一城市的不同区域，但随着时间的推移，在群里相处久了，从谈吐中，渐渐把对方当成了朋友，惺惺相惜，即使再远，也是咫尺了。

一念起，我与君，天涯咫尺；一念灭，君与我，咫尺天涯。或咫尺或天涯，或天涯或咫尺，就看各自的缘分吧。

（本文发表于2018年3月27日《重庆晚报》）

花缘

春天百花开，由于俗事缠身，很难出去踏青赏花，今天偶然停车在公路边，恰逢一位中年妇女挑着一担花草路过，倒暂时了了我对花草的一腔念念之情。

熄火下车，走过去仔细一看，有水仙、茶花、茉莉花、富贵竹、仙人掌等，高矮、大小、长短以及叶子形状参差不一。还有一种，有一个圆圆的根，特别像洋葱头，装在一个像葫芦样的玻璃瓶里，身躯被托在瓶颈上面，而根须弯弯曲曲，仿佛圣诞老人的白胡子，全部张扬、开放、裸露地挤在瓶颈下面；根的上面长着翠绿的叶子，一片又一片，像兔子竖着的耳朵。整个样子看起来圆圆满满，又有点矮墩墩、朴朴实实。一问，才知道叫风信子。嘿，想不到这样笨拙的一个外形，竟取了如此诗意、婉约的一个名字。没看见过开花的风信子，或许也看见过，忘了，心想开出的花一定是风流、娇羞的。我问，好养不？回答好养，瓶中装满水，淹没风信子根部就可以了。

记忆中，很多花草都情愿跟着我，像这样公路边的偶然邂逅，带回家，即使我不闻不问，最后也会死心塌地灿烂开放。

去年八月份重庆最热的时候，也是偶然机会，像这样"捡"了盆茉莉花回家，放在卧室窗台上，满以为四十多摄氏度的高温天，很快就会死掉的，意想不到，磨磨蹭蹭，熬过了酷暑，到了严冬，竟然开出了几茬清清丽丽的小白花，馨香四溢。

前几年去爬青城山，上山时遇见一位农村老奶奶用背篼背着一株瘦兰叫卖，看见她慈祥又有些怯懦的样子，心一软，就买了。有游客提醒，兰草娇贵，不好养，也没在意，提上山，又提下来，用塑料口袋带回重庆，好几年了，现在还长得蓬勃一片，散发着青城山的灵气。

看眼前这位妇女面善，天下着小雨，又有些冷，那株风信子刚刚冒出一个绿脑袋来，像一个淋雨的小孩，有些憨厚，静静地待在箩筐里，心又一软，买了一瓶，满怀柔软带回家，放在书房台灯旁边。又担心她寂寞，买了一盆水仙，绿白相间，像大蒜一样，挤挤攘攘，簇簇拥拥，陪伴着风信子……

晚饭后闲来无事，顺手将风信子拍了照，晒在朋友圈，一个朋友说，不同颜色的风信子有不同的花语。我说：什么呢？花还会说话吗？朋友娓娓道来：紫色的风信子代表悲伤、妒忌，淡紫色代表轻柔的气质、浪漫的情怀，白色代表纯洁清淡、不敢表露的爱，红色代表感谢你，桃红色代表热情，粉色代表淡雅、清香，黄色代表幸福，蓝色代表高贵、浓郁，深蓝色代表因爱而有些忧郁。哦，想不到，风信子还有如此的灵性呢。那我的这株呢，会开出什么花、说出什么言语呢？是忧郁的、浪漫的还是高雅的呢？如若她害羞，不愿意开呢？不开就不开吧。

花草不怕我。花也是有性格的，看似纤纤柔柔，实则骨子里高傲得很，都有一颗孤傲的心。花和人，也讲缘分，是否随了那份性情，就看彼此之间是否投了那份缘，至于那郊外漫山遍野的花草，就留给那些投缘的人们吧，毕竟，我还没修好那个福分。

（本文发表于2017年3月28日《重庆晚报》，该篇被重庆市沙坪坝区中学联盟选为中学语文考卷，同时被多家网站转载）

我心飞扬

每天清晨，我都会带着我的团队去飞行，我带领的这个团队一共十一只鸽子。风雨无阻。

今天天气特别好，视野极为开阔。这个城市慢慢从睡梦中苏醒过来，遥远的江北隐现在晨霭中。对岸鹅岭近在眼前，山顶那座千年古塔依旧。黛黑南山厚重、亘古，长江大桥、菜园坝大桥在晨雾中显得有些秀气，长江水缓缓东去，下游那颗丹已经喷薄出来，渝中半岛海市蜃楼般裸露在我们面前，晨曦照射在对面高楼上，然后再反射到江面上，江面星光点点、如梦如幻、斑斓一片……

当看见南去北来相向而行的两辆轻轨在菜园坝大桥上相会、大桥上开始堵车，那守卫大桥的四个保安开始排队从桥北往桥南像仪仗队一样甩手齐步走的时候，我们就飞出笼子，从铜元局长江村出发，俯视着飞向长江中学，在长江中学上方回旋三圈。多年来，我和我的这个团队每天的第一次热身飞行都习惯了三圈。我们回旋三圈，然后再俯冲下去，

294

他们都跟着我的惯性向下、向上，向左、向右，或平行或斜倾或翻飞。琅琅读书声从学校破雾穿出，消失在云端……

完成今天第一次试飞之后，我们再努力奋起，几乎是一口气加速飞过高高、现代、俊朗的融侨云楼，然后我们轻盈地向西南下方俯冲而过融侨螺旋路，再向上掠过融侨风临洲向鹅公岩大桥飞去。

飞上鹅公岩大桥之后，我打了一声口哨，听到我的指示后，我的团队由弯曲的"扇形"变成了一个"人"字，当头是我，我的左边和右边各五只鸽子，我们处在一个平面上。翅膀扇动气流产生的浮力和我们自身的重量形成一股平衡力量，我们放慢了速度，飞得很轻松。鹅公岩大桥已经开始堵车，江面上清新的空气混合着尾气——汽车排出的，向我们扑面而来。我们习惯了这种混合的味道——这座城市的味道。

当我们滑过奥体的时候，广场上已经聚集了很多锻炼的人。阳光已经有些明媚，我们看见年轻妈妈一边推着婴儿一边玩着手机，婴儿熟睡在梦中；买菜的大妈推着装满早菜的小车，慢慢地走着；打太极的老人们动作缓慢，一左一右，一前一后，不急不躁；中年男子穿着背心、短裤、球鞋，脖子上挂着一块毛巾，慢跑在跑道上；很多车排队准备开出车库，进出车库的门杆缓缓地升起又降落；男孩子将摩托停靠在楼下，女孩跳跃着跑出来，欢快地跨上后座，然后戴上安全帽，将头幸福地靠在男孩子的背上，摩托车发动，驶出。每次飞过这里的时候，我的队员们都屏声静气，怕惊扰了梦中的孩子、恋爱中的女孩、打太极的老人……

当我们飞过时代天街，"咕咕唧唧""唧唧咕咕"我们都失声惊叫起来。时代天街建筑群在晨光中显得高端、大气、上档次，我们不得不惊叹它的奢华和艳丽，也被它高科技、现代化的设计而深深折服。我们在时代天街上方环绕三圈，恋恋地向鹅岭飞去，向我们的休憩地——鹅岭山顶千年古塔飞去。当我们十一个都款款地降落在塔顶的时候，我们都感到有些疲累，都冒出了毛毛汗。停靠在这座塔上，长江、嘉陵江，以及这个城市的江南江北尽收眼底。远山横亘含烟，高楼星罗棋布；两江四岸，繁华璀璨；江岸线分明、华丽，长长地伸向遥远而我们不能企及的地方。这是一个厚重的城市，而静立在我们身下的这座古塔，它下面镇住的是嘉陵江的水妖还是长江的精灵？不得而知。

稍作休息，梳理完毕有些凌乱的羽毛，缓过一口气，我率先展开翅膀，振动起来，一个俯身，向两路口冲去。在多年的习惯下，我的队员们"哗"的一声跟随而来。我们飞过观音岩，穿过"海航中心"，掠过"纽约纽约"，"啪啪"地呈"一"字形散开降落在朝天门广场上。

对岸南山清晰可见，双子座像一对孪生兄弟并肩驻守江畔，两江就像一对情侣轻轻相拥，静静交汇，然后牵手向下游流淌而去。江风徐徐而来，我们在广场上欢快地跳跃着，开心地寻觅着食物。在我们起起落落中，广场很快就被我们扫荡完毕，看见我的队员们个个满心欢喜，我又一声口哨声响起，队员们齐齐起飞，我一个跳跃，带着我的团队沿着长江向上游飞去……

当黄昏来临，西边的那颗丹即将沉下鹅岭塔的时候，我们又开始一天的第二次飞翔。我们热爱这个城市，我们的飞翔，已成为这个城市一道亮丽的风景……

（本文发表于2017年12月24日《环球游报》）

狗年说狗

在我的很多文字里，我喜欢用"大黄狗"三个字，其实我们家里面没养过大黄狗。

我们家以前养的是灰狗。不大也不小，但不是大黄狗之类。我说的大黄狗，也不一定是好大，就是一般的土狗。黄狗只有隔壁的大爷家养过。大爷家养的狗都很瘦，看起来偏矮小。因为不是自己家的狗，总看起来不是那么随和，虽然不咬我，由于我经常串门，多少还是有些熟悉。右边隔壁张大母家也养过黄狗，但更瘦。大爷家的狗一般都养在他家院子后面，不经常到大地坝来，显得比较孤僻，性格不是很烈。张大母家的狗拴养在灶屋头，整个院子也只有他们一家的狗是拴着养的。灶屋的后门正对大地坝，进出的人很多，所以她家的狗性子很烈。瘦不说，毛也长得很乱，很差，不光滑，加上我们很少串她们家的门，就连隔壁的我过路，它也会叫几声，所以我们都很讨厌它。

要说性子烈还是二母家的狗。

怪得很，很多时候二母家的狗和我家的狗是一个娘生的，但长大后性格却不一样。二母家的后门在村口，过上过下包括外村人就更多了。从小到大，狗看见陌生人就咬，长大了还咬，很多过路的，特别是小孩就去逗、去打，狗的性格就变得烈性一些。二母家的狗也是灰色的，咬人有点凶。长得也有点肥，不是很高，对着人咬的时候，獠牙露出来看着很是可怕。有一次我弯下腰在院坝里扫麦子，突然，它蹿出来，在我屁股上咬了一口就跑开了。吓得我三魂变成了两魂。大人们把我裤子垮下来，抹了口水在我屁股上使劲揉，揉得我哎哟连天叫。还好，当时不知道是哪一个吼了一声，它只在我屁股上咬了一个牙齿印，没有叼一块肉跑，要不然，我的屁股上一定会留下一个洞。二母家的狗咬了很多人，大家都怕它。二哥那个时候有点天不怕地不怕，经常在腰杆上别一把刀儿。刀儿又磨得锋利。那个时候，刀儿是为打架斗殴走夜路这些壮胆的。有一次，二母家的狗和二哥在么公家的巷子狭路相逢。二母家的狗哪个都不怕，就怕二哥。看见对面来了二哥，狗掉头想跑，说时迟那时快，二哥"唰"一下拔出刀儿，狗一蹿，刀儿在它肋骨上一划，一个刀口子就出现了，狗跑了。后来，狗更怕二哥了。不过二哥不但遭二母骂了，也遭老汉打了。

三母家的狗也是一条黄狗。但是一条母狗，老了，沧桑得很。不咬人，对所有人都很木讷，就是有事没事地爱"汪"一下。

么母是从对面唐家大院子嫁过来的，她的侄子有时来串门，会把他家养的一条大黑狗带过来。大黑狗很高大，像一头小牛，简直就是一条巨无霸。当时我们看见就害怕，现在才知道那不是一般的狗，叫狼狗。它一出现在我们院子里，整个院子里的狗就如临大敌，几乎是倾巢而出，连院子后面大爷家的黄狗也从后面叫着跑过来助威了，都来对付这条巨无霸。

我们院子有十几户人家，一家一条狗，养了十几条。平时相互也喜欢打打闹闹，除了对二母家的狗有些忌惮外，彼此之间也没有什么深仇大恨。在关键时候，这一下就团结起来，一致对外，但谁也不敢上。二母家的狗叫得最凶，那条大狼狗被围绕在中间，凌厉巍然，让人想起《三国演义》画本上百万军中救少主的赵云，一点儿也不惧怕，只见它吼几声，首先冲出，一下子将二母家的狗掀翻在地，么母家的狗赶紧去咬大黑狗的后腿，只见大狼狗一个旋转，将么母家的狗掀翻，其他狗吓得根本就不敢上。

张大母家的狗平时对我们吼得凶，只见它躲得远远地，夹着尾巴，连叫都不敢。这个时候，大狼狗的野性已经被挑逗起来了，又是一个俯冲，冲出去，将二母家的狗掀翻，狠狠地压住。但没有下口咬，貌似有警告之意，其他狗都乖乖地向四周散开。大狼狗就那么压住二母家的狗，就像拳击比赛一样，以一个胜利者的姿态面对全场。二母家的狗在大狼狗的胯下哀哀地叫着，告饶不已，大狼狗前腿一抬，松开，二母家的狗灰溜溜地跑开了，其他的狗也跟着向四周散开。大狼狗甩甩尾巴，也不叫一声，有些潇洒地旋转几周，把右后腿翘得老高，在旁边阶沿上的柴堆里撒了一泡尿。后来几次大狼狗过来，也是大摇大摆，根本就不理会我们院子里的狗了。我们院子里的狗也没有谁敢吭一声，有的看见了赶紧躲起来。特别是二母家的狗夹着尾巴跑出去了，跑了好几根田埂。

可能是相处久了，或者是爱屋及乌，总觉得自家的狗是最好的，看起来最顺眼。我家的狗也不惹事。在我的印象中，除了一次有一条狗咬人被父亲勒死外，后来的狗都不怎么咬人。我们家后门出来就是一个巷子，人们就从巷口进进出出，过上过下。一次狗咬了别人，父亲一时气急，用绳子将狗拴住，原本是想教训它一下的，但狗看见拴了绳子就很害怕，使劲挣扎，结果绳子越拴越紧，父亲想给它解掉绳子都不行。现在城市的狗不一样了，都拴了绳子。我就在想，狗怎么就同意拴了呢？当时是拴在门柱上，加上狗东奔西突，在门框上缠过去缠过来，最终将绳子缠成了死疙瘩[1]，活活地被勒死了。父亲和我们站在旁边，越想帮忙，越帮不到忙，干着急。狗是在害怕中被勒死的。狗死后，父亲将之挂在后面的槐树上放了血，刮了皮，一家人炖来吃了。

后来养的狗都很温顺。即使很多外人从我们的巷口过，它也不会咬人。不过，很是逗我们喜欢，放学时，它会跑十几根田埂来接我们；上学时，会送我们很远。割草放牛，也跟我们一起上梁子，有时跟我们一起在山峦上赛跑。狗很聪明，赛跑时不走直线，喜欢走近路。看见一根田，是干的，直接就杀过去，不按照正常的路走田埂，往往我们不是它的对手。至于直线硬跑，能不能跑

---

[1] 疙瘩：方言，指绳子的死结。

过，不晓得。狗跑起来的时候，特别是起跑的时候很好看，很特别，前脚一落地，用力一按，然后一抬，脑袋和肩颈一耸，后脚一蹬，屁股往下一压，撒腿就跑起来。天热的时候喜欢伸出舌头，狗撒欢跑的时候，也要把舌头伸出来。狗还是很有耐力的，拉长途，而且中途不停歇。狗也有休息的时候，休息时把屁股一立，像一张凳子一样，放在地上就休息了。休息的狗还是吐舌头，东张西望。但我们人呢，走远了，累了，会坐下来休息。狗如果出门在外，赶路，就一直赶，不休息。有几次，我去濂渡河姐姐家，它都一直跟着去。狗有点爱面子，像人不好意思一样，陌生人家它是不会进去的。就算跑拢[1]姐姐家，我们叫它过来，用饭喂它，它也站在很远处逡巡着，要进来又不进来，喊它过来吃，它又想来吃又有些害怕，以为我们在饭里面放了毒药要害它一样，最后它看着我们，悻悻地独自走了，搞得我们也很失望，口里面不停地骂傻子狗！硬是一个傻子！十几里路，好几座山，我们都担心它会走丢，但后来它都喘着粗气，吐着舌头，一身泥土一身劳累地回来了。都不知道它是怎样找回来的。就算靠着闻它自己一路撒的尿味回来，也是需要好大一番功夫和毅力。

狗的叫声有些特别。特别是在深夜，一旦出现，肯定就会有什么异样的事情发生。全院子的狗都在齐声地、惊慌地叫，叫得很凶，像是约定了一样地叫唤。大人们说"窝拉窝拉"地叫（但

---

[1] 跑拢：方言，跑到的意思。

现在我也不晓得怎么来形容这个窝拉窝拉，就有点像一个群体效应吧，你叫我也叫，大家都跟着叫，很惊慌的样子，叫成一片），大人们就起来，特别是父亲，胆子大，打起火把围绕村子走一圈，边走边喊："抓偷儿哟！抓偷儿哟！"结果第二天发现果然偷儿进村了。二母家的板壁房已经快要被撬穿了。院子里的房子都是木质结构的老四合院，靠里面的墙壁一般都是泥巴墙，靠外面的都是板壁。板壁看起好看些，美观，但用錾子这些一撬，还是很容易撬开的。还有一次，我的狗在哇啦哇啦地叫，父亲起来，打起火把一看，鸡圈里面少了两只小鸡，有几只已经死了，父亲说肯定是蛇进了鸡窝，偷袭了。也有全院子的狗齐声哀哀地叫，莫名其妙地，老人们就说，肯定附近有人快死了。果不其然，两三天后，附近村里面某位老年人就过世了。

母亲去世那年，这条跟了我们很多年的狗最后消失了。我很想念它，伤感了好久。母亲去世那几天，狗都不吃不喝，睡在母亲的床底下，无论怎么喂它好吃的，它就是不吃，满眼都是泪水。狗通人性啊。很多时候，我都在想，等我以后退出江湖了，我住乡下去，一定要养一条狗。至于能不能找到小时候老家的那条狗，或者喂出老家那种温顺的狗，就不得而知了。

小时候上学，是要带打狗棒的。上学必过十一队的村口。村口有四家人，四家人都养了狗，一条是他们队长家养的。队长养的狗并不凶，瘦瘦的，像大爷家的狗，但它看见我们出现就跑，夹着尾巴跑。跑了还好，关键是它边跑边叫，这一叫不要紧，就怕把旁边的三条狗引出来了。其他三条狗，有一条有四只眼睛。就是两只眼睛上面还有两个白点，突出来，我们就叫它四眼狗。四眼狗很高大，一身乌黑的皮毛，看起来很是帅气，但其实并不凶，倒是有点儒雅，很有风度，不像其他两条狗一样，恶狠狠地叫个不停，你一跑，它又追上来，我们反过来一蹲，它们又吓得夹着尾巴往院子里跑。但对四眼狗我们还是很虚火，不像对待其他狗一样。看见四眼狗出动了，我们把棒棒紧紧地握着，低着头，慢腾腾地走路，很老实的样子，它看见我们不惹它，"汪汪"叫两声，又躲在屋檐下的狗窝里睡了。我们看着它躺下了，一窝蜂地就跑了。

　　但我们经常和另外两条狗恶战。那两条狗很多时候会死死地缠住我们，所以一个人，即使带着棍子，也是万万不敢路过的。遇上课文背不来而遭留下来或者迟到了一个人的时候，只有乖乖地绕道而行。更多的时候，是我们几个一伙，但每次经过的时候都要讲究战略战术。树娃儿胆子最大，力气也大，打前阵；志娃儿最灵活，跑得最快，断后。我们几个夹在中间，等狗扑过来，树娃儿举起棒棒在前面使劲儿打，趁他打狗的时候，我们几个飞奔而去，志娃儿有时帮树娃儿打，然后他们两个断后再走。有一次，看见狗的主人出来了，志娃儿撒腿就跑，树娃儿也跟着跑，一不小心，裤子一下子掉在地上，这个时候，狗又围了上来，只见树娃儿光着两瓣白屁股在那儿慌张地挥舞着棍子，转着圈圈，左躲右闪，站在远处的我们，去帮忙也不是，不帮忙也不是，笑死个人……

爬山虎

经历了冬死春生，从无数次生生灭灭中走过来。

多少个春风秋雨，它——爬山虎默默地昂起头，执着地、努力地向上、向外伸长，它抓住每一次机会，借助可以凭借的一切力量，向上、向外。尽管风雪严酷凛冽，尽管夏日炎炎，它仍然坚定着自己不变的信念。

它终于爬过了墙头，越过了屋脊，迎面是一片蔚蓝的天空，在这时候，它屹立屋脊微笑——这是付出艰辛代价而应得的回报，这是胜利者的微笑；同时，它又在探寻，它没有满足，它又要重新去攀缘，去冲刺……

把夏季那一抹绿、把秋天那一抹金黄奉献给人类之后，当冬雪来临时，爬山虎就将自己赤裸地钉锁在冰冷坚硬的墙上——一幅绝美的天然图画！这图画是任何大师都难以企及的。根、茎，脉络清晰、分明地呈现在你的眼前，义无反顾，有些决绝——让人感动！

在这个时候，你会想到很多。你会想到男女之间忠贞不渝的爱情，会明了梁山伯与祝英台为何双双化蝶；会想到当代很多企业家，在改革大潮中起起伏伏，是历经一种怎样的百折千回走向了成功；你会想到父母，哪怕在他们步入黄昏的年迈之后，仍然会将那一抹西山残血般的红，奉献给自己的子女们，无怨无悔；你更会想到在抗日战争时期，中国人民是凭借怎样一种坚韧不屈的精神打败了日寇，赶走了侵略者……

爬山虎——一首千古绝唱！

（本文发表于2017年3月19日《环球游报》）

抢食大战

　　农村的早饭，基本上都是吃红苕稀饭。但稀饭也不会很稀，有点浓稠，红苕也特别多，稀稀拉拉几颗米。因为上午要做农活，没有红苕会饿。吃干饭都是午饭的时候。

　　到了煮午饭的时候，要腾出锅儿来煮干饭，由于冷红苕不好热，于是，主人家就会把冷红苕大方地倒出来喂鸡、喂狗。先是"咕咕咕咕"地唤鸡回来，看见鸡不回来，就"狗儿！呜——呜喔！"地叫唤几声。最后，不仅仅是鸡回来了，狗回来了，连村口水田里游荡的鸭子也排着队回来凑热闹来了。看见撒了一地的红苕，狗和鸭子都去抢吃。开始的时候，狗气势逼人、傲睨自若，一大口一大口地吞咽，在吞的时候眼睛不停地斜视着鸭子，那里面也含着怒气。同时，还时不时地用后腿蹬两下地上的泥土，把泥土蹬得四处飞扬，鸭子基于狗的淫威，担惊受怕，担心狗随时扑向自己，只能在边缘一点点地啄，而且只能啄到一点点红苕，或者是啄一点点红苕皮，甚至一两粒米饭，啄不到一大坨红苕。即使这样，鸭子也不急，只要狗扑过来，鸭子"啪"一声，翅膀一伸，一下子就跑远了。等狗又去顾及红苕的时候，鸭子不紧不慢地又拐过来，在这个当头上，狗已经被红苕哽住了，鸭子呢，已经完全靠近了红苕堆，开始大口大口地吞咽起来，颈子被吞咽的红苕胀鼓起一个一个的包。鸭子吞得很快，已经完全控制了整个局面，旁边的狗呢，在那里吞也吞不下，急也急不起，毫无办法。

等狗吃力地把哽在喉咙的红苕吞下，虔诚、急速地舔着地上的饭泥残渣的时候，吃得饱饱的鸭子已经蹲在墙角悠闲地修剪着羽毛，安详地打起盹儿来，就像刚刚什么都没发生一样。

正如人为财死鸟为食亡一样，一般这个时候的鸡啊，也跟着来凑热闹，不过却是最吃亏的。由于有强势的狗和大嘴鸭子在场中央，鸡一般还不能进入红苕堆的正中央，只能在旁边逡巡，捡一些由于狗和鸭子争抢而散落出来的红苕星沫和冷饭颗粒。虽然鸡不能抢到大坨的红苕，但对于饭粒的捕捉鸡却是相当精准，随着鸡的小头一起一伏，那小小的饭粒就进入了鸡的嘴中。而随着鸡那个小头起伏的频率增加，红红的鸡冠不停地左右闪动，坚硬的嘴壳撞击在地面上的声音铿锵有力、清脆悦耳，就像女人穿着高跟鞋踩着石板路由远而近婀娜而来，清晰悦耳……

就算是这样，鸡也只能算是打扫战场而已！但也有凑巧弄到一个大的时候。正所谓翁蚌相争，渔翁得利！当狗和鸭子在大战的时候，鸡见机行事，大胆插入！捡了一个耙和[1]！

　　当遇上狗去追赶鸭子的时候，红苕堆旁边空无一物，鸡就插空赶到红苕堆旁，看见大坨的红苕，由于有些心急，鸡用力往红苕上一啄，尖尖的嘴壳就直接陷入红苕里，所以每次鸡不能像鸭子一样大坨大坨地吞咽，只能一点一点地啄。遇到一截红苕不大不小，而力度恰到好处的时候，尖尖的嘴就会把地上的那红苕啄起来，一路小跑躲到屋檐下墙角的背弯处，用力一甩，把红苕甩下来，然后追上去，两眼放光，慢慢享用……

　　往往到了最后，这样一幅画就呈现在我们的面前。墙角修饰翅膀的鸭子，当然，它们已经吃饱了。另一边，是正在大口大口啄着红苕的鸡。鸡的脖子小，很快，它的喉咙被哽着，在那里仰起脖子，使劲儿往下咽，但有些吃力，咽不下去，看起来令人着急。而威武霸气的狗，还在津津有味地舔着地上的饭粒呢，虽然那地板已经被舔得一尘不染了，它恨不得把那坚硬的石板舔一个洞出来。

　　而看似强大的狗，也会遇到对手。那就是猪。有时候，主人家的猪儿还没长大，但能到处乱窜。

---

[1] 耙和：方言，这里指占便宜。

那猪儿刚刚去邻家的红苕藤地头拱了回来，看见鸡狗鸭等正在抢食，立马加入进去，一阵狂吞。在鸡鸭狗猪中，唯有猪吞咽红苕是最快的，甚至远远地超过了鸭子。只见它肆无忌惮，根本就没有把鸡鸭狗放在眼里，哪怕自己是最后加入的，也显得理直气壮，觉得自己俨然高它们一等，这地上的红苕是属于自己的。鸡狗鸭，主人家都不会专门喂养的，只有它有专门的圈，有专门的房间，不会吹风淋雨，还要准备专门的猪食，而鸡鸭狗就享受不到这个待遇了。它大口吞咽的时候，还用屁股拱旁边的鸡鸭。鸡鸭不怕，看见猪的屁股甩过来，和躲狗的攻击一样，轻轻一跳，还用不着展开翅膀，就躲开了。当然，内心最不平衡、最看不惯的则是狗了。原本高高在上、霸气侧漏的狗一看见自己的地位受到影响，马上龇牙咧嘴，开始和猪对抗起来。猪也不甘示弱，张开嘴，和狗斗起来。狗张开嘴，露出獠牙，猪自然在这个时候也不是省油的灯了，一点儿也不笨了，利用身体肥壮的优势，直接往狗身上压去，狗招架不住，一个趔趄，赶紧后退，不得不把地盘分一半给强势的猪。猪看见狗让出来了一部分地盘，也觉得合情合理，于是乎，猪狗开始大吃起来。

当然，这场大战也离不开麻雀的掺和。几只麻雀看见大家抢得热闹，也齐刷刷地从屋顶上飞下来，但它们胆子还不够大，只能在外围寻觅那些飞溅出去的星沫。随着范围越缩越小，开始威胁到鸡了。鸭子、狗、猪都不在乎麻雀，它们看不起那些麻雀寻找的星沫，但鸡看得起，鸡眼里容不下沙子。鸡觉得麻雀侵占了它们的利益，于是，看见麻雀成群地压下来，就赶紧扑过去，麻雀们"唰"的一下，"呼啦"一声，就飞上了屋顶，当鸡低下头又开始啄的时候，麻雀又不约而同，好似有谁在指挥一样，齐刷刷降落下来。

这个时候，原本在屋檐下打盹儿的猫儿，也伸伸懒腰，躲开狗的袭击范围，蹑手蹑脚，往自己锁定的目标——那截很小的红苕，但一定是最炄[1]的那坨，靠过去……

等狗醒悟过来，那猫儿已心满意足地离开，躺在屋檐下舔皮毛了。

---

[1] 炄：方言，指食物等烂糊、软和。

低头，与尊严无关

今天在路边擦皮鞋，偶然遇见一位中年妇女，擦皮鞋时的一番对话，让我对她肃然起敬。

她样子看起来老实、本分，有些腼腆。我问她为什么不在老家种庄稼，她脸一下子红到了耳根。估计是她想不到我会问这个问题。

"老家没人了，都出来了，我也跟着出来了！"她低着头，刷得很认真。她先用一个矿泉水瓶挤出水来，喷洒在皮鞋四周和表面，接着用一支小牙刷将粘在皮鞋边沿、缝隙的泥土、灰尘刷出来，再用帕子擦拭干净，最后打油、刷、拉亮。整个过程，动作娴熟，一丝不苟，如行云流水般。

"一天能擦多少双皮鞋？"

"不一定，像今天上中班，就只有半天时间，擦不到几双的！"

"还上班？"我好奇地问道。

"在那条街上扫地！还不能迟到，迟到了要扣钱！"她举手指了指东大街。"我负责那条街！"

她补充到。刷子拿在她的手中。

"那还可以哟！兼职擦皮鞋！"我把口吻放得比较真诚、平和，不是奚落，也不是羡慕。说得比较小心，担心哪句话不对，伤了她的自尊，让她感觉不舒服。

"晚上下班回来就帮别人煮饭，带娃儿！"看见我比较随和，她也大方起来。

"还做兼职保姆！"我清楚，带娃儿的兼职保姆，工资应该不低。

"既然有两份工作了，为什么还擦皮鞋？"我有些不明白。

"擦皮鞋可以把一天的生活费挣回来！"她回答得很干脆。

女人偏瘦，寒风吹起她鬓角的几缕白发，看上去显得更瘦。想不到这样一个女人，竟然如此坚强，一个人打三份工，不怕脏不怕累，不简单。

这让我想起前段时间，一个远房亲戚打来的电话。

电话里亲戚叫帮个忙，给他儿子找份工作，并再三嘱咐我，一定要帮。我有些纳闷，上次不是帮忙找了一份工作了，怎么又找呢？他儿子大学毕业后，我通过朋友关系，帮忙找了一份园林公司的工作，包吃住，跑奉节、云阳等工地，他儿子嫌辛苦，离主城又远，没干到三个月就卷起铺盖走了；后来自己又在观音桥一家台湾企业找了一份坐办公室的工作。具体什么工作我没细问，听说上班环境不错，有中央空调。但没干到几个月，说是工资低了，每个月生活费、房租费一除，所剩无几，就辞掉了。这不，又要找……

这个小伙，我见过，长得倒是一表人才，谈吐也不错。但我发现，在他身上有一个和刚刚从大学出来的一些年轻人一样的通病，就是把自己放在一个过高的位置上，嫌工资低、工作累、环境差，漂在城市里，找不到一个合适的位置。究其原因，是没有真正认识自己，没有让自己真正落地。其实，一个从农村走出来的孩子，要让自己融入大城市，就要学会放下清高，学会低头。

其实，我们不要瞧不起这些擦皮鞋的，和擦皮鞋的一样，像卖菜的、扫地的、送水的、送报纸的，以及推板车卖水果、凉菜卤菜、生姜大蒜、腊梅花儿、棉鞋拖鞋等小商小贩，这些进城来的农民工没有什么架子，但他们吃得苦，很拼。或许他们都打了好几份工，是好几套房子的主人。而看似西装革履，打扮光鲜，坐在环境优美的办公室的我们，一天玩玩手机、打打游戏，嫌弃这里不对、那里不对，自认为怀才不遇，说不定，还是他们的租客，他们呢，却是我们的房东。

当然，我们说的这个"低头"，与尊严无关，也不是委曲求全，把自己低到尘埃里。不管怎样，这个社会中，在悄悄拼的人确实很多，甚至身价和颜值高出我们很多的都在努力地拼。如果我们不拼，借用网络上的话说，很快，就会被对手甩出几条街。

（本文发表于 2018 年 11 月 9 日《重庆晚报》）

科技改变我们的生活

晚饭后，阿姨将碗放进洗碗机，将那个"圆脸娃娃"放出来，它就满地跑，找垃圾。没电了，它就自动靠向插座，很像饿了的娃娃跑到妈妈身边，吃饱了奶，又开始到处跑，去工作了。不知道从什么时候起，科技已经完全进入我们的生活中了。

记得父亲在世时，有一天我突然接到一个陌生电话，反复几次，打通了，又挂了。搞得我莫名其妙！晚上下班回到家中，八十多岁的父亲像一个孩子捡到什么东西一样，乐滋滋地跑过来说："今天我在街上买了一部手机，还叫服务员把你的电话保存了！"我突然明白了，今天莫名其妙的电话就是父亲打过来的。"买什么手机呢！几十岁了，给谁打电话呢，认得字吗？晓得怎么拨打号码吗？"我一连串的数落。父亲又像一个犯错的孩子，乖乖地低着头，不说话了。

没想到，几天后，我又突然接到一个陌生电话，一听，"我是某某交巡警平台，快过来接你父亲！"

说完对方就把电话挂了。我匆匆忙忙驱车过去，看见父亲正在交巡警平台等我，他手里呢，死死地攥着那部手机。原来，父亲出来坐车一时糊涂，竟然坐反了方向，找不到回家的路。幸好，他有一部手机，手机里又保存了我的电话，交巡警一拨，就找到我了。"真聪明！"当我明白父亲这个操作后，马上表扬了他！以前，父亲没有手机时，都是在胸前挂一个牌子，标明他的名字和住址，或者是包里面揣一个小本子，留上我的电话，一迷路，就找旁边的人打电话找我。有了手机，父亲胆子就大起来了，满城到处跑，迷路了也无所谓，反正找得到我的。

父亲去世有四年多了，这四年多，手机也升级好几代了。小孩子们上学，戴一块手表就可以。这块手表，不仅可以通话聊天，还有定位功能。如果父亲还在，我一定会给他买一块这样的表，茫茫人海，不用打电话，我就知道他在什么地方。

说起找人，定位是一个方面，通过其他方式，也能找到。

前段时间，网上报道了一则成都女子找寻出走丈夫的消息，这个女子在朋友圈一发布，很快，大家通过她丈夫的支付宝帮助她找到了。这个具有"千里眼"的神奇功能，是她丈夫没有想到的。原来，这个男子出门在外，消费是通过支付宝来完成的，虽然他没告诉妻子去了什么地方，但他却忘记了，他通过支付宝消费的每一笔记录，都被详细地定位了。

现在我们出行，最不能缺的是导航。每部手机里，都装有这个软件。有的人对于天天都要走的路，可能出门还不习惯用导航，

316

心想，我都走这条路几十年了，眯着眼睛，都能找到。殊不知，现在的导航，它把我们从出发点导到目的地，提醒什么地段有红绿灯、什么地段该减速，更重要的是，它可以避开堵点，选择一条最佳的路线。这个也是我出门必看导航的原因。时间久了，早上出门，一打开导航，首先显示的就是上班的地方，下班时，显示的是住址。也就是说，导航系统，不仅方便了我们的生活，还自动把我们一早一晚，上班去公司、下班回家的地方也给锁定了。真厉害！

上个礼拜，我送孩子去香港上学，走时，心里面有些戚戚然，毕竟孩子第一次漂洋过海去求学，作为父母的多少有些不舍。孩子倒没有什么，放不开的，却是我们大人。一进校，孩子就跟着学长一起去搞活动了，一天忙得不亦乐乎，扔下我们老的不管。最后走时，我发微信给孩子：下午我们坐飞机走了，要不要见一个面？没想到，他却发了一个消息过来：网络时代，没有距离！气得我们哭笑不得！这不，昨天晚上还发过来一条信息：爸爸，给我拍一个做蛋炒饭的小视频，我要弄蛋炒饭！

就在我写这篇文章的时候，孩子妈在旁边说，妈妈叫给她换一部手机。我说，妈妈手机不是好好的吗？要买一部智能手机，她要玩微信，到时方便和香港的外孙视频聊天呢！哦，原来如此，想不到七十多岁的老丈母也洋盘[1]起来，要玩微信了。时代真是发展得太快了。科技改变了我们，距离再远，也变得不远了。

---

[1] 洋盘：方言，洋气、拉风的意思，略带调侃。

"不要竹子不要刀，修座楼房万丈高！"我曾经带父亲去解放碑玩耍，父亲倾斜着身子，抬头望着高楼这样感慨："小时候我们就是这样唱的，结果硬是不要刀呢，也不见一根树木，这楼房啊，就修到天上去了！"在我们小时候，哪家"楼上楼下，电灯电话"就是最了不起了。从父亲那一辈到我们这一代，也不过几十年，但现在一下跨入了无缝连接、零距离的大数据时代，可以上天（飞机）入地（地铁），可以隐身（网络）亮相（视频），科技的飞速发展，真的是远远超过我们的想象呢！

前几天，看见微信群有朋友发了一个视频。说的是上海大街上安装了一个监控系统，专门监控乱按喇叭的。这个系统投入使用后，大上海全天候静悄悄地。该系统采用军用技术多普勒声波定位原理，辨别极为迅速，平均反应时间不到 0.13 秒，能把行驶中按喇叭的车瞬间定位，并拍照，100% 准确。有网友感叹道：了不起的高科技！

（本文发表于 2018 年 10 月 28 日《重庆晚报》）

我看世界，博大宽广；
世界看我，沧海一粟

　　"下雪了！"早上起来，推开窗户，大雪漫天，心头一惊！大雪飘飘洒洒，飞飞扬扬，密集而来，飘落人间，羽化而登仙……

　　人过中年，四十不惑，也算是千帆过尽，看惯了春风秋月、刀光剑影，对什么都没有多大的兴趣和期盼了。心啊，如大海落潮般宁静，仿佛亘古的沙漠般荒芜。今天的这场大雪，却让我的心海一下子激荡起来。

　　趁着兴子，我驱车而出。车内温度慢慢升起，身体各个细胞开始舒展，我感到了温暖与舒适。音乐轻轻响起，如水一般弥漫在整个车内。像一座船一样，车平稳、匀速地向雪地驶去，透过玻璃窗，鹅毛大雪摇摇曳曳、翩翩而来。透过玻璃窗，世界看我，雪花一朵，我看世界，漫天飞雪。随着窗外雪花飞舞，我思绪万千……

　　小时候故乡也下过这样的大雪。

故乡的雪把院坝后面的竹子成片压断，一向高贵冷艳的竹子也不得不向放肆的大雪低头，竹林万马齐喑，悲怆一片。对面邻居茅草房被厚厚积雪盖压着，显得更加低矮，但又有些精致，像童话里的宫殿；阶沿上，几只母鸡时不时挪动着步子，挤挤攘攘、叽叽咕咕偎依在石磨下面，相互取暖；偶尔，一两个外村人从空荡的院坝穿过，屋檐下，蜷缩在箩筐窝里的大黄狗也懒得像往日那样去咆哮追赶了。田野里荒莽一片，皑皑白雪千里而去，没有尽头。"唰"的一声，突然，嬉戏的几只野鸭子腾空翻出一个水跃子，冬水田还没结冰，阵阵涟漪慢慢扩散……

我趁爸爸不注意，斗笠也来不及戴上，抓起书包一头扎进大雪中。书包是用篾条编织的，里面装了一本算术和一本语文课本，还有几根用高粱秆做成的像粉笔一样的小棒（算术课上，用来数数的）。书包一跳一跳地拍打着我的小屁股，小棒配合着书包的节奏，在书包里"哗啦哗啦"地响。"站住！你给我站住！"刚刚跑过两三根田埂，爸爸拿着我讨厌的夹裤（就是棉裤，我们老家叫夹裤）追了上来。雪下得很大，田埂上的积雪很厚，踩在上面，就像踩在松软的泡沫上，在我的仓皇出逃中，背后留下了一个个深深浅浅凌乱的小脚印……父亲边追边在背后喊我、骂我！我头也不回，固执而决绝地奔跑着！我就是不想穿夹裤！又笨又重又丑陋的夹裤！就算冻死我，也不想穿夹裤！

那是我上一年级时的一个冬天早上，看见下大雪，父亲担心我冷，拿着夹裤在后面追我。我的小学在十二队（现在叫组，那时叫队），和我们住的四队远隔十几根田埂和两座山峦。教室是用一个保管室改成的，里面搭了几根石条桌、几个石头凳子，没有黑板，几个年级混合上课。我的启蒙教育就在这里，对数学加减法则的第一次背诵，对a、o、e的第一次拼读都从这里开始。上学路上，必过十二队那个白皮肤女孩的家门口，对她的好感也是在这年的冬天。刚路过她们村口，突然，从竹林里蹿出一条大黄狗，在我小腿上咬了一口，逃开了。我吓蒙了，怔怔地站着，忘了痛。这时，一个穿花袄子的女孩跑过来，弯下腰，单腿跪在雪地上，撩起我的裤脚，看见小腿上有血丝在渗出，她用手指蘸了蘸口水抹了抹伤口，并用袖口轻轻擦拭了血痕，抬起头，一双亮亮的眼睛望着我，眨着长长的睫毛问我痛不痛……当然，我第一次对于父亲的叛逆也在这个下雪的冬天。父亲穿一件露了棉絮的袄子、腰间系了一根草绳，拿着一条夹裤在漫天大雪里追我几根田埂和女孩为我抹拭伤口的情景，时隔三十多年，我依旧清楚地记得，不能忘怀。父亲去世前一直跟随我很多年，距今也快四个年头了。父亲去世时也在腊月，但那年没有下雪。假若父亲在天有灵，看见这样的大雪会有怎样的感慨？一定会说，今年的年份好，来年种庄稼、种粮食，一定会得到好收成……

　　昨晚的大雪之夜，我也梦见了我的母亲。记忆中，"母亲"我是喊"妈妈"的。说"母亲"这样的称谓也是在很多年后，我已经长大成人、为人夫为人父了。在心底，我还不是很情愿喊"母亲"。我喊"妈妈"。喊"妈妈"，是我永远也没有长大，永远是一个孩子。在我很幼小的时候，我的母亲就因病去世了。在另一个世界的母亲——我的妈妈，您可安好？国儿想您了？还是您想国儿？在这大雪纷飞的时候，您竟然来到了我的身边，来到了我的梦里。那雪花的飞舞，是您托来的信使还是您化身的精灵？您来自何方又将去向何方？

懂事以来，写过很多文字，但我还没有去追忆过我的母亲，哪怕是片言只字。在父亲走那年，我用我的文字哭我的父亲，一哭，再哭，还哭，泪若长河，洋洋洒洒、酣畅淋漓写了好几万字，但我都没有提及我的母亲。我把关于母亲的所有记忆都深藏在心底，紧紧地捂着，像窖藏一坛老酒，尘封着。我想，在我退出江湖时，我一定会静下来写关于母亲的文字。但没有想到因为不惑之年的这场雪，竟然让我提起笔，用我有些笨拙还不成熟的文字去表述我的母亲。

她在另一个世界安好？！

很多时候，我都梦见我在母亲怀中撒娇、哭泣。特别是当夜深梦回，回想起梦中情景，念起幼年时的林林总总，竟然有些心沉沉、泪潸潸……在平日，曾经甚至现在，当我看见别家的孩子在自己母亲怀中撒娇，在自己母亲面前哭泣的时候，我的灵魂都会为之一震，都会感动不已。在下雪天，放学回来，母亲煮的热乎乎的腊八粥，虽然不是腊八节，虽然没有八样东西，甚至连肉也没有，我依旧吃得那么香。我想起下雪天妈妈生病在床，身体虚弱不能起来，但妈妈也会在床上教我怎么煮饭，吃什么，嘱咐我出门时记得戴上斗笠；我想起母亲——我的妈妈，在我放学回家，大雪依旧，母亲在雪地里背着青菜喊我时的情景：母亲在山坡上砍菜下来，她的整个身子几乎要弯成一张弓，努力地向前倾着，一背篓青菜像一座大山重重地压在她孱弱的身上，她就那么佝偻着背，吃力地从雪地里一步一步走过来。母亲很早时就白了发，雪花飘落在她的头上，她已经取下了斗笠，不知道是白发还是雪花，母亲满头霜白。热气在她头上冒着，母亲的脸红扑扑的。"国儿，冷不冷？饿不饿？"我跑过去，接过母亲手中的斗笠，母亲用手掸落我头上的雪花，爱怜地问道……行文至此，原本以为自己可以去回忆，以为内心足够强大能够流畅地写下去，但情郁其中，不能自抑，以至于几次三番都不得不掷笔而叹！

　　故乡的雪啊，有些常见，那些关于小时候雪的记忆除了白和冷之外，更多的是贫穷，除了贫穷，还有对故土的思念。大雪中的乡村静默，对面山崖上白雪皑皑一片，放眼望去，世界银装素裹，断崖、乡村、大雪、小径又很容易把你引进一个江湖，一个侠客行的孤独江湖。我们都在江湖中，不管后来你身处何方，不管你位尊位卑，故乡那条小径上都会留下我们孤独的脚印，这是我们这些从大山里走出来的孩子的宿命。即使你如大雁飞过，也会留声……

　　后来，经过十年寒窗苦读，我终于蹚过那片漫漫雪地，越过故乡的重重山峦，考进省城。记得那年冬天也是下了好大的一场雪，有些酣畅淋漓，有些疯狂不已。学校的雪，多情而善感，离家少年不识愁滋味，那个莽撞、无知、恃才倨傲的青春躁动时期，那个还不知道怎样去爱和被爱的季节，我像一个飞雪中的歌者，在雪地里吟诗作对。我在狂风乱卷中有些落魄，不分东西南北盲目地在雪地里奔行。当我累了，我又踽踽独行，像一匹来自大巴山的狼，狂野在狂乱的风雪中。当夜晚来临，我看见如水月色倾洒在雪地里，我分不清是白雪还是月色，静静踯躅在月夜里。我听见我火热的血在冰冷的月夜里流淌，我听见松涛在月夜里歌唱，我听见故乡小溪潺潺，像情侣的亲吻，潮湿而温润；我感受到故乡远山的呼唤，有些低沉，有些悠长。我看见腊梅花开，有暗香扑鼻而来；在那个多情而略微忧伤蔓延的冬季，那个大雪天，我看见我梦中的恋人——那位十二队的白皮肤女孩，穿着一身雪白的连衣裙，撑一把红红的伞，像一位天使从天而降。我奔跑过去迎接她，当我靠近，她又倏忽不见，就像飘飞的六棱形雪花，乍现乍失，永恒又成须臾……在雪地里，寻梦，吟唱一首我心中的恋歌，去那多情的雪季，寻找我的梦。多情的少年的雪啊，有些愁绪漫天，有些肝肠寸断。

眼前的雪，虽然浓烈，但内心平静一片。几十年时光弹指间过去，从学校出来二十多年里，在商海摸爬滚打，看透了人间繁华、世态炎凉，看透了风花雪月、悲欢离合，看透了贫富悬殊，社会这个大炼狱，仿佛已经把自己锻炼得炉火纯青、铁石心肠。浸淫在商海里，曾经也有迷失，从孙子兵法到三十六计的权谋，从上下五千年的兴亡成败、悲欢离合到如今的改革开放、盛世年代，看过很多生生死死、旦夕祸福、阴晴圆缺，从最初秉持"大江之所以容纳百川，是以其柔克之"的权谋理念，进而一心追名逐利，到如今对"爱出爱返，福来福往"的思想的笃定，进而组建了一个资助大山里失去父母的孩子们上学的爱心小组——以爱心换取爱心，以智慧换取智慧，也算是走过了一段艰难的心路历程！

雪越下越大，鹅毛般横天飘洒，车随人去，人随车走，人车合一，已完全地融合在一个冰天雪地的世界里。音乐依旧轻轻地响着，雨刮器一左一右很有规律地摆动着，我思绪缥缈，曼妙无边……透过玻璃窗，我看世界，博大宽广，浩瀚无边；世界看我，沧海一粟，孤寂一人……

（本文发表于2017年第一期《南来北往》、2019年第四期《渝州》）